i
imaginist

想象另一种可能

理想国
imaginist

FLOWERS FOR ALGERNON

献给阿尔吉侬的花束

Daniel Keyes

[美] 丹尼尔·凯斯 著

陈澄和 译

河南文艺出版社
·郑州·

和 录

近步抱告— 1 001
近步抱告— 2 002
近步抱告— 3 005
近步抱告— 4 007
近步抱告— 5 011
近步抱告— 6 014
进步报告— 7 016
进步报告— 8 021
进步报告— 9 037
进步报告— 10 063
进步报告— 11 080
进步报告— 12 117
进步报告— 13 136
进步报告— 14 169
进步报告— 15 218
进步报告— 16 225
进步报告— 17 281

献给我的母亲
并纪念我的父亲

有些常识的人都会记得，眼睛的困惑有两种，也来自两种起因，不是因为走出光明，就是因为走进光明所致，不论是人体的眼睛或心灵的眼睛，都是如此。记得这件事的人，当他们看到别人迷茫、虚弱的眼神，他们不会任意嘲笑，而会先询问这个人的灵魂是否刚从更明亮的生命走出来，因为不适应黑暗而无法看清周遭；或是他刚从黑暗走入光明，因为过多的光芒而目眩。他会认为其中一个人的情况与心境是快乐的，并对另一个人产生怜悯。或是，他可能想嘲笑从幽冥走进光明的灵魂，但这总比嘲笑从光明世界回到黑暗洞穴的人更有道理。

——柏拉图《理想国》

近步抱告[1]——1

3月3日

斯特劳斯医生说从现在起我因该写下我想到和记得以及发生在我生上的每件是情。我不知到为什么但他说这件是很重要。这样他们才知到能不能用我。我希望他们用我因为纪尼安小姐说他们可能会把我便匆名。我要便匆名。我的名子叫查理·高登。我在唐纳的面包店工做。唐纳先生一星期给我十一元和一些面包或旦高如果我要的话。我现在三十二岁下个月是我的生日。我跟斯特劳斯医生和尼姆教受说我写不好。但他说没关西他说我因该像我在说话或是在纪尼安小姐的教室写作文一样的写。我有空的时后一个星期三次去毕克明学院的低能成人中心上课。斯特劳斯医生说每天要写一点我想的和发生在我生上的是。但我在也想不起来因为我没有东西可以写。所以今天不写了……你真成的查理·高登

---

[1] 本书全文为查理·高登的进步报告，字、词语与标点符号的误用情形为原文的创作风貌。刻意不删改，以增强查理手术前后智商落差与故事张力。——编者注，下同。

近步抱告—2

3月4日

我今天有考是。我想我书了他们现在可能不要用我了。我安照他们说的在午饭时间去尼姆教受的办公室。他的密书代我去一个门上写着精神部的地方。那里有长长的通道还有许多小房间里面只有一张桌子和一张椅子。在一个房间里面有一个很客气的人。他有很多白色的卡片上面有墨水到在上面。他说坐下来查理放青松坐好。他穿着和医生一样的白色长衣服。但我想他不是医生因为他没有叫我张开嘴巴说阿……他就只有那些白卡片他的名子叫伯特。我望了他的姓因为我记不住。

我不知到他要做什么只能好好地坐在椅子上就像我有时后去看牙医一样。但伯特不是牙医他一只叫我放青松可是我就一只害怕因为这表示会很痛。

然后伯特说查理你在这张卡片上看到什么。我只看到有墨水到在上面。虽然我的口代里有幸运兔脚我还是很害怕因为我小时后在学校每次考是都失败而且时常打番墨水。

我告诉伯特我看到墨水到在白色的卡片上。伯特笑着说对所以我就觉得好过一点。他一只在番卡片我就说有人打番墨水在上面弄得所有卡片又红又黑的。我想这次考是很容意。但我占起来要走的时后伯特不要我走。他说查理坐下来我们还没有结束还有很多卡片要看。我不董可是我记得斯特劳斯医生说要照考是的人说的去做。就是不董什么意是也要做因为这就是考是。

我记不住伯特说的话。但我记得他要我说墨水里有什么东西。我在墨水里什么也看不到。但伯特说里面有图话。我真的很用力看但还是没有看到图话。我把卡片拿近一点。然后在拿远一点看。我说如果我有代眼近的话可能会看青楚一点。我只有去电影院或看电视的时候才会带眼近,我说眼近可能会帮住我看到墨水里的图话。我代上眼近然后说让我在看一次卡片我猜我现在可以看到了。

我很用力地看但还是找不到图话只看到墨水。我告诉伯特我或许需要新的眼近。他在一张只上写了一些东西我很害怕我的考是失败了。所以我告诉他这是一张很好的墨水话上面有很多美力的点。可是他摇摇头所以这样说也不对。我问他别人在墨水中有没有看到东西。他说有他们会在墨水班点中看到图话。他说卡片上的班点叫作墨迹图形。

伯特的人很好而且说话很慢就像纪尼安小姐在教是一样。我在她的低能成人班学习读书。伯特向我解是说这叫作罗夏测烟。他说人们会在墨点中看到东西。我要他给我看在那里。他不给我看。只说要去想象有东西在卡片上。

我说我想象到一个墨水图。但他摇头所以我还是说的不对。他说甲装那是个东西问我会连想到什么。我闭上眼睛很久甲装在想然后我说这是一平墨水打番在白色的卡片上。听到这些话时他的铅笔尖段掉了。我们就占起来走出去。

我想我没有通过罗夏测烟。

近步抱告—3

3月5日

斯特劳斯医生与尼姆教受说卡片上有墨水不要紧。我告诉他们墨水不是我打番的。我在墨水里看不到东西。他们说他们可能还是会用我。我告诉斯特劳斯医生说纪尼安小姐都没有给我做过那种测烟。她只让我写和读。他说纪尼安小姐告诉他我是她在比克曼学校低能成人班中最好的学生。而且我也最用功。因为我真的想要学我比那些更匁名的人还要奴力。

斯特劳斯医生问我说查理你怎么会自已跑去比克曼学校上课。你怎么找到的。我说我忘了。尼姆教受说可是你为什么会想到要学读书和拼字。我告诉他因为我这一生都想要便匁名。不要呆呆的。我妈妈也一只告诉我要奴力学习。纪尼安小姐也是这样告诉我。可是要便匁名很困南。我在纪尼安小姐的班上学到一些东西但也忘掉很多。

斯特劳斯医生在一张纸上写了一些东西。然后尼姆教受都不笑的和我说话。他说查理我们不却定这个食燕会对人产生什么做用。因为我门到现在只对动物是过。我说纪尼安小姐也是这样说。但我没有关西我跟本不怕痛或什么的。因为我很强壮而且我会很奴力。

我要便匆名如果他们让我便的话。他们说他们必须或得我家人的许可。可是已前照顾我的赫尔曼叔叔已经死了，我也不记得我的家人。我很久很久没有见过我的妈妈和妹妹诺尔玛。可能他们也死了。斯特劳斯医生问我他们已前都住在那里。我想是布鲁克林。他说他们要是是看能不能找到他们。

我西望我不必写太多这种近步抱告。因为我要花很多时间写。我会很晚才能睡叫。早上工做的时后我都很累。金皮对我大叫因为我把拿到炉子考的一整盘面包卷掉到地上。全部都弄张了。他必须弄干净才能在放近去考。我做错是的时后金皮会一只对我大叫。但他真的喜欢我。因为他是我的朋友。哇。如果我便匆名。一定会让他大吃一斤。

近步抱告—4

3月6日

今天我做了更多风狂的测验。如果他们要用我的话。在同一个地方但比叫小的测验室。有一个很青切的女士把东西教给我。还告诉我测验的名子。我问她这几个字要怎么拼音。这样我才能写在我的近步抱告上。主题统觉测验。测验我看得董，其他几个字我就不知到什么意是。你必须考过不然会得到坏的分素。这次测验好像比叫容意因为我看得到图话。只是这次她不要我告诉她在图话里看到什么让我有点胡土起来。我告诉她伯特昨天说我因该告诉他在墨水里看到的东西。她说两种不一样。这是另一种测验。现在你必须说一个和图中人物有官的故是。

我说我怎么会知到我不认是的人的故是呢。她说甲装你知道。但我告诉她那是说黄。我在也不要说黄。因为小时后我每次说黄都会被打。我的皮甲里有一张我和诺尔玛和赫尔曼叔叔的相片。叔叔死去已前为我找到在唐纳面包店当工友的工作。

我说我可以说和他们有官的故是。因为我和赫尔曼叔叔住在一起很久。但女士不要听这个故是。她说这个测验和另一个罗夏测验都是为了了解人的个姓。我笑了起来。我说被墨水弄张的卡片和你不认是的人的相片怎么可能让你知到人的个姓。她看起来很生气就把图话代走我才不管。

我猜这个测验我也没考过。

然后我为她话了几张图。但我话的不好。后来穿着白色长衣服的令一位测验员伯特来了。他的名子叫作伯特·塞尔登。他代我去令外一个地方一样在比克曼大学的四楼门口。写着心理学食验室。伯特说心理学的意是就是心智食验室。就是他们做是验的地方。我本来以为他说的是一种觉口香糖的地方。但现在我知到是做拼图和游戏的地方。因为我们就是做这些。

我不太会拼图。因为都乱七八招害我插不近洞。有一种游戏在纸上话满各种方向的现条还有很多的格子。纸的一个地方写着起点。令一个地方写着终点。他说这叫作迷工。我因该拿起一支铅比从起点开始走。一只走到终点。中间不可以越过现。

我不董迷工是什么。我门用掉很多的纸。然后伯特说我们去食验室。我要给你看个东西说不定你看过就董了。

我们去五楼的令一个房间里面有很多龙子和动物有猴子也有老鼠。这里有文起来像是垃及的怪味到。还有其他穿着白色长衣服的人在和动物玩。所以我想这里很像动物店。只是没有客人而以。伯特从龙子提出一支白老鼠给我看说它叫阿尔吉侬。它很会走迷工。我说你弄给我看它怎么走迷工。他把阿尔吉侬放在一个像是大桌子的箱子。里面有弯来弯去的强壁还有和纸上一样的起点和终点。不过大桌子上有一块隔板。伯特拿出他的时钟。然后拉起一到滑门说放开阿尔吉侬。老鼠用鼻子文了两三下后就开时跑起来。它起先在一条长长的通到上跑。等它发现过不去后就跑回到开时的起点。它一只占在那里晃动胡须。然后又往令一个方向跑。

它做的是就像伯特要我在纸上话的一样。我笑了起来。因为我想要老鼠做这件是一定很南。但阿尔吉侬不停地常是每条路。一只到它可以从终点跑出来。并且发出支支叫的生音。伯特说这表是它很快乐。因为它做对了是情。

我说哇它真是一支匆名的老鼠。伯特说你要不要和阿尔吉侬比塞看看。我说好阿。他说他有令外一个木板做的迷工路现就用在上面。还有一支像是铅比的电笔。他要把阿尔吉侬的迷工用成和那个一样。这样我们就可以做相同的迷工。

他把阿尔吉侬箱子里的所有板子差下来。在以不同的方法组和起来。然后又把隔板放回去。这样阿尔吉侬才不会跳过板子跑到终点去。他把电笔给我教我怎么把笔放在路现上移动。我的笔不可以离开木板只能跟着路现走,一只到笔不能前近,或是我被电了一下。

他拿出时钟后又想要把它常起来,所以我就近量不去看他但也便得非常紧张。他说开时后我就想要前近。但不知到要去那里。然后我听到阿尔吉侬在箱子里支支叫。还有它的脚抓地的生音好像已开时跑了。我开时走但走错路于是走不过去手只被电了一下下。所以我就回到起点但每次我走不同的路路都不通然后就又被电一下。这不会痛也不会怎样只会让我下一跳。我在板子上走了一半的时后我就听到阿尔吉侬在支支叫好像很高兴的样子。表是他比塞营了。

我们又做了令外十次比塞。阿尔吉侬每次都营。因为我找不到对的路。走不到写着终点的地方。我没有感到南过。因为我看阿尔吉侬跑让我学到怎么跑完迷工可是我要花很常的时间。

我都不知到老鼠是这么匆名。

近步抱告—5

3月6日

他们早到我的妹妹诺尔玛。她和我妈妈住在布鲁克林。她同意让我动手术所以他们就会用我。我非常新份都快不知到要怎么写了。但尼姆教受和斯特劳斯医生发生争吵。斯特劳斯医生和伯特·塞尔登近来的时后我坐在尼姆教受的办公是。尼姆教受担心用我。但斯特劳斯医生告诉他我看起来是他们测是过最好的一位。伯特也告素他纪尼安小姐推见我是她在低能成人中心教过最好的学生。

斯特劳斯医生说我有很好的特只又说我有很好的动鸡。可是我都不知到我有这个东西。他说不是每个哀Q只有68的人都有我那种东西。我听了很高兴。我不知到动鸡是什么。也不知到我在那里弄来的。但他说阿尔吉侬也有这种东西。阿尔吉侬的动鸡是他们放在箱子里的干酪。但不可能只有那个。因为我这星期都没有吃过干酪。

尼姆教受担心我的哀Q从太低便成太高会让我因为这样而生病。斯特劳斯医生还告诉尼姆教受一些我不董的话。所以他们说话的时后我在比记本记下几个字。这样我可以写在我的近步抱告中。

他说哈落德那是尼姆教受的名子。我知到查理不是你心木中的第一个新品种志能**抄人不知到是什么。但多素心志像他这样低的人都很有迪意**与不合作。他们通常都很池顿**与冷旦**很难去接近。查理的天姓善凉热心。也奴力去讨好。

尼姆教受说要记得他会成为第一个靠手术提高智会的人累。斯特劳斯医生说这正是我的意是。我们要去那里在找一个有这么大学习动鸡的低能成人呢。以一个心志年林那么低的人他的读与写都学的很好。这是具大的成就。

我没有记下所有的话因为他们说的很快。但好象斯特劳斯医生与伯特占在我这边。尼姆教受不是。伯特一只说艾丽斯·纪尼安觉得他有非常强列的学习玉望。他自已也请求要用他。这是真的。因为我要便匆名。斯特劳斯医生占起来走来走去。然后说我主张用。查理伯特也点点头。尼姆教受用母只抓抓鼻子说或许你是对的。我们就用查理吧。旦是我们必须让他知到这次食燕还有很多是情都可能出错。

他这样说后我新份到跳起来握住他的手因为他对我这么好。我想我这样做时他一定下了一跳。他说查理我们做这个很久了。但只对阿尔吉侬这样的动物用过。我们确定对你的身体不会有为险。但还有很多是情我们不知到。必须是验过才会知到。我要你了解这还是可能失败。结果什么也没有发生。也有可能只是占时姓的成工最后让你比现在还招高。你了解这是什么意是吗。如果这发生了我只好把你送回州立沃伦之家去住。

我说我没有关西因为我什么都不怕。我很强壮。常常做好是我有我的幸运兔脚。而且我从来没有打破过近子。我只衰破过碟子。但那不会代来恶运。

斯特劳斯医生然后说查理就算这次失败了。你还是对棵学有很大的共现。这个食燕对很多动物都有用。但从来没有对人体食燕过。你将是第一个。我说医生谢谢你不会后回给我第二次鸡会的。就像纪尼安小姐说的。我这样告素他们时我是说真的。手术后我会奴力便匆名。我一定会很用力。

近步抱告—6

3月8日

我害怕。很多在大学和在医学院做是的人都来住我好运。测验员伯特也代花来说是精神部的人送的。他住我好运，我也西望有好运。我代着幸运兔脚幸运钱还有我的马提铁。斯特劳斯医生说查理不要这样迷信。这是棵学。我不知到棵学是什么。但他们一只都在说。所以可能是会让你好运的东西。但反正我一支手拿着幸运兔脚一支手抓着幸运钱。钱必的中间还有个洞。我也想把马提铁代在身边。但它很重只好把它留在夹克里。

面包店的乔·卡普从唐纳先生那里代给我一个巧克力旦高。西望我赶快好起来。面包店的人以为我生病了。因为尼姆教受说我因该这样告素他们。不要说手术便匆名的是。这是以后才能说的密密。免得没有成工或有出错。

然后纪尼安小姐也来看我。她代一些杂志给我读。她看起来有点紧张和害怕。她整里好我桌上的花把所有东西放好不像我会弄得乱七八招。她还把我头下的怎头弄好。她很洗欢我。因为我奴力不像成人中心的其他人。他们什么都不是很在呼。她要我便匆名我知到。

然后尼姆教受说我不能在有访客。因为我必须休洗。我问尼姆教受手术后我能不能在比塞中营过阿尔吉侬。他说也许会。如果手术成工我要让老鼠知到我也可以和它一样匁名。或还要匁名。然后我就能读得更好拼字也更好。并且和别人一样知到很多是。哇这样会把美个人下一跳。如果手术成工然后我便匁名。也许我能去早我妈妈妹妹和爸爸让他们知到。他们看到我像他们还有妹妹一样匁名会下一跳吗。

尼姆教受说如果手术成工而且是永久的。他们就能让其他人也像我一样便匁名。也许全世介的所有人都可以。他说这表是我对棵学做了好是我会便得有名。我的名子会写近书本去。我才不管便有名。我只要和其他人一样便匁名。这样我就可以有很多洗欢我的朋友。

他们今天没有东西给我吃。我不知到吃东西和便匁名有关西。我肚子饿。斯特劳斯医生代走我的巧克力旦高。那个尼姆教受是个很会抱院的人。斯特劳斯医生说我可以在手术后把旦高拿回来。你不能在手术前吃东西。干酪也不行。

进步报告——7

3月11日

手术不会痛。斯特劳斯医生在我睡觉时做的。我不知到他怎么弄的，因为我看不到。而且我的眼睛和头上三天都有崩代。所以我到今天才能写进步报告。受受的护士看到我在写的时后说我的进和报写错了。她还告诉我对的拼音我一定要记得。我对拼音的记意力很差。他们今天把我眼睛上的崩代拿走所以我现在才能写进步报告但我的头上还有崩代。

他们走进来告素我要做手术的时后我很害怕。他们要我下床换到令外一张有轮子的床。他们把我推出房间经过走郎到一个写着开刀房的门。哇我下了一跳里面是一个有绿色强壁的大房间。很多医生坐在房间上面的四周看人做手术。我不知到这会像是看秀一样。

有一个全身穿着白衣服的人走近桌子。他脸上有块白布。代着象交手套就像电是节目里一样。他说放青松查理。我是斯特劳斯医生。我说医生我害怕。他说没有什么好怕的查理。你只要睡叫就好了。我说我怕的就是这个。他拍拍我的头。然后有两个也代白口照的人进来。他们把我的手和脚都绑住害我都不能动。我非常害怕。我的位快要抽今我好像要吐了。但我只吐了一点点。我快要哭了。但他们把一个象交的东西放在我脸上让我西。文起来很奇怪。我一只听到斯特劳斯医生说手术的是情。告素每一个人他要怎么做。但我什么都不董。我在想也许手术后我就便匆名。我就会董所有他说的是。所以我深呼西。然后我好像很累因为我睡着了。

我醒来后又回到我的床上。那时后非常黑我什么也看不到。但我听到有人在说话。那是护士和伯特。我说怎么拉你们为什么不打开登。还有他们什么时后才要手术。他们都笑起来。伯特说查理已经都做好了。你感到很黑因为你的眼睛上面有崩代。

这真好笑他们在我睡叫的时后做手术。

伯特每天都来看我。他记下所有的是情像是我的温度血压和其他东西。他说这是棵学方法的记路。他们必须记路发生的是。这样以后才能在做一次。不是对我而是对其他不匆名的人。

这也是我必须写近进步报告的原因。伯特说这是食燕的一部分。他们要复印这些报告这样他们才会知到我心里在想什么。我不董他们为什么看这些报告就会知到我心里在干麻。我读这些报告很多次。想看我都写什么。但我都不董我心里在做什么。所以他们怎么会知到。

但这就是棵学。而我要奴力和其他人一样便匆名。当我便匆名时他们就会和我说话。我就可以和他们坐在一起像乔·卡普还有弗兰克还有金皮一样讨论重要的是情。他们做是的时后常常会讨论上帝或总筒怎么花钱的是情。或是官于共合糖与民主糖的是情。他们会便得很新份好像要发风一样。而唐纳先生会走进来要他们回去考面包。要不然会把他们做成灌头才不管他们有没有工会。我要像这样子说是情。

如果你便匆名你就会有很多朋友可以说话。你不会都是一个人感到孤丹。

尼姆教受说我可以在进步报告里写所有发生在我身上的是情。但他说我因该写比叫多我感觉我想到和官于过去的是情。我告素他我不知到要怎么去想过去的是情。但他说是是看。

我眼睛上面有崩代的时后我就是着去想以前的是情。但什么是也没有发生。我不知到因该想什么。但现在我快要便匆名了。如果我问他也许他会告诉我怎么去想。匆名的人都在想什么或想以前的什么呢。我猜都是很美妙的是情。我好西望我已经知到许多美妙的是情。

3月12日

尼姆教受刚拿走旧的报告。我开始写新的。但我不必每天都在上面写进步报告。只要写日期就可以。这样可以省很多时间这是好主意。我可以坐在床上看穿户外的草和束木。受受的护士的名子叫希尔达。她对我很好。她代东西给我吃还为我弄床。她说我很永赶让他们在我的恼子里弄东西。她说就是给她全中国的茶她也不会让他们弄。我告素她我不是为了中国的茶我是为了要便匆名。她说他们没有全利把我便匆名。因为如果上帝要我匆名的话他会让我生下来的时后就匆名。她还说一些阿丹下娃知是树罪恶和吃掉下来的平果的是情。她说也许尼姆教受和斯特劳斯医生是在干色。他们不因该干色的是情。

她非常受。说话的时后脸会便红。她说我因该向上帝倒告要他元谅他们对我做的是。我没有吃平果也没有做坏是。但现在我会害怕。也许我不因该让他们在我的恼子里手术。如果像她说的会让上帝气我的话。

3月13日

今天他们换了我的护士。这一个很票亮。她的名子叫露西尔。她给我看怎么拼她的名子。好写在进步报告上。她的头法是黄色的。有蓝色的眼睛。我问她希尔达去那里了。她说希尔达已不在这个部门工作。她现在在产房照故小保保。她在那里才不会说太多话。我问她什么是产房。她说是生保保的地方。

但我问她保保是怎么生的时后。她的脸像希尔达一样便红了。然后就说她要去凉别人的体温了。从来没有人告素我保保是怎么来的。也许如果手术有用而我便匆名我就会知到了。

纪尼安小姐今天来看我。她说查理你看起来很好。我告素她我很好但我没有感到便匆名。我以为手术后他们把我眼睛上的崩代拿掉我就会便匆名。会知到很多是情。可以读书和像别人一样说很多重要的是情。

她说查理不会这么快有用。校果要曼曼才发生。你必须很用工才会便匆名。我不知到是这样子。如果我也必须很用工才行。那还要做什么手术。她说她也不是很却定。但手术的作用是如果我很用工校果就会流下来。不像以前都不会流下来。

我告素她这让我感到不开心。因为我以为我马上就会便匆名。可以回去让面包店的人知到我有多匆名和他们说很多是情。或许还可以便成住理面包师。然后我要去早我妈和我爸。他们看到我便匆名会下一跳。因为我妈一只都要我便匆名。如果他们看到我便匆名了。也许就不会在把我送走。我告素纪尼安小姐我会很用工要奴力便匆名。她拍拍我的手说我知到你会的。我对你有信心查理。

进步报告—8

3月15日

我以经离开医院但还没有回去工做。什么是也没有发生。我做了很多测是。和阿尔吉侬做了不同种累的比塞。我恨那支老鼠。它老是打败我。尼姆教受说我必须玩那些游戏。必须一次又一次的做那些测是。那些迷工很笨。图片也很笨。我洗欢话一个男的和一个女的图话。但我不会说别人的黄话。

而且我也不会拼图。

要去想和记这么多东西会让我的头很痛。斯特劳斯医生答印要帮住我但是没有。他没有告素我要想什么或什么时后我会便匆名。他只是要我躺在沙发上和我说话。纪尼安小姐也来大学看我。我告素她什么都没有发生我到底什么时后才会便匆名。她说你要有奈心查理。这要时间的。校果会发生的很曼你都不会知到它来了。她说伯特告素她我很有进步。

我还是觉的那些比塞和那些测是很笨。进步报告也很笨。

3 月 16 日

我和伯特在大学的参听吃中饭。他们有各种好东西而且我不必给钱。我洗欢坐在那里看大学的男生和女生。他们有时后会到处走。但大部分时后在说各种的是情就像唐纳的面包店里一样。伯特说他们在谈意术正治和中教。我不知到这些是什么东西。但我知到中教是上帝。妈以前常告素我有官他和他对世介做的是。她说我因该永原爱上帝和向他倒告。我以经不记得怎么向他倒告。但我想到小时后妈常要我向他倒告。要他让我好起来不要生病。我不记得我生什么病我想那是有官我不匆名的是情。

伯特说如果食燕有用我就会知到学生在说的所有是情。我说你任为我会像他们一样便匆名吗。他笑着说那些孩子不是那么匆名。你会操过他们的。好像他们都占着不会动的样子。

他向我介少许多学生。有些人奇怪的看我。好像我不是这个大学的。我差一点望记。我开时告诉他们我很快就会和他们一样匆名。但伯特打段我的话只告素他们我在打扫心理部的食验室。然后他说这件是情不能工开说。因为这是密密。

我不太董为什么要守密密。但伯特说这是为了必免失败。尼姆教受不要大家笑他。特别是给他钱做这个计话的韦尔伯格鸡金会。我说我才不怕别人笑我。很多人都笑我。

但他们是我的朋友我们都很快乐。伯特放他的手在我的尖榜上。他说尼姆教受丹心的不是你。他不要别人笑他。

我想大家不会笑他。因为他是大学的棵学家。但是伯特说没有棵学家对他的大学和学生是那么韦大。伯特是一个岩就生。他的少校是心理学。就像食验室门上写的字一样。我不知到大学也有少校。我以为只有军对才有[1]。

但不管怎样我西望能便匆名。因为我要知到世介上的美一种东西就像大学生知到的一样。所有官于意术正治和中教的是情。

3月17日

今天早上我醒来的时后我想我马上会便匆名。但并没有。美天早上我都想我会便匆名但是没有发生。也许食燕没有用。可能我不会便匆名而且我必须去沃伦之家住。我恨食燕恨迷工我也恨阿尔吉侬。

我从来没有想过我比老鼠还笨。我不在洗欢写进步报告。我很会望记是情。有时后我写东西在比记本上我看不董自己写的东西而且很南董。纪尼安小姐说要有奈心。但我感到生病很累。而且我一只都在头痛。我要回去面包店工做不要在写进步报告。

---

1 这里指的是 major,这个字在英文中兼有主修课程与陆军少校的意思。

3月20日

我要回去面包店工做了。斯特劳斯医生告素尼姆教受我回去工做会比叫好。但我还是不能告素别人我做什么手术。而且我必须美天晚上工做完后到食验室做两个小时的是验还要写这些笨报告。他们会美星期付给我钱就像是打工一样。因为这是韦尔伯格鸡金会给他们钱的规定。我还是不董韦尔伯格是什么东西。纪尼安小姐跟我说过但我还是不董。所以如果我不便匆名他们为什么还要给我钱写这些笨东西。但如果他们给我钱我就会写。但写东西很南。

我很高兴回去工做。因为我想念我在面包店的工做。还有所有的朋友和我们所有的快乐。

斯特劳斯医生说我因该在口代中放一个比记本才能记下我想到的是情。而且我不必美天做进步报告。只有想到一些是情或是有特别的是发生的时后在写。我告素他都没有特别的是情发生。就好像这个特别的食燕也没有发生的样子。他说不要卸气查理。因为这要很久的时间。而且会发生的很慢让你都不会马上住意到。他解是说阿尔吉侬也是很久的时间才便成以前的三倍匆名。

阿尔吉侬会在完迷工的时后老是打败。我就是因为它也做过那个手术。它是一支特别的老鼠。是第一支在手术很久后还是匆名的动物。这让它便的很不一样。如果和一支普通的老鼠比塞完迷工我可能就会营。也许我有一天会打败阿尔吉侬。哇那一定很不得了。斯特劳斯医生说到木前为止阿尔吉侬好像会一只匆名下去。他说那是好鸡象。因为我们都做了一样的手术。

3月21日

今天我们在面包店很好笑。乔·卡普说嘿你们看查理做了什么手术。他们放了一些恼子进去了。我差一点就告素他们我要便匆名的是。但我想起尼姆教受说不可以。然后弗兰克·赖利说你做了什么查理开错门了吗。这些话让我笑起来。他们是我的朋友他们都洗欢我。我有很多工做要捕做。他们没有其他人打少因为那是我的工做。但是他们有一个新来的男孩厄尼来送货。那是我一只在做的是情。唐纳先生说他决定先留下他。好让我有鸡会休息不要工做太劳累。我告素他我没有问题。我可以送货和打少。就像已前一样。但唐纳先生说我们要留下男孩。

我说那我要做什么。唐纳先生拍拍我的尖绑说查理你多大年纪了。我说三十二下次生日就三十三了。那你在这里多久了。我说我不知到。他说你十七年前来到这里。你以经安息的赫尔曼叔叔是我最好的朋友。他代你来这里要我让你在这里工做并近量照故你。两年后他死去后你的母亲把你送去沃伦之家。我要他们放你出来到外面工做。这以经十七年了查理。我要你知到面包店生意不是太好。但就像我说的你一倍子在这里都会有工做。所以不用丹心我让别人取代你的工做。你决不会在回去那个沃伦之家。

我没有丹心。只是他那里须要厄尼送货和工做。因为我一只都送的好好的。他说那男孩须要钱查理。所以我要留下他当学途。并教他成为面包师。你可以当他的住手在他须要的时后协住他送货。

我从来没有当过住手。厄尼非常匆名。但面包店的其他人不是很洗欢他。他们都是我的朋友而且我们在这里常常开完笑。大家都笑得很开心。

有时后有人会说嘿你看弗兰克或乔或金皮。他那回真的整到查理·高登了。我不董他们为什么这么说但他们都会笑而我也笑起来。金皮是面包师。他有一支坏脚走起路会一伯一伯的。今天早上他大声骂弄丢生日旦高的厄尼时用了我的名子。他说厄尼天阿你真是令一个查理·高登。我不董他为什么这么说我从来没有弄丢过包果。

我问唐纳先生我可不可以学习当面包师的学途像厄尼一样。我告素他如果他给我鸡会我能够学会。

唐纳很好笑的看了我很久。我差是因为我大部分时间都不太说话的。弗兰克听到后笑个不亭。只到唐纳先生要他必嘴去照故炉子。然后唐纳先生说查理这件是须要一些时间。面包师的工做很重要也很付杂。你不因该丹心这累的是情。

我西望我可以告素他和其他人我做的是什么手术。我西望那会真的有用。这样我就会便匆名和美个人一样了。

3月24日

尼姆教受和斯特劳斯医生今天晚上来我的房间看我为什么没有去食验室。我告素他们我不想在和阿尔吉侬比塞。尼姆教受说我可以有一段时间不用和它比。但我因该还是要去。他代给我一个里物但只是借给我。他说这是一个教学基器。它的功能就和电视一样。它会说话也会出现图片。我必须在睡叫前打开它。我说你在开完笑。为什么要我在睡叫之前打开电视。但是尼姆教受说如果我要便匆名。我就必须照他说的去做。我就说反正我也不会便匆名。

斯特劳斯医生走过来把手放在我的尖绑。他说查理你自已还不知到但你一只都在便匆名。你不会立克注意到就像你不会看到时钟里的时针在移动。你的改便也是一样。他们发生的很曼让你都不知到。但是我们可以从测验和你行为和说话的方是还有你的进步报告中看出来。他说查理你必须对我们和对你自已有信心。我们不确定改便是永久姓的。但我们相信很快你就会便成很匆名的年青人。

我说好巴。然后尼姆教受就弄给我看怎么去用其实不是电视的电视。我问他电视会做什么。他起先看起来又有些生气。因为我要他解是而他说我只要照他说的做就好了。但斯特劳斯说他因该解是给我知到。因为我已经开始会直疑全威。我不知到全威是什么。但尼姆教受看起好像要把自已嘴唇咬下来的样子。然后他很曼的解是说这个基器会对我的心林做很多的是情。有些是在我睡着之前教我一些东西。因为我很想睡叫之前和我睡了一点点后我可能看不到影像。但还是可以听到说话。令外就是晚上的时后会让我做梦并且记起发生在很久已前我小时后的是。

好可怕。

噢。我望了。我问尼姆教受我什么时后可以回去纪尼安小姐的成人班上课。他说不久已后纪尼安小姐回来大学测是中心特别教我。我很高兴知到这件是。我手术后已经很久没有看到她。她很好。

3月25日

那个风狂的电视让我整晚上没有睡叫。当有人整个晚上都对你的耳多大叫一些风狂的是情你怎么能够睡叫。还有那些鱼笨的影像。哇。我没睡的时后都不董它在说什么。睡叫后怎么可能会董。我问伯特这件是。但他说没有关西。他说我的恼子在我才要睡叫之前还在学东西。等纪尼安小姐在是验中心开始教我上课时那就会有帮助。是验中心并不是我以前想的动物医院。而是个棵学食验室。我不知到棵学是什么只知到我这个食验对它有帮助。

反正我不董这个电视。我任为这很风狂。如果你能在睡叫时便匆名你为什么还要去上学。我不认为这个东西会有用。我以前睡叫之前都会看晚上的节目。但都没有让我便匆名。也许只有一些电影能让你便匆名。也许是像益志节目这些。

3月26日

如果那个东西一只让我不能睡叫我要怎么工做。我睡到一半起来后就睡不着了。因为它一只说记得……记得……记得……所以我想我记起来一些东西。我记不太青除。但这是官于纪尼安小姐和我去学校学习的是。还有我是怎么去那里的。

以前有一次我问乔·卡普他是怎么学会读书的。还有我要怎样才会读。他和平常我说好笑的是情时一样笑我。他说查理你为什么要浪费时间。他们不能在空空的地方放进恼子。但是范妮·比尔当听到了。她问她的表地他是比克曼大学的学生。她告素我比克曼学院的低能成人中心的是情。

她把名子写在一张纸上给我。弗兰克笑我说不要学的太有学问。让你不想和你的老朋友说话。我说不要丹心。就算我会念和写我也会和老朋友说话。他笑了起来。乔·卡普也笑起来。但金皮走近来要他们回去做面包。他们都是我的朋友。

我工做后就走了六条街去学校。但我有点害怕。我很高兴我要去学读书。所以就买一分报纸要在学习完后代回家看。

我到那里时大听上有很多人。我很害怕对别人说错话所以就开时转头要回家去。但我不知到为什么又转回来并在一次走近去。

我等到大部分人都走了。只有几个人走过一个像我们面包店里有的大时钟。我问一个女士我可不可以学读和写。因为我要读报纸上的所有是情。我把报纸拿给她看。她就是纪尼安小姐。但我那时后不知到。她说如果你明天回来并且住册。我就会开时教你怎么读。但是你要知到你可能要很多年才能学会怎么写。我说我不知到要这么多时间但我还是要学。因为我很多次像别人甲装我董的写。但那不是真的。所以我要学。

她和我握手。并且说很高兴认是你高登先生。我会便成你的老师。我的名子是纪尼安小姐。所以我就是在那里学习并且这样认是纪尼安小姐。

司想和记意都很困南。而且现在我在也睡不好叫。那个电视生音太大了。

3月27日

现在我开始会做梦并且记起是情。尼姆教受说我必须去接受斯特劳斯医生的治聊。他说治聊是你感到不书服时你和人说话让你便好。我说我没有不书服而且我一天都在说话为什么我还要去治聊。然后他又便的不高兴说我去就是了。

什么是治聊。就是要我倘在长椅子上。而斯特劳斯医生坐在旁边的椅子上听我告素他我头恼想到的所有是情。有很久时间我没有说话。因为我想不起来要说什么。然后我告素他面包店和他们对我做的是情。但是要我去他办公是倘在长椅子上说话是很鱼笨的是。因为我已经写在进步报告上面他可以自已读。所以今天我代进步报告去。我说也许他可以读报告。而我可以在长椅上睡一下。我很累因为那个电视让我整个晚上不能睡叫。但他说不能这样治聊我必须说话。所以我就说话但然后还是在长椅上睡着了。就在说到一半的时后。

3月28日

我的头在痛。这次不是因为电视的关西。斯特劳斯医生教我怎么把电视转小生所以现在我可以睡了。我什么都没有听到。我也还是不董它在说什么。有几次我在早上把它放出来听。想知到我快要睡着和我在睡叫的时后学到什么。但我连那些字都不董。也许那是令一种话或别的东西。但多数时后听起来还像是美国话而且说的太快。

我问斯特劳斯医生睡叫时便匆名有什么用。我要的是醒过来的时后便匆名。他说这是同一回是。而且我有两个心林。一个是意识。一个是潜意识（就是这样写的）。而且一个都不知到令一个在做什么。他们甚至不会互相说话。就因为这样所以我才会做梦。而且我的梦可真是风狂。哇自从有了那个晚上的电视。那个很晚很晚的电影节目以后。

我望了问斯特劳斯医生是只有我还是美个人都有这样的两个心林。

（我刚才在斯特劳斯医生给我的字典里查了这个字。潜意识的：形容词，属于未出现在意识心灵活动的性质；例如，潜意识的欲望冲突。）还有更多的解是。但我不董什么意是。对我这样的笨旦。这不是什么好字典。

但是头痛是从派对得来的。乔·卡普和弗兰克·赖利找我工做完后和他们去哈洛伦酒巴喝饮料。我不洗欢喝威士忌。他们说我们会完的很开心。我完的很快乐。我们做游戏。他们让我头上代着灯罩在巴台上跳五。让美个人都笑起来。

然后乔·卡普拿一支拖把给我。说我因该让女孩们知到我怎样在面包店里打少。我拿给他们看并且告诉他们唐纳先生说我是最好的清洁工和跑腿。因为我洗欢我的工做做的很好。而且从来不会晚到或缺习。除了我做手术的时后。他们都笑了起来。

我说纪尼安小姐常常说查理要为你的工做感到交傲。因为你都有做好工做。

美个人都笑了起来。弗兰克说那位纪尼安小姐一定头恼坏掉才会那么洗欢你。乔·卡普也说嘿查理你有和她搞吗。我说我不董这是什么意是。他们给我很多东西喝。然后乔还说查理喝多的时后超逗的。我想这是说他们洗欢我。我们完的很快乐。但我等不及要便匆名要像我最好的朋友乔·卡普和弗兰克·赖利一样。

我不记得派对怎么结束的。他们要我去转角看看有没有在下雨。当我回去那里时他们已经不在。也许他们去找我了。我到处找他们到很晚。然后我迷路了我对自己很生气。因为如果是阿尔吉侬一定可以在街到跑上跑下一百次也不会像我一样迷路。

然后我就不太记得了。但弗林太太说是一位好心的警查代我回家的。

那个晚上我梦到我的妈妈和爸爸。但是我看不到她的脸。因为都是白的而且胡胡的。我一只在哭。因为我们在一家大白货公司而我迷路了找不到他们。我在店里的大贵台中间跑过来跑过去。然后有一个人代我去一个有很多椅子的大房间里面。他给我一支棒棒糖然后说像我这样的大男孩不因该哭。因为我妈和我爸就会过来找我。

但梦里就是这样然后我就有了头痛。而且我头上有一个大包。全身也都是淤青。乔·卡普说也许我被车子撞了或是警查把我弄的。我不觉得警查会做这种是情。但我以后在也不喝威士忌了。

033

3月29日

我打败阿尔吉侬了。我甚至不知到我营了直到伯特·塞尔登告素我。然后第二次我又书因为我太新份了。但是我后来又营他八次。我一定便匆名了才能打败像阿尔吉侬这样匆名的老鼠。但是我没有感到便匆名。

我还想再比。但伯特说今天够了。他让我拿着阿尔吉侬一下子。阿尔吉侬是一支好老鼠。像棉花一样软。他会必眼睛。但他打开眼睛时边边是黑色和粉红色的。

我问可不可以畏他。因为打败他让我感到不开心。我要对他好。当他的朋友。伯特不让我畏。他说阿尔吉侬非常特别。他有和我一样的手术。他是所有动物中第一支能够保持匆名那么久。他说阿尔吉侬非常匆名。他美天去吃东西时都必须解答一个不同的问题。所以他必须学才能吃到食物。这让我为他南过。因为如果他不学习他就吃不到东西它就会恶。

我任为这是不对的。要别人通过测是才能吃东西。如果伯特每次要吃东西时都必须先通过测是他会怎样呢。我想我要当阿尔吉侬的朋友。

这让我想到一件事。斯特劳斯医生说我因该写下我所有的梦和我想到的是。这样我去他办公是时我才能告素他。我告素他我不知到要想什么。但他说他要的就是像我写官于我妈和我爸还有我怎么去学校和纪尼安小姐学习。或是我在手术前发生的是情。这就是司想。而我因该把他们写在我的进步报告上面。

我不知到我已经在想和记起已前的东西。或许这表是我正在发生一些是情。我没有感到不同。但是我会新份到睡不着叫。

斯特劳斯医生给我一些粉红色的药让我好睡。他说我须要很多睡眠。因为多素改便都是这个时后在我的恼子里发生。这大盖是真的。因为赫尔曼叔叔丢掉工作时他一只都睡在我们家客听的旧沙发上。他很胖很南找到工做。因为他一向都在帮别人油七房子。他爬楼梯上下很曼。

有一次我告素妈妈我要像赫尔曼叔叔一样当油七工。我的妹妹诺尔玛说好耶查理要成为我们家里的意术家了。可是爸爸在她脸上打一巴掌。叫她不可以这样对哥哥那么恶列。我不董意术家是什么。但如果会害诺尔玛被打我差大盖一定对我不好。

我便匆名后我也要去看她。

3月30日

今天晚上纪尼安小姐在工作后来到食验室付近的教室。她好像高兴看到我但很紧张的样子。她比我以前看道还要年青。我告素她我很奴力要便匆名。她说我对你有信心查理。你比所有人都更奴力想要读和写的更好。我知到你做的到。在怎么不好你还是有过这些一阵子。而且你也帮住了其他有障艾的人。

我们开始读一本很南的书。我已前从没有读过这么南的书。书名叫《鲁宾逊漂流记》。是官于一个人被困在方岛的故事。他很匆名能够想出各种是情。所以他能有一间房子和食物而且他很会游永。只是我为他南过。因为他很孤丹都没有朋友。但我想那里一定还有别人在岛上。因为在一张图片上他拿着一支好笑的雨散在看脚印。我西望他有朋友不会那么孤丹。

3月31日

纪尼安小姐教我怎么把拼字学的好一点。她说看到一个字时闭上眼睛一直念一直念到你记住为止。她说我常听不董你的一些字像是through你会说成THREW。还有你不说enough和tough而说成ENEW和TEW。以前我还没有便匆名的时后我都是这样写的。我搞不青楚。但纪尼安小姐说不用丹心。拼字没有什么特别道里的。

进步报告—9

4月1日

面包店里的每个人今天都来看我操做揉面机的新工做。是情是这样发生的。管揉面机的奥利弗昨天词掉工作了。我以前常帮他把面粉代搬进来让他到进机器里。但是我并不知到我董怎么操做机器。那很困南。奥利弗在学习当助里面包师。以前还去面包师学校学了一年。

但乔·卡普是我的朋友。他说查理你为什么不去接下奥利弗的工做。我们那一楼的每个人都跑过来看并且都在笑。弗兰克·赖利说对呀查理你来这里够久了是是看吧。金皮不在。他也不会知到你动了机器。我很害怕因为金皮是面包师的头。他告素我决对不可以靠近揉面机。因为我会受伤。美个人都说做阿。只有范妮·比尔当说不要啦。你们为什么不放过他呢。

弗兰克·赖利说闭嘴范妮。今天是鱼人节让查理操做揉面机。他可能把它搞好。这样我们就可以放假了。我说我不会修机器但是我回来后有看过奥利弗在用我可能会操做。

我操做了揉面机把大家都下一跳。特别是弗兰克·赖利。范妮·比尔当非常新份。因为她说奥利弗花了两年才学会怎么揉好面团。而且他还有读面包师学校。帮忙操做机器的伯尼·贝特说我做的比奥利弗更快更好。没有人笑。金皮回来后范妮告诉他这件事。他很生气我动了机器。

但她说你看他怎么做。他们在捉弄他当作鱼人节的完笑。但反而是他做弄了他们。金皮看我做。但我知道他对我生气。因为他不洗欢别人不照他说的去做。就像尼姆教受一样。不过他看到我怎么操做揉面机后他抓抓头说我看到了。但我还是不相信。然后他打电话给唐纳先生。并要我在做一次给唐纳先生看。

我很害怕他会生气并对我大叫。所以我做完后就说我可以回去做我自己的工做了吗。我必须去打扫面包店前面和贵台后面。唐纳先生很奇怪地看了我很久。然后他说这一定是你们这些家火在捉弄我的鱼人节玩笑。这是什么把戏。

金皮说我起先也以为这是恶作具。他跛着脚绕着揉面机走了一圈然后对唐纳先生说我也弄不董。但我必须成认他做的比奥利弗还好。

美个人都围过来在说这件是情。我很害怕。因为他们都很奇怪地看我并且都很新份。弗兰克说我告素过你们查理最近怪怪的。乔·卡普也说对我知到你在说什么。唐纳先生叫大家都回去工做。然后代我到店的前面去。

他说查理我不知到你是怎么做的。但好像你中于学会一些东西。我要你小心进你最大心力去做。你现在有新的工做并且加新五元。

我说我不要新工做。因为我喜欢打扫清里和送货。还有为我的朋友做是情。但唐纳先生说不要管你的朋友。我须要你做这个新工做。我不能想象会有人不要进升。

我说进升是什么。他抓抓头然后隔着杯子看我。不用管这个查理。从现在起你来操做揉面机。这就是进升。

所以我现在不送货洗册所和到垃及。我是新的揉面人。这就是进升。明天我要告素纪尼安小姐。我想她会很快乐。但我不董为什么弗兰克和乔都对我生气。我问范妮她说不要管那些笨旦。她说今天是四月一日鱼人节他们弄乔成左。反而让自已成了笨旦而不是你。

我要乔告诉我什么是弄乔成左。但他说你去跳河吧。我猜他们对我生气是因为我操做了机器而他们没有得到放假。这就表示我便匆名了吗。

4月3日

读完《鲁宾逊漂流记》。我想知到更多有官他的是情。但纪尼安小姐说就只有这样了。为什么。

4月4日

纪尼安小姐说我现在学得很快。她读了许多我的进步报告。然后有点奇怪的看着我。她说我是个好人我会让他们知到的。我问她为什么。她说没有关系但如果我发现不是每个人都像我想象得这么好我也不需要难过。她说上帝给你那么少。但你已经比很多有头脑却从来不用的人做的更多。我说我所有的朋友都很聪明。而且他们都很好。他们喜欢我。从来不会对我做不好的事情。然后有东西进去她的眼睛。她必须跑去女士的洗手间。

我坐在教室等她的时候。我在想纪尼安小姐就像以前我的妈妈那么好。我想到我记得妈妈告诉我要对别人好。而且要随时友善地对待别人。但是她说随时都要小心。因为有些人不了解。他们会认为你是想找麻烦。

这也让我想到当我妈妈必须出去时。他们把我留在邻居勒罗伊太太的家里。妈妈去了医院。爸爸说她不是因为生病或有什么毛病才去医院。而是要去医病为我带个小妹妹或小弟弟回来。（我还是不知道他们是怎么做的）。我告诉他们我要一个小弟弟陪我玩。但我不知道为什么他们还是带了一个小妹妹回来。但她就像娃娃一样可爱。问题只是她一直都在哭。

我从来没有伤害过她或什么的。

他们把她放在他们房间的婴儿床里面。有一次我听到爸爸在说别担心查理不会伤害她的。

她就像个一直在哭叫的粉红色东西。害我有时睡不着觉。我晚上睡觉的时候她还会把我吵醒。有一次他们都在厨房而我在床上的时候她开始哭。我起床去抱她起来。像妈妈一样要哄她安静下来。然后妈妈吼叫着进来把她抱走。她还用力打我害我跌倒在床上。

然后她开始尖叫。你不要再碰她。你会伤害到她。她是个婴儿。没有你的事情你不要去碰她。我当时并不晓得但我现在知道她是以为我会伤害宝宝。因为我太笨根本不会知道我在做什么。现在想到这件事让我觉得很难过。因为我绝不会去伤害小婴儿。

我去斯特劳斯医生的办公室时我一定得告诉他这件事。

4月6日

今天，我学到，逗点，就是（,），一个带有尾巴的句点，纪尼安小姐说，这个，很重要，因为，它可以让写作，变好，她说，如果逗点，没有放在，正确，的位置上，有些人，可能会因此，丢掉许多钱，我的工作，还有，基金会，付我的，让我存了，一些钱，并不太多，但是，我看不出来，为什么，一个逗点，能够，让你，不致丢掉钱，

不过，她说，每个人，都要使用逗点，所以，我也要，使用他们,,,,

4月7日

我的逗点用错了。这是一种标点符号。纪尼安小姐告诉我遇到长的字要查字典,以便学会怎么拼字。我说如果你不会念的话那又有什么差别。她说这是教育的一部分,所以从现在起我会去查所有我不确定应该怎么拼的字。这样子写法会很花时间,但我想我现在记得的东西愈来愈多了。

不论如何,我就是这样找到标点符号这个字的。字典里就是这样用的。纪尼安小姐说,句点也是一种标点符号,而且还有许多的符号要学习。我告诉她,我原本以为她的意思是所有的句点都必须有尾巴,然后叫作逗点。但她说不是这样。

她说;你,把!一切,都%搞。混?了:而现在。我可以(在写东西时+把所有的。标点符号?都混在一起用)。要学的、规则"很多,但我会,都记起来?我最喜欢"的一件事是&亲爱的纪尼安小姐:在商业$书信里%都是#这样@称呼的^(如果我*也去做生意的话?)每次我问她问题!她总是能给我一个理由&她,真是个天才!我希望?我也能和她一样聪明*标点符号,真?好玩!

4月8日

我真是个蠢蛋！我以前根本不知道她在说什么。昨晚我读了文法书，才让我整个了解是怎么一回事。然后我知道这和纪尼安小姐想要告诉我的东西是一样的，只是我以前一直不了解。我半夜醒来，所有的困惑都在心里明朗起来。

纪尼安小姐说那台电视有作用，能在我刚睡着以及夜间的时候提供帮助。她说我达到一个**高原期**，就像是一座山的平坦顶部。

我弄清楚标点符号的作用后，我把过去的进步报告从头读了一次。天哪，我的拼音与标点符号可真疯狂！我告诉纪尼安小姐，我应该重新检查一次，并且改正所有的错误。但她说："不，查理，尼姆教授希望它们维持原样。所以才会在复印后让你保留下来，以便你可以看到自己的进展。你进步得很快，查理。"

这些话让我感到得意。下课后我去楼下和阿尔吉侬玩耍，我们不再比赛了。

4月10日

我觉得我生病了。不是需要看医生那种，但我感到胸中一片空虚，像是被打了一拳又兼感到心痛一样。

我不想写下来，但我猜我必须写，因为这很重要。今天是我第一次故意留在家里不去工作。昨天晚上乔·卡普和弗兰克·赖利邀我去一个派对，那里有许多女孩子，金皮和厄尼也在那儿。我还记得上回我喝太多，弄得很难过，所以我告诉乔我什么都不要喝。他就给我一罐普通的可乐，味道尝起来很奇怪，但我想应该只是我嘴巴的味觉不好。

我们开心地玩了一阵子。

然后乔说："去和艾伦跳舞，她会教你舞步。"他对她眨眨眼，好像眼里有话要说的样子。

她说："你为什么不放过他呢？"

他拍拍我的背："这位是查理·高登，我的伙伴，我的哥们儿。他可不是普通人，他刚被晋升负责操作揉面机。我只要你和他跳舞，让他玩得愉快，这有什么不妥？"

他把我推向她，所以她就和我跳舞。我跌倒了三次，我不懂为什么，因为没有别人在我和艾伦旁边跳舞。可是我一直绊倒，因为老是有人把脚伸出来。

他们围成一圈，看着我们的舞步笑。每次我跌倒，他们就笑得更大声，而我也跟着笑，因为实在好笑。但最后一次跌倒时我没有笑，我站起来的时候，乔又把我推倒。

然后我看到乔脸上的表情，让我的肚子有种奇怪的感觉。

"他是个怪人。"其中一个女孩子这样说，每个人都跟着笑起来。

"你说得对，弗兰克，"艾伦笑到呛着说，"这是他的单人杂耍秀。"然后她说："嘿，查理，吃个水果。"她递一个苹果给我，但我咬下去，才发现那是假的。

弗兰克大笑说："我就说他会咬下去，你能想象有人会笨到吃蜡做的水果吗？"

乔说："自从那晚我们要他去角落看看有没有下雨，然后把他放鸽子留在哈洛伦酒吧后，我就再也没有笑得这么开心了。"

然后我看到一个我心底记得的景象。我还是小孩子的时候，街上的小朋友让我和他们一起玩捉迷藏，并让我当鬼。我一次又一次扳着手指头数到十以后，我开始去找其他人。我一直找到天黑、变冷，我必须回家的时候。

可是我一个也没找到，我也一直不知道为什么。

弗兰克说的话让我联想到这件事，发生在哈洛伦酒吧的事，也是同一回事。这就是乔和其他人正在做的事，他们在嘲笑我。和我玩捉迷藏的小朋友是在作弄我，他们一样是在嘲笑我。派对上的人像是一堆向下张望的模糊面孔，每张脸都对着我嘲笑。

"你看，他脸红了。"

"他在害羞，查理会害羞哩。"

"嘿，艾伦，你对查理做了什么？我从来没看过他这样子。"

"天哪，艾伦把他给弄翘起来了。"

我不知道该怎么办或转到哪里去。她的身体紧靠着我搓摩，让我觉得很奇怪。每个人都在嘲笑我，让我突然觉得好像自己全身没有穿衣服一样。我想把自己藏起来，让他们看不到我。我跑出屋子。那是个很大的公寓房子，里面有很多走廊，我找到楼梯间。我都忘记有电梯了。最后，我终于找到楼梯，我跑到街上，走了很久的路才回到我的房间。我以前从来不知道，乔、弗兰克和其他人喜欢让我跟在身边，纯粹只是为了作弄我。现在我知道当他们说"去整查理·高登"的时候，那是什么意思了。

我觉得惭愧。

还有一件事。我梦到那位和我跳舞并且在我身上搓摩的女孩艾伦，当我醒过来时，床单湿了，而且一团乱。

4月13日

还是没有回面包店工作。我请我的房东弗林太太打电话给唐纳先生，说我生病了。弗林太太最近看我的表情，好像她会怕我的样子。

我想能够发现大家怎么嘲笑我是件好事，我对这件事想了很多。因为我实在是太笨，连自己在做些蠢事也不自知。别人看到一个呆子不像他们那样做事情，就会觉得很好笑。

不论如何，我知道我现在每天都变得更聪明一些，我会标点符号，也能够正确地拼字。我喜欢在字典里查一些艰深的字，我也记得住。我尽量很仔细地去写这些进步报告，但这很难。我现在读很多东西，纪尼安小姐也说我读得很快。我甚至了解很多我读的东西，而且都会留在我的心里。有时候，我还可以闭上眼睛去想书中的某一页，而所有内容就会像图画一样重新出现。

不过，其他的事情也会在我的脑海里浮现。有时候我闭上眼睛，然后我就会看到一幕景象。就像今天早上我刚醒来的时候，张着眼睛躺在床上。那情景就像在我的心灵墙壁挖开一个大洞，让我可以整个人穿过去。我想那应该是很久远的事了……很久以前我刚开始在唐纳面包店做事的时候。我看到面包店所在的那条街，起初有些模糊，然后逐渐零零落落地拼凑起来，有些部分变得非常真实，现在明确地呈现在我眼前，只是其他部分依旧模糊，而我也不确定……

一个小个子的老人，一台娃娃车改装的手推车，一个炭炉，烤栗子的味道，地上覆盖着雪。一个眼睛张得很大的干瘦男孩，脸上带着惊恐的表情仰望商店的招牌。上面写着什么呢？模模糊糊的字母似乎毫无意义。我现在知道招牌上写的是唐纳面包店，但在我的记忆中回顾那块招牌，我无法透过他的眼睛读懂那些字。所有的招牌都毫无意义，我想那个脸上带着惊恐表情的男孩就是我。

明亮的霓虹灯、耶诞树与人行道上的摊贩。每个人都裹在外套里，衣领拉得高高的，脖子上还绕着围巾。但他连手套也没有。他的两手冰冷,他放下一捆沉重的棕色纸袋。他停下来观看小贩已上紧发条的那些机器玩具,翻滚的熊、跳跃的狗,还有鼻子上旋转着一颗球的海豹。翻滚、跳跃、旋转。如果他能拥有这些玩具,他将是世界上最快乐的人。他很想请求红面孔、指头已从棕色手套露出来的小贩,让他握着翻滚的小熊一下,但是他不敢。他抱起那捆纸袋放在肩头。他虽然干瘦,但多年的辛苦劳动,已经把他磨练得强壮。

"查理!查理!……呆头麦粒!"

小孩子围着嘲笑和戏弄他,就像许多小狗在咬他的脚一样。查理对着他们微笑。他很想放下那捆纸袋,和他们一起玩耍。但当他这样想的时候,突然背上的皮肤一阵抽痛,他可以感觉到几个较大的男孩朝他身上丢东西。

回面包店的路上,他看到几个男孩站在一条黑暗通道的入口。

"嘿,看,查理来了!"

"嘿,查理,你带着什么东西?你要玩丢骰子吗?"

"过来,不会害你的。"

但那条路暗藏古怪——黑暗的走道、笑声,还有让他皮肉再次抽痛的东西。他努力想弄清楚是怎么一回事,但他只记得衣服上都是屎和尿,他带着一身的肮脏回到家时,赫尔曼叔叔还对他大声吼叫,然后手上拿着一把榔头冲出去,要去找作弄他的孩子算账。查理倒退着离开在通道里嘲笑他的那群孩子，肩上的纸袋掉了下来，他向前再捡起来，然后一路跑回面包店。

"你怎么拖了这么久？"金皮在面包店后门的入口对他吼叫。

查理推开弹簧门进到面包店的后面，把肩上的东西放在滑道的垫木上。他身体倚着墙，两手插进口袋。他真想有自己的旋转玩具。

他喜欢留在面包店的后面，这里的地板常撒满白色的面粉，比沾满煤烟的墙壁和天花板还要白。他穿的高筒鞋厚底上沾着一层白，缝线与花边眼上有白粉，还有他的指甲缝，以及手上皮肤的裂纹里也是。

他在这里放松自己——靠着墙壁蹲坐着——他的背向后靠，有个 D 字的棒球帽斜盖在眼睛上。他喜欢面粉、甜面团、面包、蛋糕和烤面包卷的味道。炉子发出噼啪作响的声音，让他蒙上睡意。

甜美……温暖……睡眠……

突然间，他跌倒了，身上一阵抽痛，头撞在墙上。有人踢了他的脚，让他滑倒。

我只记得这些。我可以清晰地看到，但不知道为什么发生。这就像我以前常去看电影。第一次看的时候，我根本不懂在演什么，因为进展得实在太快，但一部电影看过三或四次后，我通常就会了解他们在说什么。我一定得告诉斯特劳斯医生这件事。

4月14日

斯特劳斯医生说，最重要的是继续回想类似昨天的记忆，并且记录下来。然后我去他办公室的时候，我们就可以讨论。

斯特劳斯医生是位精神病学家兼神经外科医师，我以前并不知道，我以为他只是一位普通的医生。今天下午我去他办公室时，他说认识有关自己的事情非常重要，这样我才能了解我的问题所在。我说我没有任何问题。

他笑了起来，然后从他的椅子起身，走向窗户边。"查理，你的智慧愈高，问题就会愈多。你智慧上的成长很快就会超越你情感上的成熟，然后你会发现随着你的进步，你可能会有很多事想和我谈。我只是要你记得，当你需要协助的时候，这是你可以来的地方。"

我还是不懂他指的是什么，但他说即使我不了解我的梦境和回忆，或是为什么会梦到这些，未来有一天这一切都会串连在一起，而我也会对自己了解得更多。他说，重要的是发现记忆中那些人所说的话。这都和我的孩童时期有关，我必须回想发生了什么事。

以前我从来不知道有这些事。这好像是说如果我变得够聪明，我就会了解我心灵中的所有话语，我也会知道那群通道上的孩子，以及赫尔曼叔叔和我的父母。但他说我可能会为这些事感到难过，心理会因此而生病，这又是什么意思呢?

所以,我现在必须每星期到他办公室两次,和他谈论那些困扰我的事情。我们只是坐在那里,我说话,斯特劳斯医生听。这就叫作治疗,意思是谈论这些事情会让我觉得好过一些。我告诉他,有一件困扰我的事和女人有关,就像和那位叫艾伦的女孩跳舞时会让我兴奋。所以我们就谈这件事。但我在谈的时候有种很奇怪的感觉,我会又发冷又冒汗,脑子里嗡嗡响,我觉得我快要吐了。斯特劳斯医生说,我在派对之后发生的事是梦遗,会很自然地发生在男孩子身上。

所以,即使我变得聪明,也学到许多新事物,他认为我在有关女人的事情上,仍然只是个孩子。这实在让人糊涂,但我终究会把生活中的一切弄清楚。

4月15日

这几天我读了很多东西,而且几乎所有读过的都会留在脑子里。除了历史、地理和算术,纪尼安小姐说我应该开始学外国语。尼姆教授给我更多带子在睡觉的时候播放。我还是不了解意识和潜意识心智是如何运作的,斯特劳斯医生要我先不要管这些。他要我承诺,我几星期内开始学习大学课程时,除非获得他的允许,我不会阅读任何有关心理学的书。他说这会让我混淆,引导我去思考心理学理论，而不是我自己的想法和感觉。但读小说就没有关系，这个星期我已读了《了不起的盖茨比》《美国悲剧》与《天使，望故乡》。我从来不知道男人和女人会做那些事。

4月16日

今天我觉得好过一些，但仍因为人们一直在嘲笑与作弄我而生气。如果我的智慧像尼姆教授所说，能达到现在的智商七十的两倍多，也许大家会开始喜欢我，并且当我的朋友。

不过，我不太确定智商是什么。尼姆教授说那是一种衡量智慧有多高的东西，就像药房的磅秤是用来量出你的体重一样。可是斯特劳斯医生对于这点和他发生很大的争论，他说智商根本无法测量智慧。智商只是显示你的智能可以达到多高，就像量杯外面的数字一样，你仍然得把材料填进杯里去才行。

我问为我做智商测验并且与阿尔吉侬一起工作的伯特·塞尔登，他说有些人可能会认为他们两人都错了，根据他目前正在读的东西，智商也能衡量一些你已经学到的不同东西，但实在不是测量智慧的好方法。

所以，我还是不知道智商是什么，而且每个人都有不同的说法。我现在智商大约是一百，而且很快就会升到一百五十以上，但他们还是得为我填进材料才行。我不想说什么，但如果他们不知道智商是什么，或是存在什么地方，他们又怎么知道你的智商究竟有多高。

尼姆教授说，后天我必须做一次罗夏测验。我怀疑那是什么东西。

4月17日

昨晚我做了一个噩梦，今天早晨醒来后，我按照斯特劳斯医生告诉我的方法，在我记得梦境时去自由联想。我想着我的梦境，让心思任意漫游，直到其他想法涌上心头。我不断这样做，直到心神一片空白。斯特劳斯医生说，这时就表示我的潜意识正试图阻止我的意识去记忆。这是一道介于现在与过去之间的墙。有时候这道墙会屹立不摇，有时候则会崩垮，然后我就能想起背后隐藏着什么。

就像今天上午一样。

这场梦是关于纪尼安小姐读我的进步报告发生的事。在梦里，我坐下来写东西，但我突然再也不会写或读。一切都空了。我非常害怕，所以我请面包店的金皮帮我写。纪尼安小姐读到我的报告时非常生气，因为报告里面用了很多脏字，她气得把报告撕碎。

我回家，尼姆教授和斯特劳斯医生也因为我在进步报告中写了肮脏的事，把我打了一顿。他们离开后，我捡起撕碎的报告，但纸片在我手上变成许多有花边的情人卡，上面还沾满了血。

这是个可怕的梦,但我离开床,把所有经过都写下来,然后开始自由联想。

面包店……烘烤……瓮……有人踢我……跌倒……沾满了血……写作……红色情人卡上放着一支很大的铅笔……一粒小金心……一个小盒子……一条链子……上面都是血……他在嘲笑我……

链子属于那个小盒子……旋转着……闪耀的阳光照进我眼里。我喜欢看着链子旋转……看着链子……全部聚成一团或扭曲和旋转……一个小女孩看着我。

她的名字是纪尼……我是说哈丽雅特。

"哈丽雅特……哈丽雅特……我们都爱哈丽雅特。"

然后什么也没有了,又是一片空白。

纪尼安小姐在我面前读我的进步报告。

然后我们都在低能成人中心,我写作文的时候,她在我面前读东西。

学校换到十三学区,我十一岁,纪尼安小姐也是十一岁,但现在她不是纪尼安小姐。她是个小女孩,脸上有酒窝,留着长长的鬈发,她的名字叫哈丽雅特。我们每个人都喜欢哈丽雅特。这时是情人节。

我记得……

我记得在十三学区发生的事,以及他们为什么把我转学,换到二二二学区,那是因为哈丽雅特的缘故。

我看到十一岁大的查理。他有一个金色的小项链盒，是他在街上捡到的。盒子上没有链子，但他用一条细绳穿起来。他喜欢旋转小盒子，让盒子和细绳缠绕成一团，然后再看着它旋转着解开，并让闪耀的阳光射进他眼睛。

有时候他和小朋友玩丢球，他们都只让他站在中间，他会努力在别人之前抓到球。他喜欢站在中间，虽然他从来没有抓到球。有一次，海米·罗斯不小心让球掉下来，被他捡到，但他们不让他丢，他还是得站到中间去。

哈丽雅特经过的时候，所有男孩都会停止玩球，紧盯着她看。所有男孩都爱哈丽雅特。当她摇头的时候，她的鬓发会上下晃动，而且她有酒窝。查理不懂为什么他们会对一个女孩子大惊小怪，为什么一直想和她说话（他宁可去玩球、踢罐子或是玩捉迷藏）。但所有男孩都爱哈丽雅特，所以他也必须爱哈丽雅特。

她从来不像其他孩子一样嘲笑他，他也会为她做些把戏。当老师不在的时候，他会跳到桌子上走，把橡皮擦丢出窗户，在黑板与墙壁上乱涂乱画。而哈丽雅特总是尖声地咯咯笑，"喔，你看查理，他是不是好好笑？喔，他是不是很蠢？"

到了情人节，每个男孩都在谈论要送什么情人卡给哈丽雅特，所以查理也说："我也要送一张情人卡给哈丽雅特。"

他们都嘲笑他，贝利说："你要去哪里弄情人卡来？"

"我也会送她一张很漂亮的，你们等着看好了。"

但他根本没钱买情人卡,所以他决定把他的小项链盒送给哈丽雅特,盒子也是心形的,就像商店橱窗卖的情人卡一样。那个晚上,他从妈妈的抽屉拿了几张棉纸,花了很久时间把小盒子包起来,并结上一条红色的带子。隔天中午吃饭的时候,他拿去找海米·罗斯,请海米帮他在纸上写字。

他要海米写着:"亲爱的哈丽雅特,我认为你是世界上最美丽的女孩,我很喜欢你,而且我爱你。我要你当我的情人。你的朋友,查理·高登。"

海米小心地用很大的字母印在纸上,他一直在笑,然后告诉查理说:"乖乖,这一定会让她的眼睛掉下来,你等着看她的表情吧。"

查理有些害怕,但他想把项链盒给她,所以就从学校跟着她回家,等她走进家里后,他才偷偷溜到门口,把包裹挂在门把上。他按了两下门铃,然后冲到对街一栋树后面躲起来。

哈丽雅特下楼开门,左右看了一下,想知道是谁按门铃。她看到包裹后,就拿着上楼去。查理从学校回到家,被打了一顿屁股,因为他没说一声就从妈妈抽屉拿走棉纸和彩带。但他不在乎。明天哈丽雅特会带着他的项链盒,告诉所有男孩,这是他送给她的。然后大家都会看到。

隔天,他一路跑着上学,但到得太早,哈丽雅特根本还没来,他非常兴奋。

但哈丽雅特来到学校后，甚至看都不看他一眼，不但没有带着项链盒，而且看起来很生气。

他在詹森太太没注意时，耍尽了所有把戏：他做好笑的鬼脸，大声地笑，站在椅子上扭屁股，甚至还拿粉笔丢哈罗德。但哈丽雅特连正眼也不看他一下。也许她忘了，也许她明天就会带来上学。她在走廊的时候走过他身边，但他走向前问她的时候，她一个字也没说就把他推开。

她的两个哥哥在校园里等他。古斯推了他一把说："你这个小杂种，是你写这张肮脏的字条给我妹妹吗？"

查理说他没有写肮脏的字条，"我只给她一个情人节礼物。"

奥斯卡高中毕业前，曾经是美式足球校队的一员，他抓着查理的衬衫，弄掉了两颗纽扣。"你离我小妹远一点，你这个败类，反正你不属于这个学校！"

他把查理推向古斯，古斯抓着他的喉咙，查理很害怕，并开始哭。

然后，他们两个开始打他。奥斯卡在他鼻子上揍了一拳，古斯把他推倒在地，用脚踢他身体，接着两人轮流踢他。校园里有许多孩子看到了，他们是查理的朋友，他们拍着手边跑边嚷："打架！打架！他们在打查理！"

他的衣服被撕破，鼻子在流血，还掉了一颗牙。古斯和奥斯卡走后，他坐在人行道上哭，其他小孩还大声嘲笑他："查理被揍惨了！查理被揍惨了！"这时，学校的一位管理员瓦格纳先生把其他小孩赶开，他带查理进男生厕所，告诉他在回家前，先把脸上和手上的血和泥土洗掉……

我猜我那时候一定很笨，因为我竟然会相信别人说的话，我不应该相信海米或任何人的。

在今天以前，我从不记得这类的事，但我开始思考我的梦境后，就自然涌上心头。这和我对纪尼安小姐读我进步报告的感觉有关。无论如何，我很高兴再也不用请别人帮我写东西，现在我自己就能写。

但我刚想起一件事，哈丽雅特一直没把项链盒还我。

4月18日

我知道罗夏是什么了。那是一种墨迹图形测验，我在手术前曾经做过。我一看到这个东西，就开始害怕。我知道伯特会要我在卡片里找出图像，但我知道我什么也看不到。我在想，如果有方法可以知道那里面隐藏什么图像就好了。但也许其中根本没有图像，这只是种招数，想要知道我是不是会笨到去找出根本不存在的东西，想到这点就让我对他生气。

"好啦，查理，"他说，"你见过这些卡片的，记得吗？"

"我当然记得。"

听我说话的语调，他立刻知道我在生气，他惊讶地抬头看我。

"有什么不对劲吗，查理？"

"没什么，只是那些墨迹图形让我很烦。"

他微笑地摇摇头："没什么好烦的，这只是种标准的性格测验。现在我要你看着卡片，这是什么？你在卡片上看到什么？人们会在这些墨迹图形上看到各式各样的东西。告诉我你看到的可能是什么，让你想到什么。"

我非常震惊。我瞪着卡片，然后再瞪着他。

我没有期待他会说这些话。"你的意思是这些墨迹图形中没有隐藏任何图像？"

伯特皱着眉头，然后摘下眼镜："你说什么？"

"图像！隐藏在墨迹图形里的图像！你上次告诉我，每个人都看得到，你要我也找出来。"

"不，查理，我不可能这样说。"

"你是什么意思？"我对他高声叫嚷。对于墨迹图形的过度恐惧，让我对自己也对伯特发脾气："你就是这样对我说的，不要以为你聪明到能够读大学，就可以嘲笑我，我受够了每个人都在嘲笑我。"

我不记得自己曾经这么生气过，我想我不是对伯特发作，但一切就这样爆发出来。我把罗夏卡片丢在地上，然后走出去。尼姆教授刚好从走廊经过，我没打招呼就从他身旁冲过去，他就知道有些不对劲了。他和伯特追上我时，我正准备搭电梯下楼。

"查理,"尼姆抓住我的手臂,"等一下,这是怎么回事?"

我挣脱他的手,朝伯特点一下头说:"我受够了别人老是作弄我。也许我以前不知道,但现在我知道了,我一点都不喜欢。"

"这里没有人会作弄你,查理。"尼姆说。

"那墨迹图形测验怎么说呢?上回伯特说每个人都可以在墨水里看到图形,而我……"

"查理,你想听一下伯特究竟是怎么告诉你的,还有你自己是怎么回答的吗?你的测验过程都有录音,我们可以播来听,让你知道究竟说了哪些话。"

我怀着复杂的心情,跟他们一起回到心理学办公室。我很确定他们一定是在我太过无知、什么事都不懂时,乘机作弄和欺骗我。我的愤怒是种很刺激的感觉,我不想轻易搁下,我已经准备好要作战。

尼姆在档案中找录音带时,伯特解释说:"上回我用的措辞几乎和今天一模一样,这类测验要求每次的过程必须一样,都获得有效的控制。"

"我听到以后就会相信。"

他们交换一下眼神。我觉得血液又往上冲,他们还是在嘲笑我。然后我想起我刚说了什么,再听过我自己说过的话后,我知道他们不是在嘲笑我,而是因为他们知道我遭遇到什么问题。我已经达到一个新的水平,愤怒与怀疑是我对周遭世界的第一个反应。

录音机传出伯特的声音："现在我要你看着卡片,这是什么?你在卡片上看到什么?查理,人们会在这些墨迹图形上看到各式各样的东西,告诉我你看到的可能是什么,让你想到什么……"

他用的措辞和语调,和几分钟前在实验室说的话几乎一模一样。然后我听到自己的答复,说的是些幼稚、无法想象的事情。然后,我无精打采地坐在尼姆教授桌旁的椅子上,"那真的是我吗?"

我跟着伯特回实验室,继续我们的罗夏测验。我们进行得很慢,这回我的答复相当不一样。我在墨迹图形中"看到"东西:一对蝙蝠在互相拉扯、两个人在斗剑。我还想象出各种事物,但即使如此,我发现我已不再完全信任伯特。我不断把卡片翻过来,检查背后是否有我应该注意的东西。

他在做笔记时,我也会偷瞄。但他记的都是这类代码:

WF + A DdF-Ad orig. WF-A SF + obj

这项测验还是没有什么意义,因为我觉得任何人都可以说谎,故意编出一套他并没有真正看到的事情。他们如何知道我不是在愚弄他们,没有故意说些我并未真正想到的事呢?

也许斯特劳斯医生允许我读些心理学的书后，我就会了解。我愈来愈难记下我的所有想法和感觉，因为我知道别人会读。如果我能私自保留部分的报告一段时间，或许会比较好。我要去问斯特劳斯医生，为什么这件事会突然让我感到困扰？

进步报告—10

4月21日

我想出一个新方法来设定面包店的揉面机,可以加快生产速度。唐纳先生说这可以让他节省劳动成本,并且提高获利。他给我五十元红利,而且每周加薪十元。

我想请乔·卡普和弗兰克·赖利出去吃中饭庆祝,但乔说他得去帮太太买东西,弗兰克说要和表弟一起吃中饭。我猜想他们需要一段时间才能适应我的改变。

每个人似乎都怕我。我走到金皮身边拍了一下他的肩膀,想问他一件事情,他竟然整个人跳起来,手上的咖啡洒了自己满身。他以为我没有在看他的时候,狠狠地瞪我。在工作的地方再也没有人和我说话,路上的小孩也避开我。这让我的工作变得相当孤单。

这件事让我想起以前,我很困地站起来时,弗兰克会用脚踢我的腿,让我跌倒在地上。暖暖的甜味、白色的墙壁、弗兰克打开烤箱移动面包时的轰隆声响。

突然跌倒……扭成一团……下半身悬空,头撞到墙壁。

那就是我,但躺在那里的似乎是别人,另一个查理。他搞糊涂了……手揉着头……先抬起眼睛瞪着高瘦的弗兰克，再看看旁边的金皮。金皮的块头很大，头发茂盛，灰色的脸，浓密的眉毛几乎盖住蓝色眼睛。

"放过那孩子，"金皮说，"天哪，弗兰克，你为什么老找他麻烦？"

"我没别的意思，"弗兰克笑着说，"这又伤不了他，他不会有什么感觉的，你会吗？查理。"

查理揉着头，一副畏缩的模样。他不知道自己做了什么事，竟然惹来惩罚，但这总会一再发生的。

"但你自己可是很清楚，"金皮脚上穿着沉重的矫正鞋，"你倒说说看，你为什么老是整他？"两人坐在长桌旁边，高高的弗兰克与胖胖的金皮正在揉面，准备做成面包卷放进烤箱，应付傍晚的订货。

他们静静地工作一会儿，然后弗兰克停下来，把白色帽子往后顶一下："嘿，金皮，你想查理能学会烤面包卷吗？"

金皮的手肘倚在工作桌上："你为什么就不能放过他？"

"不，我是说真的，金皮，不是开玩笑，我打赌他能学会做面包卷这种简单的事。"

金皮似乎对这个主意有了兴趣，他转身注视查理："也许你可以学一点，嘿，查理，过来一下。"

查理就像平常一样，有人在谈他的时候，总是低着头看自己的鞋带。他知道怎么穿鞋带和打结。他可能会做面包卷，也有可能学会捣、卷、旋转面团，然后做成小圆形。

弗兰克不太确定地看着他："也许我们不该试，金皮。"

或许这是不对的，如果一个蠢蛋学不来，也许我们就不该教他任何东西。"

"这件事交给我，"金皮现在接下弗兰克的点子，"我想他可能学得来。听着，查理，你想学点东西吗？你要我教你怎么像弗兰克和我一样做面包卷吗？"

查理注视着他，笑容逐渐从脸上消失。他知道金皮要做什么，他感到担忧。他想讨好金皮，但他听到学和教的字眼，想起曾被严厉惩罚的事，但想不起来到底是什么事……只记得有只白色、纤细的手举起来打他，要他学些他不懂的事。

查理后退几步，但金皮抓住他的手臂："嘿，孩子，放轻松，我们不会打你的。你看他抖得整个人都快散掉了。看这里，查理，我有个新奇、发亮的幸运玩意要给你玩。"他伸出手给查理看一条黄铜链子，上面连了一片写着"永光牌金属抛光剂"的闪亮圆盘。他手抓着链子末端，让闪亮的金色圆盘缓缓转动，反射着日光灯的亮光。查理记得那闪亮的坠链，但不知道为什么或到底是什么东西，他没有伸手去拿，他知道拿别人的东西会被惩罚。如果是别人放在你手里就没关系，否则就是不对的。他看到金皮要拿给他，他点点头，脸上也重新绽开笑容。

"这个他倒是懂，"弗兰克笑着说，"只要给他闪闪发亮的东西。"弗兰克让金皮接手做这项试验，自己也兴奋地把身体向前倾。"也许他真的很想要那块废料，如果你教他怎么做，说不定他真会学到如何把面团做成面包卷。"

他们准备教查理的时候，店里其他人也跟着围过来看。弗兰克在他们和桌子中间清出一个区域，金皮抓了块中等大小的面团给查理。有人在下注，打赌查理能否学会做面包卷。

金皮说："仔细看我们做。"然后他把坠链放在桌上查理看得到的地方。"仔细看，照我们的每个动作去做，如果你学会怎么做面包卷，这个闪亮的幸运符就是你的了。"

查理弯腰驼背坐在凳子上，专心地看金皮拿起刀子切下一片面团。他注视金皮的每个动作，看到他先把面团擀平铺开成长条状，然后断开再揉成一团，放下来后，撒上一些面粉。

"现在看着我做。"弗兰克说，他重复金皮的做法，但查理却混淆了。两个人的动作有些差异。金皮擀平面团的时候，手肘是撑开的，就像鸟的翅膀，弗兰克则紧靠在身体两侧。金皮揉面时，两手拇指和其他指头靠在一起，弗兰克却是用手掌去压，拇指和其他指头分开。

查理太过担心这些细节，以至金皮说"好，换你试试看"时，他根本动不了。

查理摇摇头。

"查理，我再慢慢做一次。这回你看着我的每个动作，我做一步，你做一步。好吗？但要注意记住每个步骤，这样你待会儿才能自己做一次。现在先这样做。"

查理皱着眉头看金皮抓下一块面团，然后揉成面球。他迟疑了一下，跟着拿起刀子切下一片面团，放在桌子中央。慢慢地，他和金皮一样撑开手肘，也把面团揉成球状。

他从自己的手望向金皮的手，小心地让自己的手指姿势和金皮一样，拇指和其他指头靠得紧紧的，略成杯状。他必须做对，照金皮要求的方式去做。他心里有个声音在回响，告诉他要做对，这样他们就会喜欢他。他希望金皮和弗兰克能喜欢他。

金皮把面团揉成面球后，他退后一步站着，查理也照着做。"嘿，太棒了。弗兰克，看到没？他做成面球了。"

弗兰克点头微笑。查理松了口气，他的身体一直紧张地发抖，他不太习惯这类罕有的成就。

"好，现在我们来做面包卷。"金皮说。查理笨拙地，但很小心地跟着金皮的每个动作。有时候，他的手或手臂的偶尔晃动，会破坏他正在做的东西，但再多过一会儿，他就能把一块面团慢慢捏成面包卷。他在金皮旁边做了六个面包卷，他撒上面粉后，小心翼翼把它们放到铺着面粉的烤盘上，和金皮做的排在一起。

"很好，查理。"金皮的表情严肃，"现在你自己做给我们看，要记得从头开始的每个步骤。好，现在开始。"

查理望着厚厚的大堆面团，再看看金皮交到他手上的刀子，立刻又恐慌起来。他第一步该怎么做？手应该怎么放？还有指头呢？他要怎么揉面团？……一千个混乱的念头同时在他心里爆开来，他只能呆站在那里微笑。他想要做，要让弗兰克和金皮高兴、喜欢他，同时拿到金皮答应送他的那个闪闪发亮的幸运玩意。他在桌上把那块柔滑、沉重的面团转来转去，就是不知道该如何下手。他没办法切下去，因为他知道他做不出来，他会害怕。

"他已经忘了，"弗兰克说，"他记不住。"

他很想记住，他皱着眉头努力回想：起初你必须切下一块面团，然后把它揉成一个球。但要怎么变成像烤盘上的面包卷呢？这是另外一回事。给他一些时间，他就会记起来。一旦那些混乱的念头消失，他就会想起来。再过几秒钟就行了。他想多抓住刚学到的东西一会儿，他太想要了。

"好啦，查理，"金皮叹了口气，拿走他手上的切刀，"没关系，别担心，反正这不是你的工作。"

再过一分钟他就会想起来，如果他们不要催他就好了。为什么凡事都得这么匆忙呢？

"去吧，查理，去坐下来看你的漫画书，我们得回去工作了。"

查理点头并微笑，接着从背后的口袋抽出漫画书。他把书压平，然后放在头上，假装是一顶帽子般戴着，惹得弗兰克笑起来，金皮也终于露出微笑。

"走吧，你这个大宝宝，"被逗乐的金皮哼着说，"去坐在那儿，等唐纳先生有事再叫你。"

查理对着他微笑，回到揉面机旁堆着面粉袋的角落。他喜欢盘腿坐在地板上，靠着面粉袋看漫画书里的图画。他开始翻页时，突然有想哭的感觉，却不知道是为什么。有什么好悲伤的呢？模糊的云雾来了又散，现在他期待的是漫画书中精美的彩色图画带来的快乐，这本书他已看过三四十次了。他知道漫画书中的所有人物，因为他一次又一次问过他们的名字（几乎问过每个他遇到的人）。他也知道人物上方那些白色气球里的奇怪字母和字代表他们正在说的话。如果能够读懂气球里的字该有多好！如果他们给他足够的时间，只要他们不要催他催得太急，他就会学起来。可是大家没有时间。

查理盘起腿，打开漫画书的第一页，蝙蝠侠和罗宾正抓着一条长绳子，摆荡到建筑物的另一头。他决定，总有一天他要读书。到那时候，他就会读懂故事。他感觉肩膀上有只手，他抬头看。金皮伸出手上拿的黄铜圆盘和链子，让链子旋转、缠绕，照射着光芒。

"拿去！"他粗暴地说，然后把东西丢到查理怀中，跛着脚离开……

我以前从未想过这件事，他能这样做真好。但为什么呢？反正，这就是我记得的当时情景，比我以前经历过的任何事都要清晰完整。有点像在清晨光线还灰蒙蒙的时候，从厨房窗户往外张望一样。从那时候到现在，我已经历很大的改变，这一切都得归功于斯特劳斯医生和尼姆教授，以及比克曼大学的其他人。但弗兰克和金皮看到我现在的改变后，会有什么样的想法和感觉呢？

4月22日

面包店里的人变了，不仅仅是忽视我而已，我还能感觉到敌意。唐纳安排我加入面包师工会，我又获得一次加薪。但最糟的是所有的乐趣都没了，因为其他人都讨厌我。从某方面看，我不能怪他们。他们不了解我是怎么回事，而我也不能告诉他们。大家没有像我期待的为我感到骄傲，绝非如此。

然而，我还是得找人谈谈。明天晚上我要请纪尼安小姐看电影，庆祝我获得加薪，如果我有足够的勇气的话。

4月24日

尼姆教授终于同意斯特劳斯医生和我的说法，如果知道我写的东西会立即被实验室的人拿来读，我根本不可能记下所有事情。不论我记下来的是什么题材，我都已经尽可能诚实，但还是有些事我不愿意写下来，除非我能私下保留至少一段时间。

如今，我获准保留一些比较隐私的报告，但只能保留到提交最后报告给韦尔伯格基金会之前，尼姆教授最终仍会读过所有报告，以决定哪些部分要出版。

今天发生在实验室的事情，让我非常难过。

傍晚前我路过实验室，想问斯特劳斯医生或尼姆教授，我能不能邀请纪尼安小姐出去看电影。但敲门之前，我就听到他们在激烈争吵。我不应该在那里逗留的，但要改变习惯很难。因为人们在我面前都会照常说话或做事，就好像当我不在场一样，他们根本不在乎我听到什么。

我听到有人在拍桌子，然后尼姆教授高声吼叫说："我已经通知委员会，我们会在芝加哥发表报告。"

然后我听到斯特劳斯医生的声音说："可是你错了，哈罗德，从现在起的六个星期时间还是太仓促，他仍在改变。"

尼姆接着说："到目前为止，我们都能正确预测发展模式，我们提出临时报告是合理的。我告诉你，杰伊，没什么好怕的。我们已经成功了，所有结果都是正面的，现在不会再出错了。"

斯特劳斯说："这件事情对我们所有人都太重要，不能还没成熟就提前公开，你不能自作主张。"

尼姆说："你忘了我是这个计划的高级成员。"

斯特劳斯说："可是你忘了你不是唯一必须顾虑声誉的人，如果我们现在就夸大宣告成果，我们的整个假设会遭到严厉攻击。"

尼姆说："我已经不再担心退化，我已一再检验所有过程。临时报告不会有什么伤害,我很确定现在不会出错了。"

他们就这样争论不休,斯特劳斯说尼姆觊觎的是哈尔斯敦的心理学会主席职位,尼姆则说斯特劳斯仗恃的是他的心理学研究势力。然后,斯特劳斯说,他的心理学技巧和酶注射模式,对这个计划的贡献丝毫不逊于尼姆的理论。总有一天,全世界成千上万的神经外科医生都会使用他的方法。尼姆则针对这点提醒他,如果不是有他的原创理论,这些新技巧都无从产生。

他们用许多字眼指责对方,包括机会主义者、愤世嫉俗、悲观主义者,让我感到害怕。突然间,我想到我没有权利在他们不知情的状况下,站在办公室外面听他们说话。以前我还懵懂无知的时候,他们可能不在乎,但现在我已经能够了解,他们不会希望我听到这些话。我没有等到他们争吵出个结果就已经离开。

天色已经暗下来,我走了很久的路,想弄清楚自己为什么这么害怕。我第一次看清他们不是神,甚至也不是英雄,只是两个烦恼着要从工作中获得某些东西的平凡人。然而,如果尼姆的说法正确,实验是成功的,那又有什么好怕的呢?有太多事情要做,太多计划要定。

关于请纪尼安小姐看电影庆祝加薪的事,我会等到明天再去问他们。

4月26日

我知道做完实验室的事情后，不应该在学院附近继续逗留，但看到年轻男女带着书本进进出出，听到他们谈课堂上学到的东西，会让我兴奋。我很希望能和他们在波尔校区的餐馆中坐下来喝咖啡、聊天，一起争论政治、想法与书本上的问题。听他们讨论诗、科学与哲学，是很让人兴奋的事，不管谈论的是莎士比亚与弥尔顿，牛顿、爱因斯坦与弗洛伊德，柏拉图、黑格尔与康德；或是所有像教堂的洪亮钟声一样在我心中回荡的伟大名字。

有时候，我会倾听周围桌子的学生对话，假装我也是个大学生，虽然我其实比他们老很多。我带着书本到处晃，并抽起烟斗。这样做很蠢，但因为我属于实验室，我觉得好像自己也是大学的一部分。我痛恨回到家里的孤单房间。

4月27日

我和波尔校区的几个学生做了朋友，他们在争论莎士比亚的剧本是否真的是莎士比亚所写。一位满脸汗水的胖学生说，所有莎士比亚的剧本都是马洛写的。但戴着暗色眼镜的小个子学生伦尼不相信有关马洛的说法，他说每个人都知道剧本是弗朗西斯·培根写的，因为莎士比亚没有读过大学，从未接受剧本中呈现的那种教育水平。然后，一位戴着新鲜人便帽的学生说，他在男生厕所里听到几个人在说，莎士比亚的剧本其实是一位女士写的。

他们也谈论政治、艺术与上帝的问题。我以前从未听过上帝可能不存在的事，听得我吓了一大跳，因为这是我第一次开始思考上帝的意义。

现在我知道上大学和接受教育的最重要理由之一，是去了解你以前一直相信的事情并非真实，而且任何东西都不能只靠外表来决定。

他们一直在聊天和争论，我感到一股兴奋之情在内心沸腾。这正是我要的，我要上大学，听人谈论所有重要的事情。

如今我空闲的时候，大部分时间都泡在图书馆阅读，尽可能从书本吸收东西。我没有特别专注在任何领域，目前只是大量阅读小说，来填补我那无法满足的饥渴，包括陀思妥耶夫斯基、福楼拜、狄更斯、海明威、福克纳，或是我能接触到的所有东西。

4月28日

昨夜在梦里，我听到妈对着爸和十三学区小学（我转到二二二学区之前的第一个学校）的老师大声吼叫……

"他很正常！他很正常！他会像其他人一样成长，比其他人更好。"她想去抓老师，但爸把她拉回来。"他有天会去上大学,变成大人物!"她不断尖声大叫,还去抓爸爸,想要挣脱开来。"他有天会去上大学,而且变成大人物!"

我们在校长的办公室,里面的许多人表情都很尴尬,但助理校长在笑,他还把头转开,以免被人发现。

我梦中的校长留着长长的胡子,他在房间里晃过来晃过去,然后指着我说:"他必须去读特殊学校,把他安置在州立沃伦之家和训练学校,他不能留在这里。"

爸拉着妈离开校长办公室,她还在高声叫嚷,但同时也哭了起来。我没看到她的脸,但她斗大的红色泪滴不断往我身上掉落……

今天早上我还记得这个梦,不仅如此,我还能模模糊糊回想起六岁时发生的事。那时候,诺尔玛还没生出来。我看到妈是个瘦小的女人,有着深色头发,她讲话很快,而且用了太多手势。她的面孔一直很模糊。她的头发梳成高高的发髻,不时伸手去拍一下,把它压平,好像要确定发髻还在那里。我记得她像只白色大鸟,一直拍着翅膀围在我父亲四周,而他则太过笨重与疲倦,根本避不开她的扑啄。

我看到查理站在厨房中央,玩弄他的旋转玩具,那是用条绳子穿起来的许多闪亮的彩色珠子与圆环。他一手抓着绳子上端绕圆圈,看着那些珠环在旋转的炫光中不断缠绕与分开,他就这样子玩了很久。我不知道那是谁帮他做的,后来流落到哪里去,但我看到他着迷地站在那里,一面绕圈圈，一面看着绳子的重复缠绕与解开……

她对着查理高声嚷叫，不，她是在对父亲叫嚷："我不会把他转走，他没什么不对劲！"

"罗丝，继续假装一切正常没什么好处。你看看他，罗丝，他已经六岁了，却还……"

"他不是呆子，他很正常，他会跟其他人一样。"

他悲伤地看着儿子玩耍，查理对他微笑，把玩具拿得高高的，让老爸看玩具旋转起来有多漂亮。

"把玩具收起来！"妈尖叫着，突然间挥出一掌，把旋转玩具从查理手上拍出去，摔落在厨房地板上。"去玩你的拼字积木！"

他呆站在那儿，被这突如其来的发作吓坏了。他缩成一团，不知道妈会对他怎样，身体开始颤抖。他们在吵架，那忽高忽低的吼声好像在他体内挤压，让他起了恐慌。

"查理，去厕所，你胆敢拉在裤子上试试看！"

他想照她的话做，但腿却软弱地不听使唤，两手自动抬高想抵挡母亲的巴掌。

"看在上帝分上，罗丝，饶了他吧。你把他吓坏了，你老是这样对他，可怜的孩子。"

"那你为什么不帮我？我必须凡事自己来，每天都得设法教他，帮他赶上其他人。他只是有点迟钝，如此而已，他可以和其他人学得一样好。"

"不要欺骗自己，罗丝，这样对他或对我们都不公平。

你不能假装他很正常，然后把他当动物一样驱使，要他学些把戏。你为什么不放过他呢？"

"因为我要他跟其他人一样！"

他们吵架时，查理体内感受到的那股挤压也变得更强烈。他感觉肚子就快爆开来了，他知道必须像妈经常告诉他的，赶紧去厕所，但他就是动不了。他很想当场在厨房坐下来，但这是不对的，而且妈会揍他。

他想要他的旋转玩具，如果他拿到玩具，看着那东西转来转去，就能够控制自己，不会拉在裤子上。但玩具已经摔坏四散，有些圆环散落在桌子下，有些跑到水槽下，绳子则飞到炉子旁边。

奇怪的是，虽然我清晰地记得他们的声音，他们的面貌却始终模糊，我只能看到大概的轮廓。爸爸块头大但萎靡，妈妈瘦小而灵敏。时隔多年，现在听到他们相互争吵的声音，我有股冲动想对他们高叫："看看他，看着查理，他得去厕所！"

当他们为了他吵架时，查理站在那里拉扯着他的红格子衬衫。他们之间的言语交锋闪烁着愤怒的火花，但那是他无法辨识的愤怒与罪过。

"九月的时候，他要回十三学区小学，重读这学期的课。"

"你为什么不能自己认清事实呢？老师说过他没有能力在正常的班级上课。"

"那婊子也能算老师吗？噢，我还可以给她更好听的称号。她再惹我看看，这回我不会只是向教育局投诉。我会挖出那荡妇的眼珠。查理，你为什么扭成那样？去厕所，自己去，你知道怎么去的。"

"你看不出他要你带他去吗？他会害怕。"

"你别管，他完全有能力自己上厕所，书上说这会带给他自信和成就感。"

想到那个贴满冰冷瓷砖的房间，他就浑身恐惧，他不敢自己去，向她伸出手，哭着说："厕……厕……"但她把他的手甩开。

"不行！"她严厉地说，"你是个大男孩了，你可以自己去。现在就去厕所，照我教你的拉下裤子。我警告你，如果拉在裤子上，我会打你屁股！"

我现在几乎可以感觉到，他们站在他面前等着看他怎么做时，他肚子里的那种扭曲与纠结。但突然间，他再也控制不了，他的呜咽变成柔声的哭泣，他已经弄脏裤子，同时双手掩面哭了起来。那种东西软软、热热的，他的感觉混合着解脱与害怕的困惑。困惑的是他，但她会像往常一样让他清醒过来，把困惑留给自己。然后，她会打他屁股。她走向他，高声骂他是坏孩子，而查理则奔向父亲求救。

突然间，我想起她的名字是罗丝，他的名字是马特。

忘掉自己父母的名字是很奇怪的事。诺尔玛呢？我居然已经很久没有想起过她。我很希望现在能再看到马特的脸，想知道他那时候在想什么。但我只记得她开始打我时，马特·高登转身走出公寓。

我很希望能更清楚地看到他们的脸。

进步报告—11

5月1日

我为什么从未注意到艾丽斯·纪尼安有多漂亮？她有鸽子般柔和的褐色眼睛，羽毛般轻软的褐发直垂到颈部凹处，微笑时，丰满的嘴唇看起来像在噘嘴。

我们一起去看电影，并且共进晚餐。第一部电影我看进去的不多，因为我太过强烈地意识到她就坐在我身边。她裸露的手肘在扶手上碰到我两次，每一次碰触时，我都害怕她会不高兴而赶快缩回手肘。我满脑子想的都是身边几寸外的柔嫩肌肤。然后我看到在我们前面两排，一位年轻男子用手臂搂着身旁的女孩，我也想把手臂环在纪尼安小姐肩上。我很害怕。但如果我慢慢地……先把手臂放在她的椅背……再一寸一寸往上移……逐渐靠近她的肩膀和颈背……再若无其事地……

但是我不敢。

我能做的顶多只是把手肘靠在她座位的椅背上，但等我推进到这个位置时，我已经必须变换位置，来擦拭渗满颈部与满脸的汗水。

有一回，她的腿还不经意地掠过我的腿。

这实在是莫大的折磨，太痛苦了，我只得强迫自己把心思从她身上移开。第一部电影是战争片，但我只知道结尾的时候，那位美国大兵重返欧洲，与救过他一命的女人结婚。第二部电影引起我很大的兴趣。这是一部关于心理学的电影，叙述一个男人和女人表面看起来像在恋爱，实际上却在互相摧毁对方。故事的进展一直显示，这个男人即将杀死他太太，但在最后一刻，她在梦魇中尖叫着某件事，让他回想起童年发生的事。这段突如其来的回忆告诉他，他的憎恨实际上是针对一位邪恶的女家庭教师而发，她以各种恐怖的故事惊吓他，以致让他的人格留下缺陷。兴奋地发现这个真相后，他高兴地大叫，把他的太太惊醒。他把她抱在怀里，暗示他的一切问题都已化解。这样的结论太过简略低俗，而我大概也显示了我的不屑，所以纪尼安小姐想知道有什么不对劲。"这是一派胡言，"我们走进大厅时，我向她解释说，"事情根本不会以这种方式发生。"

"当然不会，"她笑着说，"这是个虚构的世界。"

"噢，不！这不能算是答案。"我强调说，"即使在虚构的世界，也必须有规则可循。每个部分必须前后呼应，属于一个整体。这样的电影纯粹是胡扯，情节是硬编出来，因为作家、导演或某个人所要的东西，和整体并不搭轧，感觉上都不对劲。"

我们走进时代广场令人目眩的辉煌夜色时，她若有所思地看着我："你进步得很快。"

"我很迷惑，我不知道自己究竟知道些什么。"

"不要在意那个，"她坚持说，"你已经开始看清与了解事情。"我们穿越广场到第七大道时，她挥着手臂来遮挡周遭的霓虹灯与炫光。"你逐渐能看清事情表面底下的东西，你刚才说每个部分都必须属于一个整体，那就是很好的见解。"

"噢，算了吧，我可不觉得我有做好任何事情。我不了解自己或我的过去，我甚至不知道我父母在哪里，或长什么样子。你知道吗？我在记忆的瞬间或在梦里看到他们时，他们的面孔始终是模糊的。我想看清他们的表情。除非我能看到他们的脸，否则我无法了解到底发生了什么事。"

"查理，冷静点。"路人都转过来看我。她的手穿过我的臂弯，把我拉近一点，让我不要太激动。"要有耐心，别忘了你已经在几周内完成别人要一辈子才能做到的事。你就像一片不断吸收知识的巨大海绵。你很快就能把事情联结起来，然后你会发现，所有不同的学习世界都是相关的。查理，所有层级就像一个巨大楼梯的台阶，而你会愈爬愈高，看到愈来愈多周遭的世界。"

我们走进四十五街的自助餐馆并拿起餐盘时，她说得正起劲。她说："一般人只能看到一点点，他们无法改变太多或超越自己，但你是个天才。你会愈爬愈高、愈看愈多，你的每一步都会为你揭开一个令你惊奇的新世界。"

排队的人听到她说的话时，都转过头瞪她，直到我碰她一下后,她才压低声音。"我只祈求上帝,"她低声地说,"不要让你受到伤害。"

听到她这么说,我有好一阵子不知该说些什么。我们在柜台点好食物,然后带到我们的桌子,一言不发地吃起来。这静默的时刻让我紧张起来,我知道她说的是她的恐惧,所以我就借此开玩笑。

"我为什么会受伤害呢?我不可能比以前更糟了。甚至阿尔吉侬也还是很聪明,不是吗?只要它还不错,我就会维持良好状况。"她玩弄着刀子,在一小块奶油中挖了个圆形凹洞,她的动作令我着迷。"而且,"我告诉她,"我无意中听到尼姆教授与斯特劳斯医生的争执,尼姆说他肯定情况不会出错。"

"但愿如此。"她说,"你无法想象我有多害怕事情会出差错,我认为我也必须负一部分责任。"她看到我在凝视她的刀子,便小心翼翼把刀放在盘子旁边。

"如果不是你,我绝对不会动手术。"我说。她笑了起来,她的神情让我颤抖。我就是在这时候,发现她的眼睛是柔和的褐色。她很快低下头看着桌布,脸也红起来。

"谢谢你,查理。"她说,然后握着我的手。

这是第一次有人对我这样做,这也让我变得大胆。我将身体向前倾,继续握住她的手,话也跟着流泻出来:"我非常喜欢你。"说完,我很怕她会笑起来,但她只是点点头微笑。

"我也喜欢你，查理。"

"但这不只是喜欢而已。我的意思是……噢，天哪，我不知道要说什么。"我知道我已满脸通红，不知道眼睛要看向哪里，也不知道手该摆哪里。我弄掉一支叉子，弯身去捡时，又打翻一杯水，溅湿了她的衣服。突然间，我又变得笨拙别扭，我想要道歉，舌头却不听使唤。

"没关系，查理，"她试着安慰我，"只是水而已，不必因此觉得沮丧。"

在回家的出租车上，我们沉默了很长一段时间。然后，她放下皮包，拉紧我的领带，并弄直我胸前口袋的手帕："你今晚很沮丧，查理。"

"我觉得自己很可笑。"

"都是我谈起那件事才让你心烦，是我让你变得自觉。"

"不是因为这样，让我心烦的是，我不知如何用言语来表达我的感受。"

"这种感觉对你是全新的经验，不是每件事都……需要用说话来表达。"

我靠近她，想再拉住她的手，但她把手抽走。

"不，查理，这对你可能不是件好事。我会让你心烦，这可能会有负面影响。"

她的退却让我同时感到尴尬和愚蠢，我对自己生气，退回到自己的座位，眼睛望着窗外。我以前从未恨过任何人，但她的轻松答复与母性般的大惊小怪，却让我对她痛恨起来。我想打她耳光，让她趴倒在地，然后再把她拥进怀里亲吻。

"查理，如果是我让你心烦，我很抱歉。"

"不要提了。"

"可是你必须了解这是怎么回事。"

"我了解，"我说，"可是我宁可不谈。"

出租车开到她在七十七街的寓所时，我已经难过得不得了。

她说："这是我的错，我今晚不该和你出来的。"

"是的，现在我知道了。"

"我的意思是，我们无权把这件事推展到个人……情感的层面上。你还有太多事要做，我没有权利在这时候闯进你的生活。"

"那是我该担心的事，不是吗？"

"是吗？这不再只是你个人的事，查理。你现在负有责任，不只是对尼姆教授与斯特劳斯医生，而且必须对数百万可能踏着你的足迹前进的人负责。"

她愈是那样说，我就愈觉得不好过。因为她突显了我的别扭，显示我对于该说与该做的事欠缺认识。在她眼里，我只是个言行笨拙的青少年，她正试着要我放轻松。

我们站在她公寓门口时，她转过身对我微笑，在那片刻我以为她会邀我进去，但她只是低声说："晚安，查理，谢谢你让我度过这美妙的夜晚。"

我想和她吻别道晚安。我早先就为这问题担过心，女人不是都期待你会吻她吗？在我读过的小说和看过的电影中，男人总是采取主动。我昨晚就已决定要吻她，但我还是一直担心：如果她拒绝呢？

我靠近她的身体，拢向她的肩膀，但她的动作更快。她拦住我，把我的手握在她手中："我们最好用这种方式道晚安，查理。我们不能让关系变得太亲近，还不行。"

在我来得及抗议或问她是什么意思之前，她已经开始往内走。"晚安，查理，再次谢谢你陪我度过这美妙……美妙的时光。"然后她就把门关上。

我对她、对我，以及这世界感到愤怒，但回到家时，我了解到她是对的。现在，我已经弄不清她是喜欢我，或只是对我仁慈。她究竟把我当作什么呢？最令人难堪的是，我以前从来没有过这种经验。人要怎么做才能学会如何对待另一个人呢？男人要如何才能学会对待女人呢？

书籍在这方面没有太大用处。

但是下回，我要和她吻别道晚安。

5月3日

有件事一直让我感到困扰，就是每次往事在回忆中浮现时，我从来不能确定事情真的是这样发生，或者这只代表我当时的想法，或者根本就是我自己捏造出来的。我就像个一生都在半睡半醒间的人，拼命想知道自己清醒过来之前的模样。所有事情都诡异地以慢动作发生，而且模模糊糊。

昨晚我做了个噩梦，醒来后依稀还记得片段。

先说这个噩梦：我在一条长廊上跑步，飞舞的尘土让我几乎睁不开眼，有时我向前跑，有时四处飘浮，或是往后跑，但我很害怕，因为我的口袋里藏着东西。我不知道那是什么，或是我在哪里拿来的，但我知道他们要从我这里拿走，这让我感到害怕。

墙壁倒塌了，突然有个红发女孩向我伸出双臂，她的脸是个白色面具。她把我拥入怀中，然后吻我、爱抚我，我想紧紧抱住她，但我害怕：她愈是碰我，我愈是惊恐，因为我知道我一定不能碰女孩子。然后，她的身体在我身上摩挲，我感觉到体内的奇怪沸腾与抽动，让我感到温暖。但当我抬起头，我看到她手中拿着一把血淋淋的刀子。

我一边跑，一边想要喊叫，但喉咙发不出声音，而且口袋已经空无一物。我在口袋里寻找，却不知道自己究竟丢了什么，或是我为什么把它藏在口袋。我只知道东西不见了，而且双手沾满了血。

醒来时，我想到纪尼安小姐，而且我和在梦中一样惊慌。我到底在害怕什么？应该和刀子有关。

我为自己煮了杯咖啡，并抽了根烟。我从未做过这样的梦，我知道这和纪尼安小姐共度的那一晚有关。我已经开始用不同的方式来看待她。

自由联想仍然很难，因为想要不去控制自己的思维并不容易……尽量开放你的心灵，放任所有事物流入……想法像泡沫浴缸里的泡沫一样浮上水面……一个女人在洗澡……一个女孩……诺尔玛在洗澡……我从钥匙孔偷窥……她从澡盆走出来擦干身体时，我发现她的身体和我不一样。少了某样东西。

跑过通道时，有人在追我……不是一个人……只是一把闪亮的菜刀……我害怕得想哭，但哭不出声音，因为我的脖子被砍了一刀，我在流血……

"妈妈，查理从钥匙孔偷看我洗澡……"

她为什么长得不一样？她发生了什么事？……血……流血……一个黑暗的小房间……

> 三只瞎眼的老鼠……三只瞎眼的老鼠，
> 看看它们跑得多快！看看它们跑得多快！
> 它们都在追逐农夫的妻子，
> 她拿切肉刀砍断它们的尾巴，
> 你可曾看过这样的景象？
> 三只……瞎眼的……老鼠？

大清早，查理一个人在厨房里。其他人都在睡觉，只有他独自玩着旋转玩具。他弯腰时，衬衫上的一颗纽扣绷了开来，纽扣滚过房间地板的复杂线条图案，一直滚向浴室，他一直跟着，但跟丢了踪迹。纽扣到哪里去了呢？他进浴室找。浴室里有个小贮藏室，洗衣篮就放在那里，他喜欢把所有衣服拿出来端详。爸爸的、妈妈的……还有诺尔玛的衣物。他很想穿上这些衣服，然后假装他是诺尔玛，他试过一次，结果被妈妈揍了一顿。他在衣篮里找到诺尔玛的内裤，上面有干掉的血迹。她做错了什么事？他吓坏了。伤害她的人可能也正在找他……

为什么孩童时代的这种记忆会给我这么强烈的印象，到现在还让我害怕？难道这是因为我对纪尼安小姐的情感引起的吗？

现在想起来，我可以了解为什么他们要我远离女人。向纪尼安小姐表达我的感情是不对的，我没资格用那种方式去想女人，时候还没到。

但我写下这些事情时，我的内在却有个声音在对我大吼，告诉我不是如此。我是个人，在接受手术之前，就已经是个人，我必须去爱别人。

5月8日

即使现在我知道唐纳先生背后发生了什么事，我还是很难相信。我在两天前最忙碌的时刻，第一次注意到情况有些不对劲。金皮在柜台后为一位老客人包装生日蛋糕，蛋糕的价格是三块九毛五。但金皮按下收款机时，上面显示的却只有两块九毛五。我正要告诉他算错了的时候，我在柜台后面的镜子上，看到客人微笑地对金皮眨了一下眼睛，而金皮也报以微笑。顾客收下找给他的零钱时，我看到他留下一个银币在金皮的掌中发亮，金皮握起手掌，迅速地把五毛银币放进口袋。

"查理，"我背后传来一个女人的声音，"你们还有夹奶油馅的点心吗？"

"我去后面找找看。"

我很高兴能够抽身，让自己有时间思考看到的事情。很显然，金皮不会算错，他是故意少算客人的钱，他们之间有种默契。我无力地倚在墙上，不知道该怎么办。金皮已经为唐纳先生工作超过十五年。唐纳对待员工一直就像对好朋友或亲戚一样，他曾不止一次邀请金皮的家人去他家吃晚饭。唐纳先生必须外出时，常常请金皮帮他看店，我也听说过，唐纳先生还出钱支付金皮太太住院的费用。

很难相信这样一位好人，竟然还会有人想欺骗他。这里面一定还有其他解释。可能金皮在按收款机时真的算错账，或者五毛钱只是顾客给他的小费，要不然就是唐纳对这位经常光顾买奶油蛋糕的客人有特别优惠。任何说法总是比相信金皮中饱私囊要好，毕竟金皮一直对我很好。

我再也不想知道实情。我端出奶油馅点心的盘子，把饼干、圆面包和蛋糕加以分类时，眼光尽量避开收款机。

但那位经常捏我的脸，开玩笑说要帮我介绍女朋友的矮小红发妇人进来时，我想起她通常都选在唐纳外出吃中饭，金皮看柜台时才来买东西。金皮也常派我送货去她家。

我情不自禁地在心里算出她买的东西值四块五毛三，但我把头转开不去看金皮按收款机。我很想知道事实，却又害怕面对事实。

"两块四毛五，惠勒太太。"他说。

收款机叮当响了一声，计算找零，然后抽屉砰地使劲关上。"谢谢你，惠勒太太。"我转过头时，刚好看到金皮把手伸进口袋，我还听到铜币碰撞的轻微声响。

究竟他曾多少次利用我帮他跑腿送货给她，并且故意少算她钱，以便两人私下平分？这些年来他一直都在利用我帮他偷钱吗？

他沉重地在柜台后面走动时，我的眼光一直无法从他身上移开，我看到汗水从他戴的纸帽下渗出。他似乎很快活，心情也不错，他抬起头时和我的眼光接触，他皱了一下眉头，把头移开。我很想揍他，我想走到柜台后面，把他那张脸砸碎。我不记得曾经这么痛恨过别人，但这个早上我衷心痛恨金皮。

在我宁静的房间里，把所有感受宣泄在纸上并没有太大帮助。每次我想到金皮在偷唐纳先生的钱，我就想砸东西。好在我不是能够行使暴力的人，我这辈子大概也没有打过任何人。

但我还是得决定要怎么办。我应该让唐纳知道，他最信赖的员工这些年来一直在偷他的钱吗？金皮一定会否认，而我也无法证实。然后唐纳又会怎么做呢？我不知道该怎么办。

5月9日

我睡不着觉。这件事让我很苦恼。我亏欠唐纳先生太多，不能袖手看着他这样被蒙骗。保持沉默会让我和金皮一样有罪。然而，我有立场告诉他这件事吗？最让我困扰的是，金皮派我去送货时，其实是利用我帮他偷唐纳的钱。当我不知情时，我可以置身事外，也没有责任。但现在我知道了，我若保持沉默，我就和他一样有罪。

然而，金皮只是个员工，他有三个孩子要养，如果唐纳把他开除，他要怎么办？他可能再也找不到工作，特别是他还有条畸形的腿。

我应该为此忧虑吗？

怎么做才对？讽刺的是，我所有的聪明才智也无法帮我解决这道难题。

5月10日

我向尼姆教授请教这件事，他坚持我只是位无辜的旁观者，没有理由介入必然会闹到很不愉快的情势之中。我被利用来当跑腿，他似乎也不以为意。他说，如果我在事情发生时一无所知，那就没有关系。我就像被拿来杀人的刀子，或是在车祸中肇事的汽车，责任不在我身上。

"但我不是没有生命的物体，"我抗议说，"我是一个人。"

他迷惑了一阵子，然后笑着说："当然，查理，但我指的不是现在，我指的是手术之前。"

他那自以为是的自负表情，让我也很想揍他。"即使在手术之前，我也是一个人，我必须提醒你……"

"是的，当然，查理，不要误会。但情况不太一样……"然后，他突然想起他必须去实验室核对一些图表。

斯特劳斯医生在我们的心理治疗时间里并不太说话，但今天我提出这个问题时，他说我在道义上有义务告知唐纳。但我想得愈多，愈觉得这件事不单纯。我需要别人帮我解开这个结，而我能够想到的唯一对象就只有艾丽斯·纪尼安。最后，到了十点三十分时，我再也忍不住。我拨了三次电话，每次都在中途停下，第四次时，我终于撑到听见她的声音为止。

起初，她觉得不应该见我，但我求她在我们一起吃晚饭的餐馆和我见面。"我尊敬你，你一直都能给我最好的建议。"她还在犹疑时，我一再坚持。"你必须帮我，因为你有部分责任，你自己也这么说过。如果不是你的缘故，我绝对不会陷入这样的情况,你现在不能置身事外。"

她想必也感受到事态的紧迫,因此还是同意见我。挂上话筒后,我盯着电话发呆,为什么知道她的看法和感受对我会是那么重要呢?在成人中心一年多来,我唯一在乎的事就是讨她欢心。我就是因为这样,才同意接受手术的吗?

我在餐馆门口踱来踱去,一位警察甚至开始怀疑地盯着我,我只好进去买了杯咖啡。幸好我们上次坐的桌子还空着,她一定会想到这个位置找我。

她看到我并对我挥手,但她先在柜台停下来买了杯咖啡,才走向我坐的桌子。她笑了起来,我知道那是因为我选了同一张桌子。一种愚蠢、浪漫的姿态。

"我知道时间已经很晚,"我道歉地说,"但我发誓我快疯了,我一定得和你谈谈。"

她静静地啜着咖啡,聆听我解释怎么发现金皮骗钱、我自己的反应,以及我在实验室获得的矛盾建议。我说完后,她身子往后靠,然后摇摇头。

"查理,你让我惊讶。你在某些方面进步飞快,可是在需要做决定的时候,却还像个孩子。我不能帮你做决定,查理。你要的答案不在书本里,也不能靠别人来解决,除非你想一辈子当小孩。你必须在自我内部找到答案,感受到该做的正确事情。查理,你必须学习信任自己。"

起初,她的说教让我厌烦,但突然间,我开始觉得她的话有道理。"你是说，我必须自己决定？"

她点点头。

"事实上，"我说，"现在想起来，我相信我已经做了部分决定！我认为尼姆与斯特劳斯都错了！"

她仔细地注视我，样子有点兴奋："你身上正在经历某种变化，查理，要是你能看到自己的表情就知道了。"

"你说得完全正确，我是经历了一些变化！原本笼罩在我头顶的一团乌云已经被你一口气吹散。就这么一个简单的观念，信任自己。我以前竟然从来没想过。"

"查理，你真是不可思议。"

我拉住她的手握着："不，这都是你的缘故。你轻触了我的眼睛，让我看清了方向。"

她的脸红了起来，同时把手抽回去。

"上次我们在这里的时候，我说我喜欢你，但我应该信任自己，说我爱你的。"

"不，查理，还不行。"

"还不行？"我嚷着，"你上次就是这么说的，为什么还不行？"

"嘘……再等一会儿，查理。先完成你的学习，看看会把你带到哪里，你改变得太快了。"

"这两者之间有什么关联呢？我对你的感觉不会因为我变聪明而有改变，只会让我爱你更深。"

"但情感上你也在改变中，在特别的意义上，我是你在这方面真正意识到的第一个女人。直到现在为止,我都是你的老师,是你会寻求帮助与建议的人,你必然会觉得爱上我。你应该多认识其他女人,给自己更多时间。"

"你的意思是说,小男孩一向都会爱上他们的老师,而情感上我只是个孩子。"

"你曲解了我的用词。不,我不觉得你是个小孩。"

"那就是情感上的智障。"

"不。"

"那么,为什么?"

"查理,不要逼我。我不知道,你已经不是我的智慧所能企及,再过几个月甚至几星期,你就会变成另一个人。随着你的智慧更加成熟,我们可能会无法沟通。一旦你的情感也跟着成熟,你甚至不会想要我。我也必须为自己着想,查理。让我们等着瞧,要有耐心。"

她在和我讲道理,可是我不想听。"那天晚上,"我几乎呛到了,"你不知道我有多期待那次约会,我几近疯狂地想着应该有什么样的举动、该说什么话,我拼命想给你最好的印象,就怕说错话让你生气。"

"你没让我生气,我觉得很荣幸。"

"那,我什么时候能再看到你?"

"我没有权利把你牵扯进来。"

"但是我已经脱不了身!"我高喊着,但见到大家都转头看我时,我把声音压低,身体则因太过激动而开始颤抖。"我也是个人，一个男人，我不能光靠书本、录音带和电子迷宫过活。你说'多认识其他女人'，可是我能怎么办？我根本不认识其他女人。我身体里有种东西在燃烧，而我只知道这让我想到你。我书读到一半时，会在书页中看到你的脸庞，但不是活在过去的模糊记忆，而是历历在目的鲜明影像。我轻触书页，你的脸庞消失了，我想把书撕掉，扔出去。"

"拜托，查理……"

"让我再见你一面。"

"明天在实验室里。"

"你很清楚我指的是什么，我要的是远离实验室、远离大学，单独见面。"

我看得出她很想答应。她对我的坚持感到讶异，我自己也很吃惊。我只知道不能停止对她施压，而且我在恳求她时，喉咙里还有某种恐惧。我的手掌都湿了，究竟我是害怕她说不，或是怕她说好呢？如果她没回答，并打破紧张局面，我想我大概会昏倒。

"好吧，查理。让我们远离实验室和大学，但不是单独见面。我认为我们不该单独在一起。"

"地方随你选，"我喘了口气，"只要能够跟你在一起，不必想到测验……统计数字……问题……答案……"

她皱眉想了一下："好吧，中央公园会举办免费的春季音乐会，下星期你可以带我去听其中一场音乐会。"我们走到她住处的门口时,她很快转身在我脸上亲了一下。"晚安,查理。我很高兴你打电话给我,明天实验室见。"她关上门,我站在建筑外看着她住处的灯光,直到灯光熄灭为止。

如今再没有任何疑问,我恋爱了。

5月11日

几经思考和忧虑后,我体会到艾丽斯是对的,我必须信任自己的本能。我在面包店中更仔细地观察金皮的举动。今天我有三次看到他少算客人的钱,然后把客人留给他的部分差价放进口袋。他只有遇到某些固定的常客才会这么做,我觉得这些人和他一样有罪。如果没有他们的同意,就不可能发生这种事。为什么只让金皮成为代罪羔羊呢?

所以,我决定了一个折中的做法。这个抉择或许不完美,却是出于我自己的决定,而且在当前的情况下,似乎也是最好的解决方法。我打算把我知道的事告诉金皮,并警告他必须停止。

我在洗手间和他单独相遇,我走向他时,他吓了一跳。"我有件重要的事想跟你谈谈,"我说,"我需要你对一个遭遇困扰的朋友提出建议。他发现有位同事欺骗老板,他不知道该怎么办。他不想去告发,以致让这个家伙惹上麻烦，但他也不想坐视老板遭到欺骗，因为老板对他们两个都很好。"

金皮狠狠地瞪着我："你这位朋友打算怎么办？"

"这就是他的困扰。他什么都不想做，他觉得只要偷窃能够就此停止，不去管它也无妨，他会很乐意忘掉这件事。"

"你的朋友应该不要去管别人的闲事，"金皮说，"他应该对这种事情视而不见，想清楚谁才是他的朋友。老板终归是老板，员工必须互相团结。"

"我的朋友并不这么想。"

"那不关他的事。"

"他觉得如果他已经知情，就必须担负部分的责任。所以，他决定只要事情就此停止，他就不插手，否则他就得说出整件事情。我想知道你的意见，你觉得在这种情况下，偷窃会停止下来吗？"

他需要花很大的力气才能压下愤怒。我看得出他很想揍我，但只能紧紧捏着拳头。

"告诉你的朋友，这家伙似乎已经别无选择。"

"那就好，"我说，"我的朋友会很高兴。"

金皮开始走开，但接着又停下来回头看我。"你的朋友——是不是想分一杯羹？这是他这么做的原因吗？"

"不，他只是希望事情能就此停下来。"

他瞪着我说："我可以告诉你，你会后悔插手别人的事。我一直在帮你说话,我真的该去检查脑袋了。"说完,他才跛着脚走开。

也许,我应该告诉唐纳事情的真相,让他开除金皮——我不知道。但要用这方式解决,还得费番口舌。这件事就这样告一段落了,但还有多少人像金皮一样,用那种方式利用别人呢?

5月15日

我的学习进展十分顺利,大学图书馆现在变成我的第二个家。他们必须帮我弄个私人隔间,因为我只要一秒钟就能吸收一整页文字,而且我飞快地浏览书籍时,常有好奇的学生围在我旁边。

我现在最大的兴趣是古代语言的语源学、有关变分学的最新著作以及印度历史。令人讶异的是,许多看似分离的东西,竟然可以奇妙地联结。现在我已上升到另一个高原期,许多不同学科的源流似乎彼此相近,仿佛都来自同一个来源。

奇怪的是,我在大学餐厅听到学生争辩历史、政治或宗教问题时,一切似乎都变得相当幼稚。在这样粗浅的水平上讨论理念,再也不能带给我任何乐趣。每个人都痛恨被告知他们没有触及到问题的复杂层面,仿佛他们不知道在表面的涟漪下隐藏着什么东西。但在较高的水平上,情况也同样糟糕，我已不再尝试与比克曼大学的教授讨论这些问题。

伯特在学院的餐厅介绍我认识一位经济学教授，他写过探讨影响利率的经济因素的著名作品，而我也一直想和经济学家讨论最近阅读时遭遇的问题。我对于和平时期以军事封锁作为武器的道德层面问题一直深感困惑，因为有许多参议员建议，我们应该开始采纳一次与二次大战曾经用过的航运管制与"黑名单"策略，以此对付现在和我们唱反调的一些小国。我想听听他对这问题的看法。

他静静地听完后，出神地凝视前方，我以为他正在整理思绪以给出解答，但几分钟后，他清了一下喉咙，然后摇摇头。他有些抱歉地解释，这个问题不属于他专精的领域，他的主要兴趣是利率，没有对军事经济学下过太多功夫。他建议我应该去找韦塞教授，他曾经发表过论文，讨论二次大战期间的战争贸易协议，他或许能帮上我的忙。

我还来不及说些什么，他已经抓着我的手道别。他很高兴认识我，但他还得为一场演讲搜集些资料。说完人也走了。

当我试着与美国文学专家讨论乔叟、向东方学家请教特罗布里恩岛人的生活，或是与专精青少年行为调查的社会学家探讨自动化引起的失业问题时，也都得到相同的结果。他们总是找到借口开溜，害怕暴露他们知识范围的狭窄。

如今，他们在我眼中的地位已全然不同。我以前竟然以为教授都是智识上的巨人，这实在很愚蠢。他们只是凡人，而且害怕别人发现这个事实。而艾丽斯同样也是普通人，不是什么女神，明晚我要带她去听音乐会。

5月17日

天已经快亮了，但我还是睡不着。我必须弄清楚昨晚的音乐会上究竟发生了什么事。

傍晚开始时，一切都很顺利。中央公园的林荫道很早就挤满了人，艾丽斯和我在草坪上一对对男女间寻找空位。最后，我们在远离道路、灯光照射不到的地方，找到一株无人占用的树木，只有偶尔传来的女性娇笑与香烟微光，说明附近还有其他情侣存在。

"这里可以了，"她说，"没有理由一定要在乐团的正前方。"

"他们正在演奏什么音乐？"我问。

"德彪西的《大海》，你喜欢吗？"

我在她身边坐下："我不太懂这类音乐，我得想一想。"

"不要用想的，"她轻声说，"要去感觉。任凭音乐像海水一样席卷全身，但不要试着想去了解。"

她躺在草地上，脸则转向音乐的方向。

我无法知道她对我有什么期待。比起解答问题以及系统地获得知识，这件事可暧昧多了。我不断告诉自己，手心冒汗、胸口紧绷，或是渴望用双手搂抱她，都只是生理上的反应，甚至想要找出引起我紧张、兴奋的刺激与反应模式。然而，一切都是那么模糊与不确定。我应该伸手去搂她吗？她在等待我这么做吗？她会不会生气？我知道自己的举止还像个青少年，这也让我很生自己的气。

我快要不能呼吸地说："你何不让自己更舒服些？你可以靠在我的肩上。"她让我伸手搂着她，但没有看我。她似乎太过专注在音乐上，根本没注意到我的动作。但她究竟是希望我搂着她，或只是勉强容忍我这么做？我的手往下滑落到她腰际时，我感觉到她在颤抖，但仍旧注视着乐团的方向。她假装专心听音乐，这样就不必对我的动作有所反应。她不想知道发生什么事。只要她看着别的地方，就可以假装我是在她不自觉或不曾同意的状况下靠近她，并伸手搂抱她。她希望我在她的心思置于更崇高的事物时，对她的身体示爱。我的身体粗鲁地靠向她，并把她的下巴转向我："你为什么不看着我？你假装我不存在吗？"

"不，查理，"她低声说，"我是假装自己不存在。"

我碰触她的肩膀时，她的身体变得僵硬，并开始颤抖，但我把她拉向我。然后，事情就发生了。起初是耳畔的嗡嗡声……像是电锯的声音……远远地。然后是发冷：手与腿刺痒，指头麻木。突然间，我觉得有人在监视我们。

我的感知激烈转换。我从一棵树木后方的某个暗处，看到我们两人躺在彼此的怀里。

我抬起头,看到一个十五六岁的男孩蹲在附近。"嘿!"我大声叫道。他站起来时,我看到他的裤裆开着,露出他的东西。

"怎么回事?"她倒抽一口气地问。

我一跃而起,男孩已消失在黑暗中。"你有没有看到他?"

"没有,"她说,紧张地抚平裙子,"我没看到任何人。"

"他就站在那里看着我们,近到快可以碰到你了。"

"查理,你要去哪里?"

"他应该还没走远。"

"别管他了,查理,那没关系。"

可是我很在乎。我跑进黑暗中,惊吓到许多情侣,但还是找不到他的踪迹。

我愈是找他,那种快要昏倒前的恶心感就愈强烈。我孤单地迷失在狂乱的心神中。然后,我逐渐控制自己,并找到路回艾丽斯坐的地方。

"你有找到他吗?"

"没有,可是他的确在那里,我看到了。"

她带着奇怪的表情看我:"你还好吧?"

"我要……等会儿……只是我耳朵还有那要命的嗡嗡声。"

"也许我们该走了。"

在回她公寓的路上,我心里想的都是蹲在黑暗中的男孩,在那么一瞬间我还瞥见他看到的景象——我们两人躺在彼此怀里。

"你想进来坐一下吗?我可以帮你煮杯咖啡。"

我很想,但某种东西在警告我不能进去。"最好不要,我今晚还有很多事要做。"

"查理,是我说错了什么话吗?"

"当然不是,是那个偷窥的男孩让我心神不宁。"

她就站在我身边,等着我亲她。我两手抱着她,但同样的事又发生了。我如果不赶紧离开,一定会昏倒。

"查理,你看起来像是病了。"

"你有看到他吗?艾丽斯,说真的……"

她摇摇头:"没有,那时候太暗了,但我相信……"

"我得走了,我会再打电话给你。"她还来不及阻止,我就抽身离开。在情况失控前,我得赶紧离开那栋建筑物。

现在想起来,我确定那是个幻觉。斯特劳斯医生觉得情感上我还处于青少年状态,只要接近女人或想到性,就会引发焦虑、惊慌,甚至幻觉。他觉得智慧上的快速发展,可能让我误以为可以有正常人的情感生活。可是我必须承认,在这些两性接触状况下引发的恐惧与障碍,说明我在情感上还只是个青少年——性行为上的迟缓。我猜想他的意思是说,我还没有与艾丽斯这样的女人建立关系的心理准备。还没有。

5月20日

我被赶出面包店了。我知道紧抓着过去不放很愚蠢,但这个白色砖墙已被炉热熏黄的地方,对我有特殊意义……这里曾经是我的家。

我究竟做了什么事,让他们这么恨我?

我不能怪唐纳。他必须为他的事业,还有其他员工着想。而且,他对我一直比真正的爸爸还要亲。

他把我叫进他的办公室。他把账单、报表从卷盖式书桌旁的椅子上搬开,眼睛没看我就说:"我一直想跟你谈谈,现在是个恰当的时机。"现在想起来蛮蠢的,但当我坐在那里看着他——矮矮胖胖的,粗糙的淡棕色小胡子好笑地垂落在上唇——那情况就好像旧的查理和新的查理一起坐在那张椅子上,惊恐地听着老唐纳准备交代的话。

"查理,你的赫尔曼叔叔是我的好朋友。我遵守对他的承诺,给你个工作做,不论日子过得好坏,你的口袋总会有一块钱可以零花,有个地方可以躺下,不必被送到那个收容之家。"

"面包店就是我的家……"

"我儿子为国捐躯后,我对你就像自己的孩子一样。赫尔曼过世的时候你几岁?十七岁?倒更像是六岁大的小孩。当时我对自己发誓……我说,阿瑟·唐纳,只要你的面包店还在，还有生意可做，你就必须照顾查理，他会有个工作的地方、一张可以睡觉的床、一片糊口的面包。他们准备把你送去那个沃伦之家的时候，我告诉他们你会为我工作，我可以照顾你。你甚至没有在那地方待过一晚，我帮你弄了个房间，也照顾你。你说，我是否遵守了我的庄严承诺？"

我点点头，但我从他折叠、再折叠手上账单的方式，可以看出他有些困扰。虽然我不是很想知道，但我还是知道……"我也尽了最大的力量做事，我工作很努力……"

"我知道，查理，这和你的工作无关。可是你发生了一些事，我不懂这究竟是怎么回事。不仅是我，每个人都在谈。最近几星期来，我已经在这里和他们谈过十几次。他们都很不快活，查理，我必须让你离开。"

我试着打断他，但他摇摇头。

"昨晚他们还派代表来见我，查理，我得保住我的事业。"

他盯着不断翻动纸页的手，好像要从中找出一些根本不在里面的东西。"我很抱歉，查理。"

"但是我要去哪里呢？"

这是我进办公室后，他首次抬头瞄了我一下。"你和我一样清楚，你不再需要这里的工作。"

"唐纳先生，我从来没在其他地方工作过。"

"让我们面对事实，你已不是十七年前初来乍到的查理，甚至也不是四个月前的查理。你从来不曾谈起，这是你自己的事。也许发生了某种奇迹，天晓得？但你已经变成一个非常聪明的年轻人，而操作拌面机和送货不是聪明的年轻人该做的事。"

他说的当然是事实，但我心里有个念头还想说服他改变主意。

"你必须让我留下，唐纳先生，再给我个机会。你说答应过赫尔曼叔叔，只要我需要，我就会有工作。好吧，我还需要工作，唐纳先生。"

"你不需要的，查理。如果你真的需要，我会告诉他们，我才不理你们的代表和请愿，我会坚持站在你这边对抗他们。但现在的情况是，他们都怕你怕得要死，我也必须为自己的家人着想。"

"如果他们改变主意呢？让我试试去说服他们。"我把情势弄得比他预期的困难。我知道我该就此罢手，但就是控制不了自己。"我会让他们了解。"我恳求道。

"好吧，"他叹息着说，"你可以去试试，但你只会让自己难堪。"

我走出办公室时，弗兰克·赖利与乔·卡普刚好经过，我很快就知道他说得没错。单是看到我在他们身边，就让他们受不了，让他们浑身不自在。

弗兰克刚好端起一盘面包，我出声时，他和乔都转过身来。"嘿，查理，我在忙，等会吧……"

"不，"我坚持，"就是现在。你们两个一直在逃避我，为什么呢？"

弗兰克一向能言善道、擅长讨好女人和撮合事情，他注视我一阵子后，放下盘子对我说："为什么？我可以告诉你原因。因为你突然间变成个大人物，一个无所不知的聪明家伙！你现在是个正常的神童，一个受过教育的人。随时捧着书本，随时都有答案。好吧，我可以告诉你，你自以为比这里的其他人优秀吗？那好，去别的地方混吧。"

"但我做了什么事惹到你吗？"

"他做了什么？你听到了吗？我可以告诉你干了什么好事，高登先生。你带着你的想法和建议冒出来，让其他人看起来像群呆子。不过我可以告诉你，对我来说，你仍然只是个白痴。我或许不懂你说的那些大话，或是书本上的名字，但我还是不比你差，甚至还更优秀。"

"没错。"乔点点头，并转身向刚从后面走来的金皮强调他的论点。

"我没要求你们做我的朋友，"我说，"或是跟我建立某种关系，我只想保住我的工作，唐纳先生说这件事要由你们决定。"

金皮瞪着我，不屑地摇摇头。"你真不要脸，"他咆哮着，"你去死吧！"说完就跛着脚，笨重地离开。

就像这样，多数人都和乔、弗兰克与金皮有相同的感受。只要他们可以嘲笑我，在我面前显得聪明，一切都没问题，但现在我却让他们觉得自己比白痴还不如。我开始了解，我的惊人成长让他们萎缩，也突显出他们的低能。我背叛了他们，他们也因此痛恨我。

只有范妮·比尔当不认为我必须离开，不论他们怎么施压或威胁，也只有她不肯在请愿书上签名。

但是她说："这不表示我不觉得你身上发生了某些奇怪的变化，查理。你变得太多了！你一向是善良、可靠的人——平凡，或许不太聪明——但天晓得你是怎么让自己突然变得那么聪明。就像每个人说的，这很不对劲。"

"但一个人想要变聪明，获得知识，认识自己和世界，有什么不对吗？"

"如果你读圣经的话，查理，你就会了解，人不可以比上帝要他知道的懂得更多，人不可以吃禁忌之树的果实。查理，如果你做了任何不该做的事——例如，和魔鬼或某些东西打交道——也许现在摆脱还不算太迟。或许你还能回复到以前善良、单纯的那个你。"

"走回头路是不可能的，范妮。我没做错任何事。我就像个天生的盲人获得重见光明的机会，这绝对不是罪恶。很快地，世界各地就会有千百万像我一样的人。这是科学的功劳，范妮。"

她的眼光向下看，凝视着她正在装饰的结婚蛋糕上的新郎和新娘，我看到她嘴唇几乎不动地喃喃自语："亚当与夏娃偷吃知识之树的禁果时，那是邪恶的；他们看到彼此的裸露，学到欲望和羞耻时，那也是邪恶的。他们被逐出天堂，乐园的大门从此对他们关闭。如果不是这个缘故，我们就不会衰老、疾病和死亡。"

我再没什么话好说，不论对她或对其他人。他们没有人肯注视我的眼睛，我依然能够感受到敌意。以前，他们都嘲笑我，因为我的无知与无趣而看不起我；现在，他们却因为我的知识与了解而痛恨我。为什么？他们假上帝之名，到底要我怎么样？

智慧离间了我和所有我爱的人，也让我从面包店被赶出来。现在，我比以前更孤独。我怀疑如果他们把阿尔吉侬放回大笼子，和其他老鼠放在一起会发生什么事。它们会群起对付它吗？

5月25日

所以，人就是这样才会轻视自己，明知是错的事，偏又忍不住去做。我情不自禁地来到艾丽斯的公寓。她非常惊讶，但还是让我进去。

"你全身都淋湿了，水都从你脸上流下来了。"

"天空在下雨，对花朵是件好事。"

"进来吧，我给你条浴巾擦干，你会得肺炎的。"

"我只能来找你谈，让我留下吧。"

"我的炉子上有一壶新煮的咖啡，你先把自己擦干，我们再来谈。"

她去取咖啡时,我环顾四周。这是我第一次走进她的公寓,觉得很愉悦,但屋内却有某种让我不安的东西。

一切都很干净。几个瓷偶在窗沿排成一线,全部面对同一方向。沙发上的靠枕不是随意乱摆,而是以规律的间隔置于保护沙发布面的透明塑料套上。两张小茶几上有些杂志,全部很有秩序地摆置,好让杂志名称清晰可见。其中一张茶几上放的是《报道家》《周六评论》《纽约客》,另一张则摆着《小姐》《美丽住家》《读者文摘》。

沙发对面的墙上,挂着一幅框架华丽的毕加索《母与子》复制画,而挂在沙发上方与之直接相对的画,是位帅气的文艺复兴时代朝臣,脸戴面具、手握宝剑,保护着一位脸颊红润的惊恐少女。但整体看起来并不搭调,仿佛艾丽斯无法决定自己是谁,以及要住在哪一个世界。

"你好几天没去实验室,"她从厨房对我说,"尼姆教授担心你的情况。"

"我没办法面对他们,"我说,"我知道我没有理由感觉羞耻,但不能每天工作,没有看到面包店、烤炉和其他人,给我一种空虚的感觉。昨晚与前晚,我都做了溺水的噩梦。"

她把盘子放在咖啡桌中央,餐巾叠成三角形,饼干摆成圆形陈列。"你不必太当真,查理,这不是你的错。"

"这样告诉自己并不会觉得好过点,这些年来,他们就是我的家人，那种感觉就好像从自己家里被赶出来一样。"

"那也没错，"她说，"这已经象征式地变成你儿时经验的重演……被你的父母拒绝……送去……"

"噢，天哪！不用费心用个好听、纯净的说法，最重要的是在参与这项实验之前，我拥有朋友和关心我的人。但现在，我担心……"

"你还是有朋友。"

"这不太一样。"

"恐惧是正常的反应。"

"不只是这样而已。我以前也恐惧过，我害怕因为没有对诺尔玛让步而被绑起来；害怕走过霍威尔街，那里有群顽童会嘲弄我，把我推来推去。我也害怕小学老师莉比太太，她会绑住我的手，让我不去玩弄桌上的东西。但这些事情是真实的，我确实有害怕的理由。而从面包店被赶出来的恐惧却很茫然，是种我不了解的害怕。"

"尽量控制自己。"

"感受到这种恐慌的又不是你。"

"可是，查理，这是可以理解的。你是被迫跳下救生艇的初学游泳者，因为失去脚下站立的安全木头而惊慌。唐纳先生一向对你很好，这些年来你一直获得庇护。在这种情况下被赶出面包店，更是你预料不到的极大震撼。"

"理智上的了解并没有帮助，我根本无法独自坐在房间里。我不分昼夜,整天在街头闲晃,不知道自己在找什么……一直走到迷路……然后发觉自己回到面包店外。昨晚,我从华盛顿广场一直走到中央公园,然后就睡在公园里。天晓得我到底在找什么?"

我说得愈多,她似乎愈沮丧。"我能帮你什么忙吗,查理?"

"我不知道,我就像只被锁在既舒服又安全的兽栏外面的动物。"

她坐在我旁边的沙发上。"他们把你逼得太紧,让你感到迷惑。你想当个成年人,但你的身体里还躲着一个孤独惊恐的孩子。"她让我的头倚在她肩上,想要安慰我,但她轻抚着我的头发时,我知道她也像我需要她一样需要我。

"查理,"她过了一会儿后低声说,"不论你想要什么……不必怕我。"

我想告诉她,我在等待恐慌的降临。

有一次出去送货时,查理几乎昏倒。当时一位中年妇女刚好从浴室出来,她好玩地打开浴袍,把自己的身体暴露在查理面前。他看过没穿衣服的女人吗?他懂得怎么做爱吗?他的惊恐和他的哀鸣一定把她吓坏了,她赶紧合拢浴袍,并给他二毛五分钱,要他忘掉看到的景象。她警告说,她只是在测试他,想知道他是不是个好孩子。

他告诉她，他一直很乖，都不去看女人，因为妈妈会打他，只要他的裤裆……

现在他可以清楚地看到查理的母亲抓着皮带对他嘶吼，他的父亲则努力拦住她。"够了！罗丝，你会杀了他！放过他吧！"他母亲挣扎着要向前鞭打他，他在地上翻滚、闪避，皮带差点抽中他，从肩膀旁边擦过。

"你看他！"罗丝尖叫着，"他学不会读书写字，却懂得怎么色迷迷地看女生，我要把他心中的龌龊念头打出来！"

"他控制不了自己的勃起，那是正常的反应，他什么事也没做。"

"他不能这样打女生的主意。他妹妹的同学到家里来，他就动起这样的念头。我要给他一点教训，好让他永远不会忘记。你听到没？如果你胆敢碰女生，我就把你像畜生一样，一辈子关在笼子里。你听到没？……"

我还能听到她的嘶吼。但或许我已经被释放出来，也许那种恐惧与恶心不再是会让我沉溺的大海，而只是一摊在现在中倒映出过去的水池。我自由了吗？

如果我能够不多想，在这个念头压垮我之前，就及时找到艾丽斯，恐慌可能就不会出现。如果我能让自己的心思化成一片空白该有多好。我呼吸困难地说："你……你，抱住我！"在我弄清楚怎么回事之前，她已经开始亲吻我，并紧紧抱着我,比以前的任何人抱得更紧。但就在我应该抱得最紧的时候,嗡嗡的嘶鸣、发冷和恶心的感觉又开始了。我从她身上挣开来。

她试着安慰我,告诉我没关系,没必要责怪自己。但我羞愧得无法控制自己的苦恼,竟开始哭泣。我在她怀中哭到睡着,我梦到画中的朝臣和脸颊红润的少女。但在我梦里,手握宝剑的是那位少女。

进步报告—12

6月5日

尼姆教授很不高兴，因为我有将近两个星期没有交进步报告。（而他生气也是有道理的，因为韦尔伯格基金会已开始从捐款中支付薪水给我，这样我就不必去找工作。）距离芝加哥的国际心理学会议只有一星期的时间，他希望他的初步报告能够尽可能地充实，而我和阿尔吉侬就是他报告中的主要证物。

我们之间的关系愈闹愈僵。我恨他老是把我当作实验室里的样品看待，他让我觉得在实验之前，我不算是个真正的人。

我告诉斯特劳斯，我太过投入在思考、阅读与自我挖掘，努力想去了解我是谁，手写的程序太过缓慢，让我不耐烦记下自己的想法。我听从他的建议学习打字，现在每分钟已经可以打七十五个字，这样写起东西快多了。

斯特劳斯再次提醒我，讲话与书写都应该力求简单与直接，好让别人能够了解。他要我注意，语言有时是一种障碍，不是通路。说起来很讽刺，我现在竟然是落在智识藩篱的另一边。

我有时会和艾丽斯见面，但我们没有讨论发生的事情，我们的关系依旧是柏拉图式的。我离开面包店以来，只有三个晚上没有做噩梦，很难想象那已是两星期前的事。

在夜晚空荡荡的街头，我被幽灵般的人影追逐。虽然我常跑去面包店，大门却都锁着，里面的人从来不转头看我。结婚蛋糕上的新郎与新娘隔着窗户指着我嘲笑，空气中布满笑声，直让我受不了，两个丘比特向我挥舞他们的箭。我大声尖叫。我用力拍门，但没有发出声响。我看到查理从里面瞪着我，这只是一种影像的反射吗？然后，有东西抓住我的腿，把我从面包店拖到幽暗的巷子里，就在他们缓缓渗出东西到我全身时，我也惊醒过来。

还有几次，面包店的窗户是开向过去，我在里面看到其他事情与人物。

我的回忆能力以惊人速度快速发展，我还不能完全加以控制，但有时我忙着处理某件事时，会突然有强烈的意识清明感觉。

我知道这是某种潜意识的警告讯号，但现在我不必等待记忆找上我，只要闭上眼，就能触及这段记忆。总有一天，我将可以完全控制我的回忆能力，不仅用以探索整个过去的经验，也可以触及心灵中尚未开发的能力。

即使是现在想着这件事时，我也可以感受到鲜明的静止感觉。我看到面包店的窗户……我伸出手触摸……冰冷且震动着，然后玻璃变得温暖……逐渐升温……指头也发烫起来。反射出我影像的窗户愈来愈明亮，玻璃转变成镜子，我看到十四或十五岁的小查理·高登从屋里的窗户看着我，看到他那时完全不同的模样，感觉也加倍怪异……

他一直在等妹妹放学回家，他看到她转弯进入马克斯街时，他挥手喊着她的名字，跑到门口迎接她。

诺尔玛挥着一张纸："我的历史考试得到 A，我知道所有问题的答案，巴芬太太说这是全班答得最好的试卷。"

她是个漂亮的女孩，浅棕色头发仔细编成辫子，像皇冠般盘在头上。她抬头看她哥哥时，原来的笑容凝结成皱眉，她把他抛在后面，自己快速登上阶梯跑进家里。

他微笑着跟进去。

他的爸妈都在厨房里，查理带着诺尔玛的好消息冲进来，在她还来不及开口前就抢先报告。

"她得到 A！她得到 A！"

"不！"诺尔玛尖声嚷着，"不是你，你不能说。这是我的分数，必须由我来说！"

"小姐，你听好，"马特放下报纸严肃地对她说，"你不能这样对你哥哥说话。"

"他没资格说。"

"那没关系，"马特伸出指头瞪着她警告，"他这样说并不碍事，但你不能用这种方式对他吼。"

她转向妈妈寻求支持："我得到 A，全班最好的成绩。现在我可以养只狗了吗？你答应过的，你说只要我考试能拿到好成绩就可以。现在我拿到A了,我要一只有白点的棕色小狗,我要叫它拿破仑,因为这是我考试中答得最好的一题,拿破仑在滑铁卢打了败仗。"

罗丝点点头:"去门廊跟查理玩,他等你放学回家已经足足等了一个多小时。"

"我不要跟他玩。"

"出去门廊。"马特说。

诺尔玛看看父亲,又看看查理。"我不要,妈说如果我不想,就可以不要跟他玩。"

"小姐,你听着,"马特从椅子上站起来走向她,"你必须向你哥哥道歉。"

"我才不要!"她刺耳地尖叫,然后冲到母亲椅子后面。"他像个小婴儿,不会玩大富翁,不会下棋,什么都不会……只会把所有东西弄得一团乱,我再也不要跟他玩了!"

"那你进房去!"

"我现在能养只狗吗,妈妈?"

马特一拳敲上桌面:"小姐,只要你继续采取这种态度,这屋子里就不准养狗。"

"我答应过她,只要她在学校表现好……"

"有白色斑点的棕狗。"诺尔玛补充说。

马特指着站在墙边的查理:"你忘了自己告诉过儿子,他不能养狗,因为我们空间不够,也没人能照顾狗。记得了吗？他那时候要求养狗时，你对他说的话不算数了吗？"

"可是我可以自己照顾我的狗，"诺尔玛坚持地说，"我会喂它，帮它洗澡，并带它出去散步……"

查理原本一直站在桌旁玩弄着一条织线末端的红色大纽扣，这时突然开口说话："我可以帮她照顾狗狗！我会帮她喂狗、刷毛，不让其他狗咬它！"

但在罗丝开口回答前，诺尔玛就开始尖叫："不！这是我的狗，只属于我的狗！"

马特点着头说："你听到了吗？"

罗丝坐在她身边，轻抚她的辫子安慰她："亲爱的，我们必须和别人分享东西，查理可以帮你照顾狗。"

"不！完全属于我的！……历史考试得到 A 的是我，不是他！他从来不会像我一样拿到好成绩，他凭什么帮我照顾狗？而且这样一来，狗就会更像他而不是像我，最后会变成是他的狗而不是我的狗。不要！如果我不能拥有自己的狗，那我宁可不要！"

"那问题就解决了，"马特重新拿起报纸坐回椅子上，"不养狗。"

突然间，诺尔玛从沙发上跳起来，抓起几分钟前才兴高采烈带回家的历史考卷，一口气撕得粉碎，还把碎片扔向吓了一大跳的查理面前："我恨你！我恨你！"

"诺尔玛，住手！"罗丝抓住她，但被她挣开。

"我也讨厌学校！我不要读书了，我要像他一样当个笨蛋。我会忘掉学到的所有东西，就和他一样。"她冲出房间，一边还尖叫着说："已经开始发生了，我已经开始忘掉所有东西……我在忘记……我学过的东西都不记得了！"

惊慌的罗丝赶紧追上去。马特呆坐在那里，盯着怀里的报纸。查理则被歇斯底里般的尖叫吓得缩在一张椅子上啜泣，他可以感觉到裤子已湿成一片，尿液沿着大腿缓缓滴流下来，他只能坐在那里，等着母亲回来赏他巴掌。

这幕景象逐渐退去，但从那次以后，诺尔玛有空的时候都和她朋友在一起，或独自在房间里玩。她紧闭着房门，没有她的允许，我不能进她房间。

我记得有一次，她在房间内和一个女孩玩，我偷听到诺尔玛嚷着说："他不是我真的哥哥！他是我们抱来的男孩，因为我们觉得他很可怜。这是妈妈告诉我的，她说我现在可以告诉大家，他根本不是我真的哥哥。"

我真希望这段记忆可以化作一张相片，这样我就可以把相片撕碎，当着她的面丢过去。我想要唤回消逝的时光，告诉她我无意让她失去养狗的机会。她可以拥有完全属于她的狗，我不会喂它、给它刷毛或和它玩，我也绝不会让狗变得像我甚于像她。我只希望她和以前一样，陪我玩游戏。我从来不会想做任何可能伤害她的事。

6月6日

今天是我第一次和艾丽斯真正的吵架,都是我的错,因为我想见她。往往在想起一段困惑的记忆或噩梦之后,和她谈谈,或只是和她在一起,就会让我觉得好一点。但直接去中心接她,却是个错误。

自从动过手术后,智能障碍成人中心我就没再回去,想到重返那地方让我十分兴奋。中心在二十三街与第五大道东的一间老校舍里,过去五年来被比克曼大学医院拿来当作实验教育中心,也就是智障者的特殊教室。通道上有个带尖刺的老式铁门,上面挂着一块闪亮的黄铜门牌,简单地写着"比克曼进修部"。

她的课八点结束,但我想看看不久前自己还在为简单的读写而挣扎、为算清楚一元的零钱而努力不懈的教室。

我走进建筑,溜到教室门边,在不被看见的情况下从窗口窥视。艾丽斯坐在她的桌前,靠近她的一张椅子上,坐着一位我不认识的瘦脸女生。她紧蹙着眉头,露出一脸困惑,我很好奇艾丽斯正在为她解释什么东西。

坐着轮椅的迈克·多尔尼,位置靠近黑板;莱斯特·布朗和平常一样,坐在第一排的第一个座位上,艾丽斯说他是这个团体中最聪明的。莱斯特轻易学会的东西,我通常都要努力很久,但他只有想要的时候才来,否则他就去帮人为地板打蜡赚钱。我猜想如果他在乎的话,如果他也像我一样看重这件事，他们大概就会选他来做实验。还有几个新面孔，都是我不认识的人。

最后，我鼓足勇气走了进去。

"是查理！"迈克旋转着轮椅说。

我对他挥手。

贝妮丝是个眼神呆滞的漂亮金发女孩，她抬起头，嘴角挂着迟钝的微笑说："查理，你去哪里了？你的衣服很好看。"

其他还记得我的人都对我挥手，我也对他们挥手。突然间，我从艾丽斯的表情可以看出她不太高兴。

"现在快八点了，"她宣布说，"可以收拾东西了。"

每个人都有分配的工作，有的收拾粉笔、板擦、纸，有的整理书、笔记、颜料与挂图。每个人都知道该做什么，也以做这些事而自豪。他们都开始做分配的工作，只有贝妮丝没有动，她凝视着我。

"查理为什么不上学？"她问道，"你怎么啦？查理，你会回来上课吗？"

每个人都望着我，我则看着艾丽斯，等她替我回答。教室里静默了好一阵子。我要怎么说才不会伤他们的自尊呢？

"我只是来看看而已。"一个叫作弗朗辛的女孩开始咯咯笑，艾丽斯一向很担心她。她十八岁就已经生了三个孩子，后来她父母安排她做了子宫切除手术。她长得并不漂亮，绝对没有贝妮丝迷人，但她很容易沦为很多男人相中的目标，他们只要为她买些漂亮的东西，或是请她看电影就能得逞。她住在州立沃伦之家允许工作见习生居住的寄宿公寓，获准每晚到中心上课。但她曾经两次没来上课，因为上学途中就被男人拐走，现在她必须有人陪伴才能出门。

她咯咯笑着说："他现在说起话来像个大人物。"

"好啦，"艾丽斯突然打断她的话，"下课，我们明天晚上六点再见。"

他们都离开，我可以从她把东西扔进柜子的动作看出她很生气。

"对不起，"我说，"我本来要在楼下等你，但我突然对老同学的状况好奇。这里是我的母校。我原先只是要在窗外看看，但不知为什么就走进来了。有什么事困扰你吗？"

"没事，没有事情困扰我。"

"好啦，不要为这种小事生这么大的气，你心里在想什么？"

她把手上拿的一本书用力摔在桌上。"好吧，如果你想知道的话。你变了，像换了个人似的。我说的不是你的智商，而是你对别人的态度，你不再是同一种人……"

"喔，拜托，不要把……"

"不要打断我的话！"她声音中传达的真正愤怒吓了我一跳。"我是说真的。以前的你有某种特质，我不知道怎么说……那是一种亲切、坦诚,让大家喜欢你,乐意跟你在一起的和善态度。如今,你的智能与知识却让你变得不一样……"

我无法再听下去。"你期待我能怎么样?你以为我还会像只温驯的小狗,摇着尾巴去舔踢我的腿吗?这一切事情当然会改变我的想法和作风,我不需要再去接受人们一直塞给我的那些狗屎。"

"大家对你并不坏。"

"你又知道什么?他们当中最好的一个,也不外是自鸣得意地摆派头,利用我去衬托他们在平庸之中的优越与安全感。在白痴身边,每个人都会觉得自己很聪明。"

我说完后,知道她会加以曲解。

"我猜想,你也把我归在那个类别。"

"别说气话,你很清楚我一直都……"

"当然,从某方面来看,你说得也没错,我在你身边就显得相当弱智。现在每次跟你见面后,我回到家里常常沮丧地觉得自己凡事都又钝又慢。我回顾自己说过的话,再想起一些我应该提到的机灵趣事,就很想踢自己一脚,很生气为什么没有在你面前说出来。"

"这是每个人都有的经验。"

"我发觉自己很想让你留下深刻印象,这是我以前绝不会想做的事,但跟你在一起已经伤害我的自信心,我现在会质疑我的动机,对自己做的所有事都感到怀疑。"

我试着要让她摆脱这个主题，但她总是一再绕回来。最后我说："好吧，我不是来跟你吵架的，你愿意让我陪你回家吗？我需要找人谈谈。"

"我也是。但是这些日子以来，我根本没办法跟你谈。我能做的只是边听边点头，假装了解你在说的那些文化变体、新布尔函数与后现代符号逻辑。我觉得自己愈来愈笨，你离开我的公寓后，我必须看着镜子对自己大喊：'不！你没有一天天变笨！是查理爆炸式的快速进步，让你看起来像在倒退！'查理，我就像这样告诉自己，但每次我们见面，你告诉我一些新东西，然后很不耐烦地看着我的时候，我知道你是在嘲笑我。

"而且，当你解释给我听，我却记不住时，你就以为那是因为我没有兴趣，不想费心去了解。但你不知道你离开后，我是怎么折磨自己。你不知道我曾经挣扎着去读那些书，又在比克曼听了多少课，但只要我谈起某些事，我可以看到你很不耐烦，仿佛那些事都很幼稚。我希望你的智慧愈来愈高，愿意协助你、和你分享……可是你现在却把我关在外面。"

我仔细听她叙述时，心里开始恍然大悟。我一直太过专注在自己以及我经历的变化，却从未想到她经历的转变。

我们离开学校时，她静静地哭着，我发现自己竟然无言以对。搭公交车回家的路上，我在心里告诉自己，情势已经整个颠倒过来。她对我感到害怕。横在我们之间的冰块已经融解，我心灵中的潮流迅速把我带到大海，我们之间的鸿沟也愈拉愈大。

她拒绝和我在一起，不想再折磨自己是对的。我们不再有共通处，连单纯的对话也变得紧绷。如今，我们之间只有尴尬的沉默，以及黑暗房间内未获满足的渴望。

"你很严肃。"她打破自己的情绪，抬头对我说。

"在想我们的事。"

"你不必太当真，我不想惹你难过，你正在经历重大考验。"她试着挤出微笑。

"但你确实让我难过，只是我不知道该怎么办。"

从公车站走到她公寓的路上，她说："我不打算陪你出席心理学会议。今天上午我已经打电话通知尼姆教授，你在那里会有很多事情要忙。你会见到许多有趣的人，兴奋地成为瞩目焦点好一阵子，我不想在那里碍事……"

"艾丽斯……"

"……现在不管你怎么说，我都知道自己会有什么样的感受，所以，如果你不介意的话，我要去修补破碎的自我……谢谢。"

"可是你未免有点小题大作，我确信你只会……"

"你知道？你确定？"她在公寓大楼的阶梯上转身瞪我，"噢，你真是变得让人受不了。你哪会知道我的感受？你未免太随意看待别人的心思，你不可能了解我怎么想、在想什么，或是为什么有这样的感受。"

她开始往内走,然后又回头看我,以颤抖的声音说:"你回来的时候,我还是会在这里。我只是觉得难过,如此而已。我希望我们分开一段距离时,两人都有机会好好想想。"

这是好几个星期来,她第一次没有邀我进去。我瞪着紧闭的大门,内心的怒气直往上冒。我很想大闹一场,用力敲门,或是破门而入。我要用我的怒火销蚀整栋建筑。

当我慢慢走开时,感觉内心像是有簇文火在闷烧,然后慢慢冷却,最后如释重负。我在街上快步疾走,感受夏夜的徐徐凉风拂过脸颊。

我体会到自己对艾丽斯的感情,已在我的学习浪潮冲刷下逐渐倒退,从最初的崇拜消退成爱情、喜欢、感激以至某种责任感。我对她的混淆感情抑制了我的发展,也因为害怕被迫自己摸索,不想独自漂流而紧紧地抓牢她。

但伴随自由而来的,是种忧伤的感觉。我想和她恋爱,想克服我对感情与性爱的恐惧,想要结婚、生小孩,并安定下来。

如今,这已经不可能了。艾丽斯和我智商一百八十五时的距离,竟和我智商七十的时候一样遥远。而且,这回我们两人都了解这道鸿沟的存在。

6月8日

究竟是什么驱使我走出公寓，在城市的街道四处徘徊？我独自在街头晃荡，但不是优哉游哉地在夏夜中漫步，而是神经紧绷地要赶去……哪里？我在小巷里往别人住家的门内张望，在半掩的窗外窥视，既想找人聊天，却又害怕遇见人。走过一条又一条街道，经过无数曲径巷弄，一头栽进都市的霓虹兽栏里。寻寻觅觅……但寻找什么呢？

我在中央公园遇见一个女人，她坐在湖边一张长凳上，虽然天气很热，却仍紧扣着外套。她对我微笑，示意我坐她旁边。我们望着中央公园南边的天际线，点着灯的房间宛如蜂巢，与周遭的黑暗相映成趣，我真希望能把这些全部吞噬。

我告诉她，没错，我是纽约人。不，我从未去过弗吉尼亚州的纽波特纽斯。她是那里的人，她在那里和一位船员结婚，她丈夫目前在海上，她已经两年半没看过他。

她拉扯着一条纠结的手帕，不时拿来拭去额上的汗珠。即使在湖面反射的幽暗光线中，我仍能看出她涂着很浓的妆，但黑色直发散落在肩上，还是让她看起来有些迷人，只不过她的脸有点浮肿，好像刚睡醒一样。她想谈她自己，而我愿意聆听。

她父亲给了她良好的家庭、教育，以及一位富裕造船商能带给唯一女儿的一切，但不包括宽恕。他从未原谅她和船员私奔。

她说话时拉着我的手,并把头倚在我肩上。她轻声说:"加里和我结婚那晚,我还是个惊恐的处女。而他则像疯了一样,先是甩我耳光、揍我,然后没有一点爱抚,就粗暴地上了我。那是我们最后一次在一起,我再也不让他碰我。"

她大概可以从我颤抖的手中感受到我的惊慌。这件事对我来说实在太过粗暴又太过亲昵。她感觉到我的颤动后,手握得更紧,仿佛必须先说完故事才能放开。她很坚持,我只好静静坐着,就像一个人喂鸟时,坐在鸟儿前面,静静让它从掌中啄食一样。

"不是我不爱男人,"她大胆向我坦白,"我有过其他男人,我不要他,但有过许多其他男人。多数男人对女人都很体贴温柔,他们做爱时会慢慢来,会先爱抚和亲吻。"她意有所指地看着我,并以张开的手掌在我的掌心来回摩挲。

这是我听过、读过也梦想过的事。我不知道她的名字,她也没问我的名字。她只想要我带她去某个地方,让我们独处。我怀疑艾丽斯对这种事会怎么想。

我笨拙地抚摸她,我的吻更是别扭,所以她抬头看我。"怎么回事?"她轻声说,"你在想什么?"

"想你。"

"你有什么我们能去的地方吗?"

我谨慎地踏出每一步,但会在何处掉进突如其来的焦虑中呢?这时某种东西阻止我继续试探前进的立足点。

"如果你没有住的地方,五十三街的公寓旅社不会太贵,而且只要你先付钱,他们就不会拿行李问题来烦你。"

"我有个房间……"

她带着全新的敬意看我:"嗯,那很好。"

还是没有动静。这本身就有点奇怪,在被恐慌的症状压垮之前,我还可以前进多远呢?当我们单独在房间里时?当她脱衣服时?或是当我们躺在一起时呢?

突然间,了解自己能否像其他男人一样要求一个女人和我分享生活,变成很重要的事。光有智能与知识是不够的,我也需要拥有这个。现在我有种强烈的放松与解放感,觉得这是可能的。我在亲吻她时感受到的那股兴奋,已明显传达这种感觉,我确定和她在一起会很正常。她和艾丽斯不一样,她是那种原本就存在的女人。

然后,她的声音变得不是很肯定:"在我们离开前……还有件事……"她站了起来,向灯光照射下的我走近一步。她掀开外套,我看到她的身材和我们并肩坐在黑暗中时的样子很不一样。"才五个月而已,"她说,"没什么关系,你不会介意吧?"

她张开外套站在那里的模样,和走出浴缸、张开浴袍让查理看她裸体的中年女士影像已经重叠起来。我呆呆地站着,像是亵渎者在等待闪电敲击。我把头转开,这是我没料到的事，但在炎热的夏夜中还紧紧裹着外套，早该让我警惕一定有什么不对劲。

"不是我先生的，"她向我保证，"我没对你说谎，我已经好几年没见过他。是我八个月前认识的一个推销员的，我后来跟他同居。我不打算再跟他见面，但我要留下小孩。我们只要小心点，动作别太激烈就行了。除此之外，你没什么好担心的。"

她看到我的愤怒时，声音跟着减弱。"这真是肮脏！"我高声叫着，"你应该感到羞耻！"她转开身体，迅速穿好外套，以保护体内的孩子。

她做出这样的保护姿态时，我也看到第二个重叠影像：我的母亲，她那时已经怀着我妹妹，她逐渐不再拥抱我，愈来愈少用声音与身体接触来温暖我，也很少再去对抗说我不正常的人。

我想我大概伸手抓了她的肩膀，我不是很确定，然后她开始尖叫，把我激烈地吓回现实中，也警觉到危险的存在。我告诉她，我无意伤害她，我从来不会伤害任何人。"拜托，不要尖叫！"但她继续叫，我听到幽暗的道路上传来跑步声。这是外人很难了解的情况。我冲进黑暗中，曲折地穿越一条又一条道路，急忙寻找离开公园的出口。我不清楚公园的地形，突然间我撞上某个东西，把我往后推倒。那是一道金属丝网做的围篱，一条死路。然后我看到秋千与滑梯，于是我知道这是夜间上锁的儿童游乐场。

我沿着围篱小跑步继续往前,又踢到纠结的树根而跌倒。在游乐场附近的湖湾处,我往回跑找到另一条路,走向一条人行步桥,绕了一圈后从底下穿过,但没有出口。

"小姐,怎么啦?发生什么事了?"

"遇到疯子了吗?"

"你没事吧?"

"他往哪个方向走了?"

我绕回原来离开的地方。我溜到一道巨大的露岩与树莓丛后方,整个人瘫在地上。

"去叫警察,每次需要警察的时候,就一定看不到他们的影子。"

"发生什么事了?"

"有个坏蛋想强暴她。"

"嘿,那里有人在追他,他在那里!"

"快来!在那杂种跑出公园之前逮住他!"

"小心点,他有刀和一把枪……"

显然那些叫嚷声已经把许多夜行者引出来,因为"他在那里!"的叫声在我身后回响,我从藏身的岩石后面,可以看到一位孤单的跑步者从明亮的路径被追进黑暗中。几秒后,又有另一个人从岩石前面经过,很快也隐没在阴影中。我想象自己被这群热心的暴民追逐、逮到,并痛打一番。我活该被打,我几乎也真的想要如此。

我站起来,拨掉衣服上的树叶与泥土,然后慢慢朝我来的方向走。我每一秒都期待有人从后面抓住我,把我从地上拖进黑暗中,但我很快就看到五十九街与第五大道的明亮灯光,我也走出公园。

如今在我安全的房间里想起这件事,我仍为那些刺痛而颤抖。想起母亲生下妹妹之前的模样令我害怕,但更恐怖的是那种想让他们抓住我,再把我痛打一顿的感觉。我为什么希望受到惩罚呢?来自过去的阴影抓住我的脚,并把我拖倒。我张口想要尖叫,却发不出声音。我的双手在发抖,觉得很冷,耳中有遥远的嗡嗡嘶声。

进步报告— 13

6月10日

我们坐在一架同温层喷射机里,即将起飞往芝加哥。这份进步报告必须归功于伯特的高明点子,他让我对着晶体管录音机口述,再由芝加哥一位速记公务员打出来文字。尼姆喜欢这个主意,事实上,他还要我继续使用录音机直到最后一分钟。他觉得如果他们在会议最后播放最新的录音带,会让报告增色不少。

所以,我现在坐在飞往芝加哥的喷射机上,一个人在私密的空间中努力习惯自言自语,同时设法适应自己的声音。我猜打字员应该会消掉所有的"嗯""啊""这个""那个",让打出来的东西看起来比较自然些。想到会有数百人读我正在说的话,我就情不自禁开始觉得全身麻痹。

我的心思一片空白。在这个节骨眼,我的感觉可能比任何东西都重要。

在天上飞的念头让我害怕。

根据我所能想到的,我在接受手术前,从未真正了解飞机是什么。我从未把电视与电影中的飞机特写镜头,和我看到从头上飞过的东西联想起来。现在我们正要起飞,我满脑子想的都是万一飞机摔下来怎么办。我浑身发冷，我不想死。关于上帝的一些讨论，这时也浮上心头。

最近几星期，我常想到死亡问题，但没有真正想到上帝。我母亲偶尔会带我去教堂，可是我不记得这曾让我联想到上帝。她经常提到上帝，而我晚上必须对他祈祷，可是不曾想过太多关于上帝的事。我只记得把他当作一位留着胡子、坐在宝座上的远方叔叔（就像百货公司里坐在大椅子上的耶诞老人，他会抱你坐在他的大腿上，问你乖不乖，还有你想要他送你什么。）。母亲害怕上帝，但还是求他施恩。我父亲则从来不提上帝的事，似乎上帝是罗丝这边的亲戚，他可不想和他有什么瓜葛。

*

"我们即将起飞，先生，我可以帮你系好安全带吗？"

"我必须系吗？我不喜欢被绑住。"

"必须系到飞上天空为止。"

"除非必要，我宁可不系。我很怕被绑住，可能会让我觉得恶心。"

"这是规定，先生，我来帮你。"

"不！我自己来。"

"不对……应该是把那个东西穿过这里。"

"等一下，嗯……好了。"

太可笑了，根本没什么好怕的。座位安全带不是很紧，不会痛。为什么系上该死的安全带有这么可怕呢？安全带、起飞时的震动、焦虑和实际状况比起来，实在不成比例……所以一定是其他东西……是什么呢？……飞进并穿过阴暗的云层……请系上安全带……绑好……身体前倾……汗湿的皮带味道……震动与耳边的轰隆声。

从窗户看出去，我看到查理，在云层中。他的年龄很难判断，大约五岁，诺尔玛尚未……

"你们两个准备好了吗？"他父亲走到门廊上，他的身躯厚重，特别表现在脸上与颈部的松垂肥肉，表情也有些疲惫。"我说，你们到底好了没？"

"再一分钟，"罗丝说，"我去戴顶帽子，你看看他的衬衫有没有扣好，还有鞋带。"

"来吧，让我们一劳永逸地解决这件事。"

"哪里？"查理问，"查理……去……哪里？"

他父亲皱着眉头看他，马特·高登从来不知该如何回应儿子的问题。

罗丝出现在卧房门口，调整着帽子上的半面纱。她是个宛若小鸟的女人，她的双臂向上伸到头上，手肘向外，看来就像翅膀。

"我们要去看医生,他会帮你变聪明。"

面纱让她看起来像是透过铁丝网看着他。他一向害怕这样盛装外出,因为知道他必须去见其他人,而妈妈会变得心烦而且生气。

他想要跑开,但没有地方可去。

"你为什么非得这样对他说呢?"马特问。

"因为事实就是如此,瓜里诺医生会帮助他。"

马特在地板上走来走去,就像一个人早已放弃希望,但仍愿尝试最后一次用理性解决这件事。"你怎么知道?你对这个人了解多少?如果还有办法可想,其他医生早就告诉我们了。"

"别说这种话!"她尖叫道,"不要告诉我他们已经无法可想。"她拉着查理,把他的头紧抱在胸前。"他会变正常,不论我们必须怎么做,不管得付出什么代价。"

"那不是钱可以解决的事。"

"我说的是查理,你儿子……你唯一的儿子。"她几近歇斯底里地把他摇来摇去。"我不要听那种话,他们不懂,所以说已经无法可想。瓜里诺医生已经向我解释清楚,他说他们不愿赞助他的发明,因为这会证明他们都是错的。同样的事也发生在其他科学家身上,像提出微生物学的巴斯德和詹宁斯一样。他告诉我,你的那些医师都害怕进步。"在以这种方式反驳马特之后,她觉得放松了些,并再次恢复自信。她放开查理后,他跑到角落靠墙站着,浑身害怕得发抖。

"看,"她说,"你又让他难过起来了。"

"我?"

"你老是当着他的面开始找碴。"

"噢,耶稣基督啊!好吧,让我们把这件要命的事一次做个了断。"

去瓜里诺医生办公室的路上,他们避免交谈。在公交车上一语不发,从公车站走三条街到市区办公大楼的路上,也同样静默。在等了十五分钟后,瓜里诺医生来到接待室向他们致意。他的头顶已经快秃了,身体肥胖,看起来好像快把他的白袍给撑破。查理出神地看着他又粗又浓的白色眉毛,以及不时会抽搐一下的白色髭须。有时候,髭须会先抽动,两边眉毛才跟着扬起;但有时是眉毛先扬起,髭须才接着抽动。

瓜里诺医师带他们走进一间宽敞的白色房间,里面空荡荡的,还可以闻到刚上过油漆的味道。房间的一边摆着两张桌子,另一边有台庞大的机器,上面有好几排仪表和四条像牙医钻牙用的长臂。机器旁边有张黑色皮质检查台,上面有又宽又厚的网状束带。

"好,好,好,"瓜里诺医师扬起眉毛说,"这位一定是查理了。"他紧紧抓着孩子的肩膀,"我们会变成好朋友的。"

"你真的有办法吗,瓜里诺医生?"马特说,"你治疗过这种病吗?我们不是很有钱。"

瓜里诺医生皱眉时,眉毛就像百叶窗一样掉下来。"高登先生,我说过任何我能做的事了吗?我难道不需要先检查吗?也许我能帮上忙,也许不能。但首先,必须先做些生理与心理测试,才能决定病理学上的致因。然后,我们会有充裕的时间谈到预后的诊断。事实上,最近我非常忙,我同意接这个病例,纯粹是因为我正对这类神经发育迟滞从事特别的研究。当然,如果你们有什么顾虑的话,或许……"

他的声音感伤地停止,然后转开身子,罗丝用手肘撞了一下马特。"我先生完全不是那个意思,瓜里诺医生,他太多话了。"她又瞪了马特一眼,示意他应该道歉。

马特叹了口气:"如果你有任何办法可以帮助查理,我们会照你的交代去做。我在推销理发店用品,但无论如何,我会乐意去……"

"只有一件事情是我必须坚持的,"瓜里诺噘起嘴唇,好像正在下什么决定似的,"一旦我们开始后,治疗就必须持续下去。以这种病例来说,常常会在几个月都未见改善后,疗效突然浮现。但请注意,我不能向你保证成功,没有什么事是笃定的,但你必须给治疗有转机的机会,否则最好根本不要开始。"

他对着他们皱眉,好让他的警告能被充分理解。他的白色眉毛就像白色灯罩,蓝色眼睛在底下炯炯有神地凝视。"现在,麻烦你们移驾到外面,让我检查孩子。"

要留下查理和他单独在一起,让马特有些犹疑,但瓜里诺对他点点头。"这是最好的方式,"他说,同时带领他们到外面的候诊室,"进行心理实体化测试时,如果只留病人和我单独在一起,通常结果都会比较显著,外在的干扰对网状评分常会有不良影响。"

罗丝得意地对她先生微笑,马特只好乖乖跟着她走出去。

查理被单独留下,瓜里诺医生拍拍他的头,脸上挂着和蔼的笑容。

"好了,孩子,到台上去。"

查理没有反应,他就温和地把他抱起来,放到装有皮垫的检查台上,再以厚重的网状束带稳固地系好。检查台有浓浓的汗臭与皮革味道。

"妈妈!"

"她在外面,别担心,查理,这一点也不痛。"

"我要妈妈!"这样被绑住让查理感到困惑,他弄不清楚他想对他怎么样。但他还遇过一些医生,他们在爸妈出去后,对他可就一点也不温柔。

瓜里诺试着让他冷静下来:"放轻松,没什么好怕的。你看到这部大机器没?你知道我要做什么吗?"

查理有些畏缩,然后他想到母亲的话。"让我变聪明。"

"没错,至少你还知道来这里的目的。现在你闭上眼睛,放轻松,我要打开这些开关了。机器会像飞机一样,发出很大的声音，但你不会觉得痛。然后，我们会看看能不能让你变得比现在聪明一点点。"

瓜里诺启动开关，庞大的机器开始嗡嗡响，红色与蓝色灯光忽明忽灭闪烁着。查理吓坏了，他不断收缩颤抖着，在紧紧绑住他的束带下挣扎。

他开始叫喊，但瓜里诺立刻把一块布塞进他嘴巴："好啦好啦，查理，不要这样，你是很乖的小男孩，我告诉过你，这不会痛的。"

他还想尖叫，但只能发出沉闷的窒塞声音，让他想要呕吐。他觉得大腿附近湿了一片，还有些黏黏的。那些味道也告诉他，妈妈又会因为他弄脏裤子打他屁股，并罚他站墙角。但他控制不了，任何时候只要觉得被困住，他就会惊慌、失控，并弄脏裤子。窒息……恶心……想吐……然后所有东西都发黑……

不知道中间经过多久时间，但查理再睁开眼睛时，嘴里塞的布已经取出，束带也已解开。瓜里诺医生假装没有闻到异味。"你看，一点都不痛，对吧。"

"不……不会。"

"那你干吗抖成那样？我只不过用那台机器让你变聪明一点而已。现在你已经比刚才聪明一点，你有什么感觉？"

查理忘了他的恐惧，眼睛睁得大大地看着机器。"我有变聪明吗？"

"当然，你退后一步看看，你觉得如何？"

"觉得湿湿的,我尿裤子了。"

"嗯,没错……下次不可以这样,好吗?既然你已经知道不会痛,下次就不会怕了。现在,我要你去告诉妈妈你觉得有变聪明,她就会每星期带你来做两次大脑修复的短波治疗,这样你就会愈变愈聪明。"

查理露出微笑:"我会倒退走路。"

"你真的会?我看看,"瓜里诺医生合起他的活页夹,装出很兴奋的样子,"走给我看。"

查理慢慢地,费了很大力气倒退走了几步,还撞到检查台跌倒。瓜里诺笑着点头说:"这就是我说的进步。你等着好了,在我们完成治疗之前,你就会是你们那个街区最聪明的小孩。"

查理因为获得赞美与注意,高兴得脸都红了。因为不是经常有人对他微笑,或称赞他哪件事做得对。对于机器以及被绑在台上的恐惧,现在也开始消退。

"整个街区吗?"这个念头让他乐昏了头,兴奋得几乎喘不过气,"甚至比海米还聪明吗?"瓜里诺又笑了起来,并点头说:"比海米还聪明。"

查理带着新的惊奇与敬意看着机器,这部机器会让他变得比海米还聪明,海米和他家只隔两户人家,他懂得读和写,而且参加童子军。"这是你的机器吗?""还不是,它属于银行,但很快就会是我的,然后我就能让很多和你一样的孩子变聪明。"他拍拍查理的头说:"你比一些正常的孩子乖，那些孩子的妈妈带他们来这里，希望我提高他们的智商，让他们变成天才。"

"如果你让他们睁大眼睛，他们会变成笨蛋吗？"他把手拿到眼睛前面，看看机器是否张大了他的眼睛。"你有把我变成驴子吗？"瓜里诺捏捏查理的肩膀，脸上挂着和善的笑容："查理，不用担心，只有不乖的小驴子才会变成笨蛋，你会维持原来的样子，仍然是个好孩子。"然后，他想了一下又说："当然，比你现在还要聪明一点。"

他打开门锁，带查理去找爸妈："他在这里，表现不错，是个好孩子。我想我们会变成好朋友，对吧？查理。"查理点点头。他希望瓜里诺医生能够喜欢他，但他看到妈妈的表情时，又开始惊慌。"查理，你干了什么好事？"

"只是出了点状况，高登太太。这是第一次，所以他有些害怕，但不要责怪或处罚他，我不希望他把来这里和惩罚联想在一起。"

但罗丝·高登却因为尴尬而开始生气："这实在丢脸，我真的不知道怎么办，瓜里诺医生。即使在家里，他也会忘掉……有时甚至当着客人的面。他这样做的时候，我真是羞得无地自容。"

母亲脸上的厌恶表情让他发抖。在刚才的短暂时刻，他已经忘记自己有多坏，如何让爸妈受苦受难。不知道为什么，但每次妈妈说他让她受苦时，他就会害怕，而当她对他高声叫喊,他就会转过脸面对墙壁,自己轻声呻吟起来。

"不要让他难过,高登太太,也不用担心。每星期周二和周四的相同时间带他来。"

"但这真的对他有用吗?"马特问,"十元是不小的数……"

"马特!"她拉了一下他的袖子,"这种事值得在这时候谈吗?这是你自己的骨肉,说不定靠着上帝的帮忙,瓜里诺医生能让他变得和其他孩子一样,你却只知道谈钱!"

马特本来还想为自己说话,但想了一下,就掏出皮夹。

"拜托……"瓜里诺叹了口气,好像看到钱会感到尴尬似的,"前面柜台的助理会处理财务上的事,谢谢。"他对罗丝微微躬身,和马特握手,并拍拍查理的背。"好孩子,很好。"然后便带着微笑消失在通往内部办公室的房门后面。

他们一路吵着回家。马特不断抱怨理发用品的生意持续萎缩,他们的储蓄也快用罄,罗丝则大声怼回去,强调让查理正常比任何事都重要。

查理被他们的争吵吓得开始呜咽,他们声音中蕴含的愤怒让他十分痛苦。一回到家,他就独自离开,跑到厨房门后的角落,用前额顶着墙站着,一面颤抖,一面呻吟。

他们没有理他,他们已经忘掉应该帮他清洗并更换衣裤。

"我一点都不歇斯底里,我只是厌倦每次为你儿子做点事,就得听你抱怨个没完。你毫不在乎,你根本不在乎。"

"这不是事实!我只是体认到我们已无法可想。当你有这样一个孩子的时候,这是个十字架,你必须扛起来,并且爱他。我可以接受,但我不能忍受你的愚蠢做法。你把我们的积蓄几乎都浪费在庸医和骗子身上,我大可拿这些钱开创自己的美好事业。没错,别用那种眼光看我。你为了这件无法可想的事而扔到阴沟里的钱,已经够我开家自己的理发店,不用每天痛苦地工作十小时推销东西。我会有自己的地方,还有别人为我工作。"

"别再叫了,你看看他,他吓坏了。"

"去你的!现在我知道谁才是真正的蠢蛋,是我!因为我竟然受得了你!"他怒气冲冲地冲出去,还把门用力甩上。

*

"先生,对不起打扰您,我们几分钟内就要降落了。您必须再次系好安全带……噢,您已经系上了,先生。从纽约来的一路上您一直系着,将近两个小时……"

"我都忘了这回事。就这样系着直到降落吧,看来对我没什么影响。"

＊

我想变聪明的不寻常动机最初曾让大家惊讶不已，现在我知道这是从何而来。这是夜以继日萦绕着罗丝·高登的念头。查理是个笨蛋是她挥之不去的恐惧、罪恶与羞辱，她梦想着要设法解决。究竟这是马特的错还是她的错？这是不断苦恼她的急迫问题。直到诺尔玛的出生证明她也能生出正常的孩子，我只是个异数后，她才不再想改变我。但我从来不曾停止渴盼变成她期待的聪明孩子，好让她能够爱我。

有趣的是这位瓜里诺。照理说我应该痛恨他对我做的那些事，还有他利用罗丝和马特的行为，可是我无法恨他。在那第一天之后，他一直对我很好，总是拍拍我的肩膀、微笑，说些我难得听闻的鼓励话语。

即使在那时候，他也把我当人看待。

这听起来可能有些忘恩负义，但我痛恨这里的原因之一，就是他们把我当作天竺鼠的态度。尼姆经常提及是他让我变成现在的样子，或是有一天会有其他和我一样的人想要变成真正的人类。

我要怎么让他了解我并不是他创造的？

他和其他人犯下同样的错误，他们嘲笑弱智者，因为他们不了解对方也是人类。他不能体会，我来这里之前就已经是个人。

我正在学习控制自己的憎厌,不要凡事不耐烦,要懂得等待。我猜我正在成长,每一天我都多了解自己一点,原先只是小涟漪的记忆,现在却像滔天巨浪对我冲刷而来……

6月11日

从我们抵达芝加哥的查默斯饭店起就是一团混乱。我们订的房间出了差错,要隔天晚上才会空出来,在此之前我们必须待在附近的独立饭店。尼姆非常生气,认为这是对他个人的侮辱,他和饭店行政系统的每一个人吵架,从侍者一直吵到经理。饭店的每个职员都在找上司想办法,我们只能在大厅等待。

在混乱中,行李不断送进来,堆得整个大厅都是,行李员推着车子忙进忙出;许多一年未见的出席会议成员,在此相认并打招呼;尼姆努力想拦住一些国际心理协会的工作人员交涉,而我们站在那里,愈来愈觉得尴尬。

最后,显然已无法可想后,他才接受我们必须在独立饭店度过芝加哥的第一晚这个事实。

结果我们发现,多数年轻的心理学家都住在独立饭店,第一个晚上的大宴会也在这里举行。许多住在这里的人听过我们的实验,多数人也知道我是谁。不论我们走到哪里,都有人上前征询我对各种事情的看法,从新税的影响到芬兰最近的考古发现都有人问。这件事很有挑战性，但我储存的大量知识让我可以从容谈论几乎所有问题。只是过了一阵子后，我看得出尼姆很不高兴我成为大家的注意力焦点。

所以，当法尔茅斯学院一位年轻漂亮的医生要我解释我发展迟缓的起因时，我就告诉她，这个问题应该由尼姆教授来回答。

这是他一直在等待，可以表现权威的大好机会，也是我们相识以来，他第一次把手放在我的肩上。"我们还无法精确地了解查理孩童时期罹患的苯丙酮尿症类型起因，这是一种不寻常的生化或基因状况，可能是电离辐射、自然辐射，甚至病毒攻击胎儿的结果。但不论起因为何，都导致基因的缺陷，产生一种我们称之为'特异酶'的物质，也创造缺损的生化反应。当然，新产生的氨基酸会与正常的酶竞争，并导致脑部的伤害。"

女孩皱着眉头。她没料到会听到一场演讲，但尼姆好不容易抢到发言权，便继续借题发挥。"我称之为酶的竞争性抑制。我可以打个比方来解释它的运作方式，你可以把缺陷基因产生的酶，设想成一把错误的钥匙插在中枢神经系统的化学锁上，结果却转不开。因为它卡在那里，真正的钥匙，也就是正确的酶，甚至无法插进去开锁，堵住了。结果呢？就是脑部组织蛋白质不可逆的损坏。"

另一位加入旁听的心理学家插嘴问道："但既然不可

逆，为什么高登先生的发展已不再迟滞？"

"啊！"尼姆叫了一声，"我只说组织的损坏是不可逆的，并没有说程序不可逆。很多研究人员都能借注入化学物质与有缺陷的酶结合，来改变捣乱钥匙的分子形状，同时逆转程序。这也是我们技术的主要根据。但首先，我们移除脑部受损的部分，再将已用化学方式强化的脑组织植入，并以超出正常的速度制造脑蛋白质……"

"稍等一下，尼姆教授，"我在他谈得正兴高采烈时打断他，"那你如何看待拉哈雅马帝在这个领域的研究呢？"

他茫然地看着我："谁？"

"拉哈雅马帝。他的论文攻击谷田的酶融合理论，针对改变干扰酶的化学结构以畅通代谢途径的概念提出批判。"

他的眉头深锁："那篇文章翻译在哪本刊物上？"

"还没翻译出来，我几天前在《印度精神病理学学报》上读到的。"

他看看他的听众，想把这个问题搁在一旁。"好吧，我想我们没什么好担心的，我们的结果会为自己做证。"

"可是谷田在倡议利用融合来封锁特异酶的理论后，现在他又指出……"

"好了，查理，一个人率先提出某项理论后，并不保证他会成为后续实验发展的最终权威。我想在场的每一位都会同意，美国与英国的研究成果已远远超越印度和日本，我们仍然拥有全世界最佳的实验室与设备。"

"但这并未解答拉哈雅马帝的批判论点,他说……"

"这里不是讨论这件事的适当时间与地点,我相信在明天的会议上,所有的这些论点都会获得充分处理。"他随即转身和某个人谈起一位大学时代的老友,对我完全置之不理,让我哑口无言地呆在那里。

我设法把斯特劳斯拉到一边,开始质问他:"好吧,你一直都说我对他太敏感了,你告诉我,我做了什么事惹得他那么不高兴?"

"你让他觉得你比他优秀,这是他不能接受的事。"

"我是很认真的,看在老天分上,把事实告诉我。"

"查理,你不能一直以为大家都在嘲笑你。尼姆无法讨论那些文章,是因为他没读过,他没有能力读那些语文。"

"他不懂印地语[1]和日文?不会吧。"

"查理,不是每个人都有你那样的语文天赋。"

"那他怎么能够反驳拉哈雅马帝对这项方法的批判?而且谷田也对这种控制的效力提出挑战,他一定知道这些……"

"不……"斯特劳斯沉思了一下,然后说,"那些论文一定是最近才刊出,还来不及翻译出来。"

---

1 Hindi,印度本土语言,是印度官方语言之一。

"你的意思是说你也没有读过？"

他耸耸肩："我的语文能力甚至比他还差。但我确定在最后报告交出去之前，他们会搜寻所有学报，以补充额外数据。"

我不知道该说什么。听到他承认他们两人对自己领域内若干地区的研究毫无所悉，实在是够骇人的。"你懂得哪些语言？"我问他。

"法语、德语、西班牙语、意大利语和勉强堪用的瑞典语。"

"没有俄语、中文、葡萄牙语？"

他提醒我，作为一个执业的精神病学家兼神经外科医师，他并没有太多时间读外语，他唯一能读的古典语文只有拉丁语和希腊语，同时不懂任何古东方语文。

我看得出他想结束这个问题的讨论，但我不愿就此松手，我必须知道他究竟懂得多少东西。

我知道了。

物理学：止于量子场论。地质学：不懂任何地形学、地层学甚至岩石学。不曾涉猎个体或总体经济理论。对基础变分微积分以外的数学领域所知不多，完全不懂巴拿赫代数或黎曼流形。这只是我在这个周末即将发现的众多真相的第一个端倪。

我无法在宴会上逗留太久，我偷偷溜出去散步，好好思考这件事。他们两个都是骗子，他们假装是天才，宣称能为黑暗带来光明，但其实只是盲目工作的普通人。为什么每个人都说谎呢？我认识的人中，没有一个名实相副。我拐弯的时候，瞥见伯特跟在后面。

"怎么回事？"他走上前时，我问他，"你在跟踪我吗？"

他耸耸肩，有点不自在地笑着："你是头号展示品，会场的明星，可不能让你被芝加哥的汽车牛仔给撞倒，或是在国家大道上遭到洗劫。"

"我不喜欢被监护。"

他两手插在口袋走在我旁边，但避开我注视的眼光。

"放轻松，查理，老家伙有点紧张，这场会议对他关系重大，这攸关他的声誉。"

"我不知道你和他关系这么密切。"我故意挖苦他，因为我想起伯特一直都在抱怨教授的莽撞与心胸狭窄。

"我和他关系并不密切，"他不以为然地看着我，"但他把整个生命都放进去了。他不是弗洛伊德或荣格，也不是巴甫洛夫或华生[1]，但他做了些重要的事，我尊敬他的投入与奉献，尤其他只是个想要做些伟人事业的凡人，而那些伟人都忙着制造炸弹。"

---

[1] 巴甫洛夫（Ivan Petrovich Pavlov, 1849—1936）是俄国心理学家，古典制约学习理论的发明人。其最著名的实验便是利用摇铃与喂食的联系，让受试验的狗日后只要听到铃声便自动流出口水。此处的华生应是指美国心理学家约翰·布罗德斯·华生（John B. Watson, 1878—1958），他通过对动物行为研究而创立了心理学行为主义学派，巴甫洛夫的研究对他有深远影响。

"我倒想听听你当着他的面说他是凡人。"

"他如何看待自己并不重要,他无疑是很自我本位,但又如何?一个人要敢于尝试做这种事,就需要那样的自负。他这种人我看多了,很了解在他们的傲慢与专断之中,其实混合了很大成分的恐惧与不安。"

"还有虚伪与肤浅,"我补充说,"我现在已经看清他们的真面目,虚伪。我本来就怀疑尼姆有这问题,他似乎随时都在害怕某些东西,但斯特劳斯却让我大感意外。"

伯特停下脚步,呼出长长的一口气。我们走进一家小餐馆喝咖啡,我没看到他的脸,但他的声音显示出愠怒。

"你觉得我错了?"

"我只是觉得你实在进步得太快,"他说,"你现在拥有绝佳的心智,几乎深不可测的智慧,你目前吸收的知识,已经比绝大多数人在漫长生命中所能累积的更多。但你的发展很不平衡,你知道很多事,也看清很多事,但你没有发展出了解的能力,换句话说,如果我可以使用这种字眼的话,就是容忍。你说他们虚伪,但他们何曾宣称自己完美,或者是超人?他们只是凡人,你才是天才。"

他有点尴尬地停了下来,突然意识到自己在对我说教。

"继续说下去。"

"你见过尼姆的太太吗?"

"没有。"

"如果你想知道他为什么一直那么烦躁,即使实验室与演讲都进行顺利,他还是那么紧张,你就得认识伯莎·尼姆。你可知道他的教授席位是她帮他弄来的?你可知道她利用父亲的影响力,为他争取到韦尔伯格基金会的补助款?而且,催促他在会议中仓促发表成果的也是她。除非你有位那样的太太在驾驭你,否则你根本无从了解他这个人。"

我未发一语,而且我知道他想回饭店。我们回去的一路上都没有交谈。

我是个天才吗?我不认为,至少还不是。就如伯特嘲讽教育术语中的委婉用词时所说的,我是"罕见"的。这是个民主的措辞,可以避免对天赋很高或不足的人贴上要命的标签,这通常指的就是优异或弱智的人。而且,只要"罕见"一词开始对某个人有特别意义时,他们就会更换用词。这样的做法似乎是说:只有在一个措辞对任何人都没有任何意义时才去用它。"罕见"适用于整个范围的两个极端,所以我这一生一直都是罕见的人。

学习是件很奇怪的事,走得越远,越知道自己连知识存在何处都不清楚。不久之前,我还愚蠢地以为我可以学会一切事情,掌握世上所有知识。如今,我只希望我能知道知识的存在,了解其中的沧海一粟。

我有这样的时间吗?

伯特对我有点不高兴。他觉得我没耐心,其他人一定也有相同的感觉。他们试图抓住我,想把我留在我的地方,但我的地方在哪里？现在的我是谁，是什么？我是我生命的全部，或只是过去这几个月的总和？噢，当我想和他们讨论这件事的时候，他们是何等不耐烦。他们不喜欢承认自己的无知。这是很矛盾的事，像尼姆这样的凡人，竟妄想要奉献心力让别人成为天才。他期待能被视为新学习法则的发现者，心理学界的爱因斯坦。然而，他却存有老师的恐惧，害怕被学生超越，虽是大师，却又担心门徒不信任他的工作（但我在任何实质意义上，却都不像伯特一样是尼姆的学生或门徒）。

我猜想，尼姆害怕暴露自己只是踩高跷混在巨人行列中的普通人，这是可以理解的。在这时候失败会毁了他，他已经太老了，没办法重新开始。

发现关于自己尊敬与看重之人的真相，虽然令人震惊，但我猜想伯特说得没错，我不能对他们太没耐心，实验能够实现必须归功于他们的构想与杰出工作。既然现在我已经超越他们，我必须提防流露出看不起他们的自然倾向。

我必须体会，他们一再劝我说话与写作应力求简明，好让别人读报告时了解我，他们所说的别人其实也包括他们自己。然而，当我知道掌握自己命运的，并不是原先以为的知识巨人，而是些不知道所有答案的凡人，仍是相当吓人的事。

6月13日

我在极大的情绪压力下口述这份报告。我已完全退出，一个人坐在飞回纽约的班机上，我到那里后要做什么，仍然毫无头绪。

我必须承认，目睹众多科学家与学者聚在一起交换意见的国际会议，起初的确让我心生敬畏。当时我想，这里才是真正带来希望的地方。这里的会议和大学的刻板讨论一定大不相同，因为在座者都是心理学研究与教育界的最高阶层代表，是写作书籍与发表演说的科学家，也是人们经常引述的权威。如果尼姆与斯特劳斯是在他们能力不及的领域中工作的凡人，我确信其他人的情况一定不一样。

会议时间来临时，尼姆带领我们穿越装饰着巴洛克式厚重家具以及宽阔大理石阶梯的庞大接待厅，经过和我们握手、点头与微笑的层层叠叠人群，今天早上才抵达芝加哥的两位比克曼大学教授也加入我们的行列。怀特与克林杰教授走在尼姆与斯特劳斯右后方一两步，伯特与我在最后面。

旁观者让出一条路让我们走进大会议厅，尼姆向记者与摄影师挥挥手，他们都特地到现场采访这件惊人消息，聆听在短短三个月又多一点的时间改造一位弱智成人的成果报告。

尼姆显然已预先发布公关新闻稿。

会议上发表的心理学论文中，有些相当令人佩服。一个阿拉斯加的研究团队显示，刺激脑部的不同部位，可以导致学习能力的显著发展；另一组新西兰团队则找出大脑中控制感知与保持刺激的部位。

不过，也有其他种类的论文。例如，P.T. 柴乐曼的研究告诉你，迷宫的转弯是直角而不是弧形时，白老鼠学习走迷宫所花的时间有什么差异；渥费尔的论文则研究智慧水平对印度猕猴反应时间的影响。这类的报告很让我生气，因为所有的金钱、时间与精力都浪费在细枝末节的详细分析。所以，伯特称赞尼姆与斯特劳斯全心投入在一些重要且不确定的事物上，而不是找些安全但不重要的东西研究，他说得没有错。

但如果尼姆能把我当成人类看待就好了。

主席宣布由比克曼大学发表报告后，我们就坐到台上的长桌后面，阿尔吉侬放在伯特与我之间的笼子里。我们是当晚的重头戏，我们坐定后，主席就开始介绍。我简直期待他会以这样的开场白宣布：先先先生与女女女士们，请往这边走，来看这场附带的好戏！科学界从未有过的精彩表演！一只老鼠和一个白痴转变成的天才就在你们眼前！

我承认，自己是带着浑身火药味来到会场的。

然而，主席只是很简单地说："下一场报告其实已无须多介绍，大家一定都已听说比克曼大学进行的惊人试验，这项计划是韦尔伯格基金会捐款赞助，由心理学系主任尼姆教授领导，并与比克曼神经精神医学中心的斯特劳斯医师合作推动。毫无疑问，这是大家都怀着极大兴趣期待的报告，我现在就把会议交给尼姆教授与斯特劳斯医生。"

尼姆优雅地点点头，感谢主席的介绍与称赞，还得意地向斯特劳斯眨眨眼。

比克曼大学第一位上场报告的是克林杰教授。

我已经被激怒了，我也看到阿尔吉侬在烟味、嘈杂声与不熟悉的环境刺激下，焦躁地在笼子里直绕圈子。我有非常强烈的冲动，想打开笼子放它出来。这是个荒谬的念头，比较像是种渴望，而不是真的想法，所以我试着不去理会。但当我听到克林杰的陈腔滥调的论文，讨论"左侧目标盒在T形迷宫的效应，与右侧目标盒在T形迷宫中的效应比较"时，我发现自己不知不觉玩弄着阿尔吉侬笼子上的开启装置。

再过一会儿（就在斯特劳斯与尼姆发表他们至高无上的成就之前），伯特将先朗读一篇论文，描述他管理为阿尔吉侬设计的智能与学习测验过程和结果。然后就会有一次展示，考验阿尔吉侬解决问题以获得食物的能力（这也是我一直痛恨的事）。

倒不是我对伯特有什么不满，他一直坦诚对我，比大多数人更直接，但当他描述白老鼠如何获得智能时，就像其他人一样浮夸虚假，仿佛他正试着承接老师的衣钵。我在那时克制自己，没有轻举妄动，主要是考虑到伯特和我的友谊。因为把阿尔吉侬从笼子里放出来，势必让会场陷入混乱，而这毕竟是伯特在学术升迁竞技场上的初次登台。

我把手指放在笼门的释放闸上，阿尔吉侬睁着粉红色眼睛看着我的手时，我确定它一定知道我心里在想什么。就在这时，伯特已提起笼子去做他的展示。他解释这个切换锁的复杂性，以及每次开锁时必须解决的问题（薄薄的塑料插销以不同模式变换位置，老鼠必须以相同的次序压下一系列控制杆来操控）。随着阿尔吉侬智慧的提高，它解决问题的速度也跟着加快……这是很明显的事。但这时候，伯特揭露了一件我不知道的事。

阿尔吉侬的智慧达到巅峰时，它的表现也开始变化无常。根据伯特的报告，有时阿尔吉侬虽然很饿，却拒绝工作；还有些时候，即使已经解答了问题，但它非但没有接受食物作为奖赏，还会猛烈地自己冲撞笼子。

观众席中有人问伯特，他是否在暗示，这种错乱的行为是智慧提高后所直接导致。伯特避开这个问题，他说："据我所知，并没有足够证据可以得出这样的结论，其他可能依然存在。有可能智能的提高与这个层次上的异常行为，都是原始的手术所造成，不是两者相互作用的结果。此外，也可能错乱的行为是阿尔吉侬所独有。我们没有在其他老鼠身上发现类似的错乱，但其他老鼠也没有达到这么高的智能水平，或像阿尔吉侬能将智慧维持那么久。"

我立刻了解，他们刻意对我隐瞒了这项信息。我怀疑其中的原因，并感到气愤，但比起他们播放影片带给我的愤怒，这还算不了什么。

我从来不知道我早期在实验室的表现与测验都经过录像。影片中的我坐在伯特旁边，张着嘴、一脸困惑地拿着电笔走迷宫。每次我被电一下，眼睛就瞪得大大的，露出可笑的表情，但过了一会儿又恢复愚蠢的微笑。每次发生这种状况时，观众都爆出哄堂大笑。同样的情况在不断的测试中重复，观众也觉得一次比一次更好笑。

我告诉自己，他们不是来看闹剧的，是追求知识的科学家，他们只是忍不住对滑稽的画面发笑。然而，当伯特配合气氛对影片做些有趣的说明时，我自己也充满想要恶作剧的冲动。如果能看到阿尔吉侬从笼子逃出来，而所有人慌乱地趴在地上，到处抓一只碎步逃窜的天才小白鼠，那一定更好玩。

可是我控制着自己，等到斯特劳斯上台时，那股冲动已经过去了。

斯特劳斯主要是处理神经外科的理论与技术，他详细描述辨识荷尔蒙控制中心的先驱研究，如何让他在移除大脑皮层分泌荷尔蒙抑制物的部分时，也能够分离与刺激这些中心。他解释酶阻断理论，并描述我在接受手术前后的身体状况。他传阅一些照片（我不知道他们曾为我拍照），并做了些说明，我从人们的点头与微笑中，可以看出在场多数人都同意他说的"迟钝、空洞的面部表情",已经转变成"机灵、聪颖的外貌"。他也详细讨论心理治疗中的一些相关部分,特别是我对于在长椅上自由联想的态度转变。

我以身为科学发表会的一部分来到会场,本就预料到自己会被推出展示,但大家谈到我时,却都把我当作某种为科学发表而创造出的东西。整个会场没有人把我当作独立的个人看待。他们经常把"查理与阿尔吉侬"或"阿尔吉侬和查理"并陈,更清楚地说明他们把我和阿尔吉侬当作一对实验动物,在实验室之外根本不存在。但除了愤怒外,我一直无法把那种觉得不对劲的念头从心里排除。

最后,轮到尼姆发言,由他以计划领导人的身份做总结,以杰出实验的策划者姿态成为瞩目焦点。这是他期待已久的日子。

他在台上很有架势,他发言时,我发现自己频频点头,对他说的那些真正事实表示赞同。他仔细地描述测试、实验、手术过程与我后来的心智发展,并不时引述我的进步报告,让他的发言更加生动。感谢上帝,还好我把关于艾丽斯和我之间的详细内容,多数保存在我的私人档案里。

然后,当他总结到某个节骨眼时说:"我们在比克曼大学进行这项计划的团队,很欣慰地知道我们消除了自然界的一个错误，然后经由我们的新技术，创造出更优异的个人。查理找上我们之前，他游离在社会之外，在庞大的都市里没有关心他的朋友或他人，也没有过正常生活必须具备的心智状态。他没有过去，与现在没有接触，前途也毫无希望。在这项实验之前，查理·高登可说并未真正存在……"

我不知道为什么自己如此厌恶他们把我当作他们私人宝库中刚制造出来的东西，但我十分确定，从我们抵达芝加哥起，这念头就一直在我胸中回荡。我很想站起来让大家看清他有多愚蠢，并对他高喊：我是人类，一个有父母、记忆和过往历史的人，在你们把我推进手术室前，我就已经存在。

但就在我盛怒的深处，一种斯特劳斯发言时就已萌生、并在尼姆阐述资料时再次让我困扰的疑惑，此时也凝聚成强烈的领悟。他们犯了一项错误，毫无疑问！等待期的统计学评估是证明改变能够持久的必要程序，他们的评估以心智发展和学习领域的早期阶段试验作为依据，而且根据的是普通迟钝或智慧正常的动物等待期。但很明显的是，当动物的智慧被提高两三倍时，等待期当然也需要跟着延长。

尼姆的结论尚未成熟。无论是我或阿尔吉侬的案例，都需要更长时间观察改变能否持久不衰。这些教授犯了重大错误，却无人发现。我想跳出来告诉他们，却动弹不得。

因为我也和阿尔吉侬一样,已经陷在他们为我建造的围栏中。

现在即将进入发问阶段,在获得晚餐前,我得先在这场尊贵的聚会上表演。不,我必须离开这里。

"……在某种意义上,他是现代心理学实验的产物。原来弱智的躯壳对社会是种负担,大家必须为他不负责的行为担忧,但现在取而代之的是位庄重、敏感的人,随时愿意为社会贡献心力的成员。我希望大家能听听查理·高登说几句话。"

该死的混蛋!他根本不知道自己在说些什么。这时,我被本能冲动凌驾,失神地看着自己的手在不受意志控制下拉开阿尔吉侬笼子的插销。打开笼子时,阿尔吉侬抬头看我,先是停顿一下,然后就冲出笼子,快速奔过长桌。

起先,它在锦缎桌布前迷失了方向,因为那就像一片模糊的白色压在白色之上。然后,桌前一位女士发出尖叫,并倏地跳起来,椅子往后推撞。她旁边的水罐跟着翻倒,伯特则叫道:"阿尔吉侬跑出来了!"阿尔吉侬从桌上跳下来,先跳到踏脚台,再跳到地板上。

"抓住它!抓住它!"尼姆尖叫着,而在场听众也七手八脚地四处找寻目标。许多女性(大概是不做实验的人?)试着站到不太稳定的折叠椅上,但其他人在设法帮忙包围阿尔吉侬时,却又把她们给撞了下来。

"关住后门!"伯特大叫,他发现阿尔吉侬已经聪明到知道往那个方向冲。

"快跑,"我听到自己叫着,"往侧门!"

"它跑去侧门了!"有人呼应着。

"抓住它!抓住它!"尼姆发出恳求。

群众冲到会议厅外的通道,阿尔吉侬在铺着紫褐色地毯的走廊上奔跑,领着其他人在后面兴奋地追逐。它从路易十四样式的桌子下,绕过棕榈盆栽,登上阶梯,转个弯后,又冲下阶梯,进入主厅,并引来更多人加入追逐。看到一大群人在大厅上跑进跑出,追着一只比很多人都聪明的白老鼠,是我长久来看过最好笑的事。

"快追,还笑!"尼姆生气地骂道,还差点撞到我身上,"如果我们找不到它,整个实验就会陷入麻烦。"

我假装在废纸篓后面找阿尔吉侬。"你知道吗?"我说,"你们犯了个错误,但也许过了今天之后,这就不重要了。"

几秒钟后,五六位女士尖叫着跑出洗手间,死命抓着围住双腿的裙子。"它在里面!"有人大叫。但搜寻的群众来到墙上写着"女士"的牌子前面,片刻间都停了下来。我是第一个跨越那道无形障碍,走进那神圣之门的人。

阿尔吉侬停在一个洗手盆上,注视着自己在镜子里映出的影像。"来吧,"我说,"我们一起离开这里。"

它让我抓起它,放进外套口袋。"乖乖待在里面,直到我说可以为止。"其他人通过弹簧门冲进来时,表情都有点难为情，好像害怕听到会有裸体女生尖叫。他们在化妆室内搜寻时，我自行走了出去，我还听到伯特的声音说："通风机那里有个洞，也许它跑到那上面了。"

"看看那个洞通往哪里。"斯特劳斯说。

"你上二楼去，"尼姆对斯特劳斯作势说，"我去地下室找。"

然后，大伙冲出女用洗手间，兵分两路寻找。我跟在斯特劳斯这队人马后面上二楼，他们要去看通风口通到哪里。斯特劳斯、怀特和另外五六个人向右转到 B 通道时，我左转走进 C 通道，搭电梯到我的房间。

我关上门后，拍拍口袋。一个粉红色的鼻子和白色茸毛探出口袋左右张望。"我先打包行李，"我说，"然后我们就飞走，只有你跟我，一对人造天才携手逃亡。"

我让行李员把行李袋和录音机搬上出租车，我结清旅馆的账后，走出旋转门，众人寻找的对象就窝在我的外套口袋中。我利用回程机票飞回纽约。

我不回我的住处，我打算先在市区旅馆住一两晚。我们要利用那里作为行动基地，在中城某地找个带家具的公寓，我希望能靠近时代广场。

虽然有些愚蠢，但把这些事讲出来后，我觉得舒畅多了。我并不真的知道为什么自己这么沮丧，也不清楚为什么要搭飞机回纽约，座位下的鞋盒里还装着阿尔吉侬。我不能惊慌。这项错误未必很严重，事情可能只是没有尼姆说的那么笃定而已。但我现在要走向何方呢?

首先,我必须去见我父母,要尽可能地快。

我的时间也许没有想象中那么多……

进步报告— 14

6月15日

我们逃走的消息昨天上了报,让一些小报热热闹闹炒作了一番。《每日新闻报》第二版刊出一张我的旧照,还附上一只白老鼠的素描,标题写着"白痴—天才与鼠齐发狂"。报道引述尼姆和斯特劳斯的话说,我一直承受很大的压力,但毫无疑问我一定很快就会回去。他们悬赏五百元寻找阿尔吉侬,却不知道其实我们在一起。

我翻到第五版的后续报道时,惊讶地看到一张我母亲和妹妹的照片。这些记者显然做了很详细的调查。

妹妹不知白痴—天才下落

(每日新闻特别报道)

纽约布鲁克林区六月十四日电——诺尔玛·高登小姐与母亲罗丝·高登一同住在纽约市布鲁克林区马克斯街四一三六号,她否认知道哥哥的下落。她说:"我们已经超过十七年没见过他,或听过他的消息。"

高登小姐说，今年三月，比克曼大学心理学系主任来找她，征求她允许以查理来做实验之前，她一直以为哥哥已经过世。

"我母亲告诉我，他被送去沃伦之家（州立沃伦之家和训练学校），"高登小姐说，"几年后就在那里去世，我不知道他还活着。"

高登小姐请求，若有人知道她哥哥的下落，务必请他与她们联络。

他们的父亲马特·高登未与妻子和女儿同住，目前在布朗克斯区开了家理发店。

我瞪着新闻报道好一阵子，然后回头再看一次照片。我要怎么形容她们呢？

我不能说自己还记得罗丝的容貌，虽然这张最近的照片拍得很清楚，但我还是透过儿时的朦胧记忆来看她。我知道她，却又好像不认识她。如果在街上相遇，我一定认不出她来，但现在知道她就是我母亲后，我可以依稀辨识出一些细节，没错！

她的脸颊瘦削、憔悴到轮廓都突显出来。尖尖的鼻子和下巴。我几乎可以听到她的唠叨和鸟鸣般的吱喳尖叫。头发向上盘成一个圆髻，很严肃。黑色眼珠锐利地瞪着我。我既想要她把我抱进怀里，说我是个好孩子，又想赶紧跑开，避免被赏一巴掌。她的照片让我颤抖。

诺尔玛的脸型一样瘦削，但轮廓没那么尖锐，算是蛮漂亮的，但和我母亲很像。她的头发垂落肩膀，让她的线条变得柔和。她们两人坐在客厅沙发上。

罗丝的脸将我的惊惶记忆重新带回。对我来说，她是两个人，但我从来不知会见到哪一个。别人可能只要看她的手势、蹙眉或是眉毛挑起，就能了然于心；像我妹妹就很会辨认风暴警讯，每次母亲脾气要发作前，她就会先离开暴风圈，我却总是不自觉地被卷进去。我会在这时来寻求她的安慰，而她就把愤怒宣泄在我身上。

但其他时候她很温柔，会像热水浴一样紧拥着我，用手抚摸我的头发与额头，说些铭刻在我童年记忆中的话语：

他就像其他孩子一样。

他是个好孩子。

我在逐渐消散的照片中看到过去，我和父亲弯腰望着一个婴儿篮。他牵着我的手说："这就是她。你不可以碰她，因为她很小，但等她长大一点，你就有个妹妹陪你玩。"

我看到母亲躺在旁边的一张大床上，苍白虚弱，两手无力地瘫在兰花图案的床罩上，她焦虑地抬头说："看好他，马特……"

这时她对我的态度还没改变，但现在我了解，那是因为她还无法确定诺尔玛是否会跟我一样。必须要到后来，等她确定她的祷告已经应验,诺尔玛明显拥有正常的智慧后,她的语调才开始变得不同。不只语调不同,她的触摸、眼神甚至整个人的存在也都完全改变。似乎她的磁极已经逆转,原本会吸引的,现在变成排斥。我能看出,如果诺尔玛现在是我们花园中盛开的花朵,我就是株杂草,必须躲在角落与暗处不被看见,才能够继续存活。

在报纸上看到她的面孔,我突然开始痛恨她,如果她能忽视医生、老师与其他人的话就好了,这些人都急于说服她相信我是个笨蛋,以至在我需要更多爱的时候,她却掉头愈行愈远。

现在去见她又有什么用呢?她能告诉我关于我的什么事吗?然而,我很好奇,她会有什么样的反应呢?

我该去见她,并追溯了解我的过去吗?或是把她忘了?过去值得探索吗?我为何那么想当面告诉她:"妈,你看看我。我不再迟钝,我已经正常,甚至比正常还要好,我是个天才。"

但即使有心把她赶出我的心头,记忆却一点一滴从过去渗透到此时此地。另一段记忆浮现,这时我已长大许多。

一场争吵。

查理躺在床上,毯子拉高卷在身上。房间里一片漆黑,黑暗中只有门缝渗进一丝淡黄色光芒,联结着两个世界。他能听到声音,虽然不清楚,但感觉得出来,因为那刺耳的声音是在谈论和他有关的事情。只要听到那些声音，他就会联想到他们蹙眉谈论他的神情，而且一天天愈来愈频繁。

随着那丝光线渗入的柔和声音升高成争吵语调时，他几乎已经睡着了……母亲带着威胁口吻的尖锐声音，说明她是习于暴怒的任性之人。"必须把他送走，我不要他和他妹妹在同一个屋子里，打电话给波特曼医生，告诉他，我们要把查理送去州立沃伦之家。"

我父亲的声音坚定平稳："可是你很清楚，查理不会伤害她，在她这样的年纪根本没有关系。"

"我们怎么知道？小孩在家里和……像他一样的人一起长大，说不定会有不良影响。"

"波特曼医生说……"

"波特曼说！又是波特曼说！我才不管他怎么说！你得想想有这样的哥哥对她会有什么影响。我这几年都错了，我一直以为他能像其他小孩一样成长，现在我承认错了，最好把他送走。"

"现在你有了女儿，你就决定再也不要他……"

"你以为这很容易吗？你为什么非让我难过不可？这些年来，每个人都告诉我应该把他送走。好吧，他们说对了，把他送走。也许在沃伦之家和他同类的人在一起，他可以过得更好。我再也不懂什么是对什么是错，我只知道如今我不会再为了他而牺牲我女儿。"

查理不懂他们在说什么,他害怕地躲在毯子下,眼睛睁得大大的,想望穿周遭的黑暗。

以我现在看到他的样子,他并不是真的害怕,只是退缩,就像喂食的人有突兀的动作时,小鸟或松鼠会本能地不自觉倒退。门缝的那道光芒再次照亮我的视野。看到查理蜷缩在毯子下,我很想过去安慰他,让他知道他没做错任何事,想要他的母亲改变,回到生下妹妹之前的态度,不是他能控制的事。查理躺在床上时听不懂他们说的话,但现在却让我深感刺痛。如果我能回到过去的记忆中,我会让她知道,她把我伤得多深。

现在还不是见她的时候,我必须有时间做好心理准备。

所幸,我一抵达纽约,就预先把存款从银行提领出来。总共八百八十六元,这没办法支撑太久,但能让我有时间做必要的安排。

我住进四十一街的卡姆登旅馆,离时代广场只有一条街。纽约!我读过那么多关于这城市的事情!高谭市[1]……大熔炉……哈得孙河上的巴格达,光辉绚烂的城市。不可思议的是,我一辈子都在离时代广场只有几个地铁站的地方居住和工作,却只去过广场一次……是和艾丽斯一起去的。

---

[1] 美国漫画《蝙蝠侠》故事的主要发生地,是以纽约为蓝本的虚构城市。

很难克制自己不打电话给她,好几次我已经开始拨号,又都停了下来。我得避开她。

我有很多混乱的想法必须记录下来。我告诉自己,只要继续口述我的进步报告,就不会错失任何东西,记录仍是完整的。就让他们在黑暗中待一阵子吧,我已在黑暗中摸索三十多年。但我累了,昨天在飞机上没有睡觉,现在再也睁不开眼睛。我明天会再拾起这个论点。

6月16日

打电话给艾丽斯,但在她接听前就赶紧挂掉。今天我找到一间带家具的公寓,月租九十五元,已超出我的预算,但位于四十三街与第十大道附近,只要十分钟就能到图书馆,继续我的阅读和研究。公寓在四楼,有四个房间,里面还有台租来的钢琴。房东太太说,再过几天出租公司就会来把钢琴搬走,也许在搬走前我就能学会弹奏。

阿尔吉侬是个很好的伴侣,用餐时它会来到自己在小折叠桌上的位置。它喜欢椒盐脆饼,今天我们看电视上的球赛时,它还尝了一口啤酒。我想它是洋基队的支持者。我要把多数家具搬出第二间卧室,拿来当作阿尔吉侬的房间。我打算利用在下城可以便宜弄到的塑料废料,帮阿尔吉侬造个三度空间的迷宫。我想让它学习一些复杂的迷宫变化,以确定它能维持良好状况。但我也想看看,能否找到食物以外的学习动机，一定有些其他报酬能诱导它去解决问题。

孤独让我有机会好好阅读与思考，既然过往的记忆如今再次涌现，刚好可以让我重新发现自己的过去，找出我究竟是谁，或做了什么事。如果情况真的会转坏，至少我已经做了这件事。

6月19日

认识了住在走廊对面的邻居费伊·利尔曼。我双手抱满杂货回到家时，发现把自己给锁在房间外面。我记得经由前面的防火梯，能从卧室窗户直接通到走廊对面那户公寓。她的收音机开得又吵又刺耳，我起先只轻轻敲门，接着就用力地敲。

"进来！门没关！"我推开门，但立刻停住，因为在画架前面作画的，是位苗条的金发女孩，她身上只穿着粉红色胸罩和内裤。

"对不起！"我倒抽一口气，又把门关上。我从外面大声说："我是住在走廊对面的邻居，我把自己锁在外面了，想借用你的防火梯爬进我的房间窗户。"

门接着荡开来，她叉腰站在我面前，两手各拿一支画笔，依旧只穿着内衣裤。

"你没听到我说进来吗？"她挥手叫我进入公寓，并推开一个堆满垃圾的纸箱,"直接跨过那堆废物就行了。"

我想她一定忘了,或是没注意到,她没穿衣服,害我不知眼睛该往哪里看。我避开视线看着墙壁,望着天花板,或是其他所有地方,就是不敢看她。屋子里一团乱,有十几张折叠式小餐桌,每张上面都散放着扭曲的颜料管,大多数已经干硬,就像皱缩的蛇,但也有些依旧鲜活,还会渗出带状色彩。颜料管、笔刷、瓶罐、破布,还有零碎的画框与画布,丢得到处都是。屋内混着浓浓的油彩、亚麻籽油与松脂的味道,过了片刻,还会透出些走味啤酒的气味。三张蓬松的椅子与一张肮脏的绿色长沙发上,随手丢置的衣服堆得很高,地板上到处是鞋子、袜子与内衣裤,似乎她很习惯边走动边脱衣服,然后走到哪里就丢到哪里。所有东西上面都盖着厚厚一层灰。

"你就是高登先生,"她仔细看着我说,"自从你搬来后,我就拼命想找机会瞄一下你,请坐。"她抱起一张椅子上的衣服,丢在已经堆满东西的沙发上。"所以你终于决定要拜访一下邻居。喝点东西吗?"

"你是个画家?"我有点无厘头地问,因为实在找不到话说。想到她随时都会记起自己没穿衣服,然后尖叫着冲进卧室,我就坐立难安。我尽量移动目光,东看看西看看,就是不敢看她。

"啤酒或麦酒?除了烧菜用的雪莉酒外,此刻再没有其他东西啦。你不会想喝烧菜用的雪莉酒吧?"

"我得走了。"我控制住自己,把目光固定在她下巴左侧的美人痣。我说:"我把自己锁在房间外面,我要跨过连接我们窗户的防火梯。"

"随时欢迎,"她说,"那些专利锁实在讨厌。我搬来这里的第一个星期,就把自己锁在外面三次,有一回还一丝不挂地在走廊上耗了半个小时。我走出来拿牛奶,门却在我背后砰地关起来。我把那该死的锁给撬开,从那时候起,我的门就没有锁了。"

我大概皱了一下眉头,因为她笑了起来。"哎,你也看到那该死的锁有什么作用了。它会把你锁在外头,却不能提供太大的保护,对吧?虽然每户都锁得好好的,但过去一年来,这座该死的建筑就被小偷光顾过十五次。可是这里从来没有小偷闯进来过,即使门随时开着,小偷进来要找到值钱的东西,恐怕还得伤透脑筋咧。"

当她再次坚持我该和她喝罐啤酒,我接受了。她进厨房拿啤酒时,我再次看看房间四周。我原先没注意到,我后方的墙已被清空,所有家具都推到房间一侧或中央,让远程的墙(灰泥被剥下,以露出墙壁的砖块)变成一道画廊。墙上直到天花板都挂满画,有些则叠放在地板上。有许多自画像,其中两幅还是裸体的。我进来时她在画架上画的那幅,是她的半身自画像。画中的长发垂落肩膀(她现在的发型不同,金色发辫高高盘在头上,像皇冠一样),有些松散的发束缠绕在乳房间。她把乳房画得很坚挺,乳头很不真实地有如红色棒棒糖。我听到她带着啤酒回来的声音时，身体赶紧从画架旁转开，我绊到一些书，假装很有兴味地看着墙上一小幅秋日田野风景画。

看她套上一件破烂的家居袍出来，我松了口气，即使衣服在所有不适当的地方都有破洞，我总算可以正面看着她了。她不算真的很漂亮，但蓝色眼睛和小巧玲珑的短平鼻子，带给她如猫般的特质，和她坚实、灵敏的动作形成对比。她年约三十五岁，身材苗条匀称。她把啤酒放在硬木地板上，然后在沙发前的地板上，蜷曲地坐在啤酒旁边，示意我也同样坐下。

"我觉得地板比椅子舒服，你同意吗？"她直接拿起罐子啜饮。

我说我没想过这问题，她笑了起来，说我有张诚实的脸。她心情不错地谈到自己。她说，她刻意避开格林威治村，因为如果住在那里，她一定会整天耗在酒吧与咖啡馆，根本不会作画。"窝在这里比较好，可以远离那些冒牌货和半吊子。我在这里可以做想做的事，不会有人嘲笑。你不会嘲讽人吧？"

我耸耸肩，尽量不去注意裤子与手上如沙砾般的灰尘。"我猜想每个人都会嘲讽一些事，你不就在嘲笑那些冒牌货和半吊子吗？"

过了一会儿，我说我最好回自己的住处去。她把一堆书从窗边推开，我攀上报纸堆与装着空啤酒瓶的纸袋。她叹口气说:"我哪天应该去把这些东西卖掉。"

我爬上窗台,然后登上防火梯,打开我的窗户,再回来搬我的杂货,但还来不及说谢谢和再见,她已紧跟在我后面爬上防火梯。"让我看看你住的地方,我从来没去过那里。你搬进来之前,住在里面那对瘦小的老瓦格纳姊妹,甚至连见面都不跟我打招呼。"她跟着我爬进窗户,然后坐在窗沿。

"进来吧,"我把杂货放在桌上后说,"我没有啤酒,但可以为你煮杯咖啡。"但她从我旁边望过去,眼睛睁得大大的,一副难以置信的表情。

"天哪!我从来没看过这么干净的地方。谁想得到一个大男人独居的地方竟然能保持得这么有条理!"

"我不是一直都这样,"我有点不好意思地说,"只是因为我刚搬进来,而且搬来时就已经那么干净,我有种强迫性冲动,觉得必须加以维持。现在,只要有什么东西不在定位上,我就会觉得不舒服。"

她从窗台上下来,开始探索我的住处。"嘿,"她突然说,"你喜欢跳舞吗?你知道……"她伸出双臂,哼着某种拉丁节拍,并做了个复杂的舞步。"如果你说你会跳舞,我肯定开心极了!"

"只会狐步,而且不是太好。"我说。

她耸耸肩:"我是个舞迷,但所有我认识而且喜欢的人当中,几乎没有一个舞跳得好的。我必须经常打扮得漂漂亮亮，到市区的星尘舞厅去跳舞。多数在那里混的都有点诡异，但他们就是会跳舞。"

她看看四周后叹了口气："我可以告诉你，我为什么不喜欢一个地方这么要命地整齐。身为艺术家……我在乎的是线条。所有会形成像方框，或者棺材的直线，不论在墙上、地板上或在角落里，都会让我神经紧张。唯一能让我摆脱这些框框的方法，是喝点东西。这样一来，这些线条就会开始起伏，变成波浪状，我也会觉得整个世界变得比较美好。如果所有东西都是直线，像这样井井有条，我一定会生病。哇！如果我住在这里，我一定得整天醉蒙蒙的才行。"

突然，她转身面对我："嘿，你能先借我五块钱到二十号再还你吗？我的赡养费支票那天才会寄到，我通常不缺钱，但上星期我有点麻烦。"

我还来不及回答，她已经开始尖叫，并走向角落的钢琴："我以前常弹钢琴，我有几次听到你在玩钢琴，当时就想这家伙真有两下子。也因为如此，在见到你之前，我就想认识你。天知道我已经多久没碰过钢琴了。"我进厨房煮咖啡时，她已经在钢琴上玩了起来。

"随时欢迎你来练习。"我说着，不知道为什么突然对自己的地方那么大方，但她似乎有某种特别之处，让人无法不对她全然慷慨。"我还没准备让大门洞开，但窗户不会上锁，如果我不在家，你可以自己从防火梯爬进来。你的咖啡要加奶精和糖吗？"

她没有回答，我回头看卧室，但她不在那里。我正要走向窗户时，她的声音从阿尔吉侬的房间传出。

"嘿，这是什么？"她正在端详我建造的三度空间塑料迷宫。她研究了一阵子，然后发出另一声长长的尖叫："现代雕塑！全部都是方框和直线！"

"这是一种特殊的迷宫，"我解释说，"是为阿尔吉侬建造的复杂学习器材。"

她兴奋地围着迷宫绕圈子："现代艺术博物馆的人一定会疯掉的。"

"这不是雕塑。"我继续强调。我打开阿尔吉侬的笼门与迷宫相连之处，让它走到迷宫的开端。

"我的天哪！"她轻声说，"具有生命元素的雕塑，查理，这是自从波普艺术以来最伟大的东西。"

我想要解释，但她一直强调这个生命元素会创造雕塑历史。我一直到在她狂野的眼神中读到笑意后，才搞清楚她是在嘲弄我。"这是可以自我存续的艺术，"她继续说，"给艺术爱好者的创造经验。你应该弄来另一只老鼠，等它们有了孩子，你就可以随时留下一只来复制生命元素。你的艺术作品已经达到不朽境界，所有追求时尚的人都会争相购买复制品作为话题来源。你准备给它取什么名字？"

"好啦，"我叹口气，"我投降……"

"不，"她乐得哼了一声，然后敲敲阿尔吉侬一路找到终点站的塑料圆顶,"我投降是已经用滥的老套说辞,就叫它'生命只是一盒迷宫',你觉得如何?"

"你疯了!"我说。

"当然!"她转过身子,并对我行屈膝礼,"我还在想,你什么时候才会发现。"

这时候,咖啡已经煮开了。

咖啡喝到一半时,她惊呼一声,说她得溜了,因为半小时前跟人约在一个艺廊见面。

"你需要些钱。"我说。

她伸进我打开一半的皮夹,抽出一张五元钞票。"下星期支票到的时候还你,"她说,"万分感谢。"她把钞票折好收起来,对阿尔吉侬吹了个飞吻。我还来不及说话,她已一溜烟爬出窗户,登上防火梯,转眼不见人影。我呆呆站在那里看着她消失。

真是迷人的家伙,全身充满活力与生气。她的声音、她的眼神……她的一切几乎都是诱惑。而她就住在窗外,只隔着一道防火梯的距离。

6月20日

或许我该等一阵子再去看马特,或者根本别去见他。我不知道,事情的发展跟我预期的全然不同。知道马特在布朗克斯区某处开了家理发店后,要找到他就简单多了。

我记得他为纽约一家理发器材公司卖过东西，于是我找到大都会理发器材公司，再从他们的理发店名单上知道，布朗克斯的温特沃思街上有家高登理发店。

马特常说要开家自己的理发店，谈到他有多痛恨推销，以及他常为这件事和罗丝吵架！罗丝会对他嘶吼，说推销员好歹是个有尊严的职业，但她绝不要有个当理发师的丈夫。而且，噢，更不会让玛格丽特·菲尼笑她是"理发师的太太"。何况，洛伊丝·迈纳的先生是警报保险公司的理赔审核员。这下她鼻子更非翘到天上不可了！

在担任推销员那几年，马特每天都过得很痛苦（特别是看过电影版的《推销员之死》后），他常梦想要当自己的老板。在那时候，当他以需要省钱为由，亲自在地下室为我剪头发时，心里一定就在想这件事。他会得意地夸自己剪得多好，比我在天平街的廉价理发厅剪得好多了。离开罗丝后，他也一并放弃推销，这点让我很佩服他。

想到可以见他，我就很兴奋。关于他的记忆是温暖的，马特一直愿意接受实际的我。诺尔玛出生前，所有非关金钱或让邻居看不起的争吵都和我有关……他认为应该让我自由发展，不该强迫我必须跟其他小孩一样。而在诺尔玛出生后，他仍然主张我有权过自己的生活，即使我和其他小孩不同。他一直为我辩护。我迫不及待想看看他脸上的表情。他是可以和我分享这件事的人。温特沃思街是布朗克斯区比较没落的地段，街上的店家窗户多数贴着"招租"

的告示，还有些则在这天关门公休。但从公车站走向街区的半路上，有个理发店的招牌，反射出来自窗户的旋转彩柱灯光。

店里空荡荡的，只有理发师独自坐在靠窗的椅子上读杂志。他抬头看我时，我认出他是马特……矮矮壮壮，脸颊红润，老了许多，头发几近全秃，只有两侧有些灰发……但仍看得出是他。他看我来到门口，就把杂志丢在一旁。

"不用等，下一个就是你。"

我有些犹豫，但他误会了我的意思："通常这个时段不营业，先生。但我跟个常客有约，他没出现。我正要关门，你运气不错，我刚坐下来歇歇腿。这里的理发和修面都是布朗克斯区最好的。"

我任由他拖进店里，然后忙着张罗东西，拿出剪刀、梳子与一条干净的颈巾。

"你看得出来，一切都很卫生，这附近的其他理发店我就不敢这么说了。要理发和修脸？"

我放轻松坐在椅子上。不可思议的是，我对他记得这么清楚，他却认不出我是谁。我必须提醒自己，他已经超过十五年没见过我，何况我的面貌在最近几个月变得更多。他为我围上颈巾后，在镜子里端详我，我看到他稍稍蹙眉，露出依稀认识的表情。

"全套服务，"我对着工会订的价目表点点头说，"理发、修脸、洗头和日晒……"

"我要去看个很久不曾见面的人,"我告诉他,"我要呈现最好的一面。"

让他再次为我理发,有种令人惊恐的感觉。过了一会儿,他在皮带上来回磨剃刀的唰唰声竟让我畏缩起来。我在他轻压下偏着头,感觉刀锋小心翼翼从颈上刮过。我闭上眼睛等待,仿佛再次躺在手术台上。

我的颈部肌肉麻了一下,毫无预警地抽动。刀锋在我喉结上方划了一道。

"哎!"他叫出声,"耶稣基督……放轻松,你动了一下。哎,真抱歉。"

他赶紧去水槽弄了条湿毛巾来。

我在镜子里看到鲜红的血液冒出,一道血丝直渗往喉咙下方。他既激动又过意不去,仍在血丝沾到颈巾前及时拦住。以一个矮胖的人来说,他的手脚算得上十分灵巧,看着他在忙,让我对自己的隐瞒过意不去。我想告诉他我是谁,等待他伸出双手紧抱我的肩膀,这样我们就可以一起畅谈过去的日子。但我等着,让他以止血粉撒在伤口上。

他静静完成修脸工作后,把日晒灯搬来架在椅子上,再以一条浸过金缕梅酊剂的清凉白色棉垫盖在我的眼睛上。在那鲜红的眼睑下,在那内在的幽暗中,我看到他最后一次带我离家那晚的情景……

查理在另一个房间睡觉，但被母亲的尖叫声吵醒。他早已学会在吵架声中继续睡觉，因为这是家里每天都会发生的事。但今晚那歇斯底里的尖叫，显示情况特别不对劲。他缩在枕头上倾听。

"我没办法！他一定得离开！我们必须为她着想。我不希望看到她每天在学校被同学嘲笑，然后哭哭啼啼地回来。我们不能因为查理而剥夺她过正常生活的机会。"

"你要我怎么办？把他赶到街上？"

"把他送走，把他送去州立沃伦之家。"

"这件事我们明天早上再商量。"

"不行，你只会商量，再商量，什么事也不做。我不要他在家里再待一天，现在就送走，今晚。"

"别傻了，罗丝。现在太晚了……你嚷得这么大声，大家都会听到。"

"我才不在乎，他今晚就得走，我再也受不了看到他。"

"你真是不可理喻，罗丝。你这是干吗？"

"我警告你，把他带走！"

"刀子放下。"

"我不会让她的生活被毁掉。"

"你疯啦，把刀子拿开！"

"他死掉算了，他永远没办法去过正常人的生活，他最好……"

"你疯啦，看在上帝分上，控制一下自己！"

"那你就得把他带走,现在……就是今晚。"

"好啦,今天晚上我带他去赫尔曼那里,也许明天再想办法送他去州立沃伦之家。"

然后声音沉寂下来,我在黑暗中能感觉到一阵寒颤在屋里扩散。接着,我听到马特说话,他的声音没有她那么恐慌:"我知道你在他身上承受的一切经历,我不会责怪你的恐惧。但你必须控制自己,我会带他去找赫尔曼,这样你满意了吗?"

"我要求的只有这样,你女儿也有权过她的人生。"

马特来到查理的房间,帮儿子穿好衣服,小孩虽然不知道发生了什么事,但他觉得害怕。他们要出门时,她把眼光移开。也许她想说服自己,他已走出她的生活……他再也不存在。查理出门时,看到厨房桌上放着她剁鸡用的长切肉刀,隐约觉得她会伤害他。她想把一些东西从他身上拿走,然后送给诺尔玛。

他回头看她时,她已拿起一片抹布在清洗厨房水槽……

剪发、修脸、日晒处理与其他工作都完成后,我无力地坐在椅子上,感觉轻松、光滑而洁净。马特把颈巾收走,并奉上第二面镜子,让我看看后脑勺的样子。他为我拿好镜子,我在前面的镜子里看到自己望进后面的镜子,镜子在那瞬间倾斜成某个角度,产生有无限通道的深远幻觉,而我在每个通道中望着自己……望着我自己……望着我自己……望着……

但哪一个才是我？我是谁呢？

我不想告诉他。让他知道有什么好处呢？我应该就这样离开，不要让他知道我是谁。然后又想起，我一直想让他知道，他必须承认我还活着，我还是个人。我要让他明天为顾客理发与修脸时，可以向他们夸耀我的事情。这样会让一切变得真实。如果他知道我是他儿子，我便是个真正的人。

"你已经剪掉我的头发，也许你现在能够认出我了。"

我站起来，等待他认出我的迹象。

他皱着眉头说："这是干吗，恶作剧吗？"

我向他保证这不是恶作剧，如果他仔细看过再好好想想，就会认出我是谁。他耸耸肩，转身把梳子与剪刀放回去："我没时间玩这种游戏，我得打烊了，总共三块半。"

如果他不记得我呢？如果这一切只是个荒谬的幻想呢？他伸出手等着拿钱，可是我没去拿皮夹。他必须记得我，他必须认出我来。

可是他没有，当然没有。当我觉得口中有股酸涩味道，掌心跟着冒汗时，我知道自己马上就会病倒，可是我不想让这件事在他面前发生。

"嘿，你还好吧？"

"是的……只要……稍等一下……"我跌坐在一张铬铁的椅子上，身体向前弯着喘气，等着血液重新流回头部。

我的胃里翻滚。噢，天哪，不要让我现在昏倒，不要让我在他面前显得可笑。

"水……拜托……请给我水……"我不是真的想喝水，只是想把他支开。过了这么多年后，我不想让他看到我这副模样。他端着一杯水回来时，我已经觉得好多了。

"水在这里，喝了吧。休息一下，你就没事的。"我喝水时，他注视着我，我看得出他正在和半遗忘的记忆挣扎。"我真的在哪里见过你吗？"

"没有……我好了，我马上离开。"

我要怎么告诉他呢？我能说什么呢？嘿，看好，我是查理，你们不要的那个儿子？我没有怪你，可是我来了，我已经是正常人，比以前更好，你可以测验看看，问我些问题。我会说二十种仍在流通或已经死亡的语言，我是个数学怪才，正在写一首能让大家在我死后很久还记得我的钢琴协奏曲。

我要怎么告诉他呢？

这太荒谬了，我坐在他店里，等着他拍拍我的头说"好孩子"。我需要他的认同，就像以前我学会自己系鞋带和扣上毛衣纽扣时，他脸上露出的满意光彩。我来这里就为了希望在他脸上看到那种表情，但我知道他不会有了。

"你要我打电话叫医生吗？"

我不是他儿子，那是另一个查理。智能与知识已经改变我，他会恨我，就像面包店里的其他人一样，因为我的成长让他显得渺小，我不要他这么想。

"我没事了，"我说，"很抱歉给你添麻烦。"我起身试试自己的脚。"一定是吃了不对的东西，现在你可以关门了。"

我走向门口时，他用尖锐的声音叫住我。"喂，等一下！"他用怀疑的眼神注视我，"你想玩什么把戏？"

"我不懂你的意思。"

他伸出一只手，拇指和食指摩挲着："你欠我三块半。"

我道歉并付钱给他，但我看得出他并不相信我是无心的。我给了他五元，要他留着剩下的零钱，然后头也不回地匆匆离开理发店。

6月21日

我在阿尔吉侬的立体迷宫中加进提高复杂性的时间序列，阿尔吉侬轻轻松松就学会了。它不需要食物或饮水来激发学习，它似乎是为了解决问题而学习，显然成就感就已经是种回报。

不过，就像伯特在会议上指出的，它的行为不太稳定。有时在跑完后，甚至在途中，它就会生气，用自己的身体去撞迷宫的墙，或蜷曲躺在那里拒绝工作。是挫折感吗？或是有更深的含义？

下午五点三十分——那个疯狂的费伊下午经由防火

梯来到这里，她带着一只母白鼠过来，体型大约只有阿尔吉侬一半大，说是要陪伴阿尔吉侬度过孤寂的夏夜。她很快就打消我的所有反对意见，说服我相信有个伴侣对阿尔吉侬只会有好处。我告诉自己，那只小"米妮"身体健康，品德也不错，所以就同意了。我很好奇地想知道，它面对女性时会有什么样的反应。但我们才刚把米妮放进阿尔吉侬的笼子，费伊就抓着我的手，把我拖到房间外面。

"你的浪漫情怀哪里去了？"她坚决地说，然后打开收音机，带着威胁意味地走向我，"我要教你最新的舞步。"

有费伊这样的女孩，你怎么可能感到无聊？

无论如何，我很高兴阿尔吉侬不再孤单。

6月23日

昨天深夜，走廊传来笑声，然后有人敲我的门。是费伊和一个男人。

"嗨，查理，"她看到我时咯咯笑着，"勒罗伊，这位是查理，他是我走廊对面的邻居，一位了不起的艺术家，他会做带有生活元素的雕塑。"

勒罗伊在她跌撞到墙上前及时抓住她。他紧张地看着我，喃喃说了些寒暄的场面话。

"我在星尘舞厅认识勒罗伊，"她解释道，"他的舞跳得一级棒。"她开始走向自己的房间，然后又把他拉回来。"嘿，"她咯咯笑着，"我们何不请查理过来喝一杯，就像开派对一样？"

勒罗伊不认为这是个好主意。

我找了个借口抽身。关上门后，我听到他们一路笑闹着走回她的住处。虽然我试着读书，那些影像却不断闯进我的想象中：一张大床……清凉的白色床单，他们俩躺在上面相拥着。

我想打电话给艾丽斯，但没付诸行动。何苦折磨自己呢？我甚至无法想象她的脸。我可以任意想象出费伊的模样，穿不穿衣服都可以，我能想象她明亮的蓝色眼睛，金色发辫像皇冠一样盘在头上。费伊的容貌是明晰的，艾丽斯却笼罩在迷雾之中。

大约一小时后，费伊的公寓传来吵闹声，接着是她的尖叫，还有摔东西的声音。但当我从床上起来，想去看看她是否需要帮忙时，却听到摔门声，勒罗伊出去时一边咒骂着。几分钟后，我听到有人敲我卧房的窗户。窗户开着，费伊溜进来坐在窗台上，身上穿着黑色丝质晨袍，露出她漂亮的腿。

"嗨，"她轻声说，"有烟吗？"

我递一根烟给她，她从窗台滑下来到沙发上。"哎！"她叹息一声，"我通常都能照顾自己，但有些人就是特别饥渴，你得和他们保持距离。"

"哦，"我说，"你把他带回来就是为了要和他保持距离。"

她注意到我的语调，抬起头尖锐地看着我："你不同意？"

"我有资格不同意吗？但如果你在外面舞厅钓到一个家伙，你就得料到他会对你有什么要求，他有权对你要求。"

她摇摇头："我去星尘舞厅，是因为喜欢跳舞，我不认为让一个家伙送我回家，我就得跟他上床。你不会以为我跟他上床了吧，你是这么想的吗？"

我想象他们俩抱在一起的画面，像肥皂泡沫一样破掉了。

"如果你是那个家伙，"她说，"情况就会不一样。"

"这是什么意思？"

"就是字面听起来的意思。如果你对我提出要求，我会跟你上床。"

我努力保持镇定。"谢啦，"我说，"我会记得这句话，要我帮你煮杯咖啡吗？"

"查理，我搞不懂你。多数人要不喜欢我，要不就讨厌我，我马上就知道。但你似乎很怕我，你是同性恋吗？"

"天哪，不是！"

"我的意思是，如果你是的话，不用对我隐瞒，因为我们就可以当纯粹的好朋友，但我要知道。"

"我不是同性恋。今晚你和那家伙进你房间时，我很希望自己就是那个人。"

她靠上前，在晨袍的颈部开襟处露出她的胸部。她伸出双手抱我，等待我采取行动。我知道她在期待什么，也告诉自己没有拒绝的理由。我感觉这回不会有恐慌的麻烦……和她不会有这个问题。毕竟，采取主动的不是我。而且，她跟我以前认识的女人都不一样。或许在这个情感层次上，她是适合我的女人。

我伸出手抱住她。

"这样就不同了，"她轻柔地说，"我还以为你根本不在乎我。"

"我在乎的。"我轻声说，一面吻着她的喉部。可是当我这么做时，我看到我们两个，仿佛我是站在门口的第三者。我看到一个男人和一个女人互相拥抱，但从远处看到自己那么做，却让我无动于衷。没错，我并不恐慌，但也不觉得兴奋……没有欲望。

"在你这里还是我那边？"她问。

"等一下。"

"怎么回事？"

"也许最好不要，我今晚觉得不太对劲。"

她讶异地看着我："还有其他事情吗？……任何你要我做的事？……我不介意……"

"不，不是这回事，"我尖锐地说，"我只是觉得今晚不太对劲。"我很好奇她要如何让一个男人兴奋，但现在不是展开实验的时刻。我的问题的解答还在别的地方。

我不知道要说什么,只希望她能离开,但我不想开口叫她走。她端详我好一阵子,然后终于说:"嘿,你介意我今晚待在这里吗?"

"为什么?"

她耸耸肩:"我喜欢你,我不晓得,勒罗伊说不定还会回来,理由很多。如果你不要的话……"

她这招又让我措手不及,我大可以找到十几个理由撵她走,但我屈服了。

"你有金酒吗?"

"没有,我不太喝酒。"

"我还有一点,我回去拿来。"我还来不及阻止,她就已从窗口消失,几分钟后带着还有三分之二瓶的酒和柠檬回来。她从我的厨房拿来两个杯子,各倒了些金酒进去。"拿去,"她说,"这会让你好过些,也可以抖掉那些直线上的僵硬粉浆。你的苦恼就是这样来的,所有东西都太干净、太直,把你框在里面动弹不得,就像那雕塑里头的阿尔吉侬一样。"

我本来不想喝,但我心情实在不好,所以就想有何不可。情况不可能更糟了,说不定喝了酒后,真能让那种看到自己,却不知道自己在做什么的感觉变钝。

她把我灌醉了。

我只记得第一杯,然后我躺到床上,她也拿着酒瓶躺在我旁边。我只知道这些，再来就是今天下午带着宿醉醒来。

她还在睡，脸对着墙壁，枕头在脖子下挤成一团。而在床头柜上，塞满烟蒂的烟灰缸旁放着空酒瓶，但我在昏睡前记得的最后一件事，是看着自己喝下第二杯。

她伸展一下手脚，然后转身滚向我这边……光着身体。我稍稍往后挪，结果掉到床下，我抓了条毯子包住自己的身体。

"嗨，"她打着呵欠说，"你可知道我很想找个日子做件事？"

"什么？"

"画你的裸体，就像米开朗基罗的大卫像一样，画起来一定很漂亮。你还好吧？"

我点点头："除了头痛之外，我昨天……呃……是不是喝太多了？"

她笑了起来，然后用手肘撑起身子。"你喝得烂醉，而且，天哪，你的举止可真古怪……我不是说你像个同性恋之类的，但就是奇怪。"

"什么……"我忙着在把毯子围在身上，以便起来走动，"你指的是什么？我做了什么？"

"我见过酒醉后变得快乐、忧伤、想睡或性感的人，可是从来没看过像你举止那么古怪的人，还好你不常喝酒。噢，天哪，真希望我有台摄影机，一定可以把你拍成很棒的短片。"

"好吧,看在耶稣基督分上,我到底做了什么?"

"完全出乎意料。没有做爱或与性相关的任何事。但你真是了不起,伟大的表演!怪异得不得了,你在舞台上一定是个伟大的演员,你铁定能让观众看得目瞪口呆。你整个人变得糊涂又愚蠢,就像个大人突然变得跟小孩子一样举止幼稚。你说要去学校学读书写字,好变得像其他人一样聪明,反正都是这些疯话。你变成另外一个人,就像方法演技派的表演一样,你不断说不能跟我玩,因为你妈妈会把你的花生米拿走,然后把你关进笼子里。"

"花生米?"

"对!真是绝倒!"她边笑边搔头,"你还一直说,我不能拿你的花生米,实在太诡异了。而且,你说话的方式就像街上那些呆瓜,他们只要看一下女人就会兴奋。你完全变成另一个人。刚开始我以为你在开玩笑,但现在我猜你一定有类似强迫症的问题。所有这些干净、秩序以及凡事忧虑,一定都有关系。"

我本以为这些话会让自己大为沮丧,但居然没有。喝醉酒多少等于撤除我意识上的障碍,让被压抑在内心的旧查理暂时获得活跃的机会。事实上,我也一直怀疑,他并没有真的离开。在我们的心灵中,没有什么东西会真的离开。手术虽然借由一层教育与文化将他遮盖起来,但情感上他一直在那里……观看与等待。

他在等待什么呢？

"你现在还好吧？"

我告诉她，我没问题。

她抓住我裹在身上的毯子，把我拖回床上。我还来不及阻止，她就已抱着我开始亲吻。"昨晚我吓坏了，查理，我以为你疯了。我听说过性无能的人会突然发狂，变成危险的疯子。"

"那你还敢留下来？"

她耸耸肩："你看起来就像个吓坏的小孩，我确定你不会伤害我，但我倒怕你会伤害自己。所以，我想最好还是留下来。反正，我觉得很抱歉，我把这个放在身边，以防……"她拿出一本藏在床铺与墙壁间的厚重精装书。

"我猜想你大概派不上用场。"

她摇摇头："天哪，你小时候一定很爱吃花生米。"

她下了床，开始穿上衣服，我躺在床上看着她。她在我面前走动，丝毫不觉难为情或受拘束。她的乳房就像自画像中那么丰满。我渴望将她拥入怀中，但我知道那是没有用的。虽然动过手术，查理仍旧在我身体里面。

而且，查理害怕失去他的花生米。

6月24日

今天我做了场奇怪的反理智狂欢。如果我敢的话，我大有可能喝醉，但有过与费伊的经验后，我知道这太危险了。所以，我改去时代广场，沉浸在一家家电影院里，从西部片一直看到恐怖片，就像过去一样。每次坐下来看部电影，就会觉得遭到罪恶感谴责，然后中途离席，但接着又逛进另一家电影院。我告诉自己，我只是想在虚构的银幕世界中，探寻我的新生活中欠缺的东西。

然后，就在凯诺娱乐中心外面，我突然直觉意识到，我要的不是电影，而是观众。我希望有人在黑暗中围绕着我。

在这里，人与人之间的墙比较薄，如果我静静聆听，还可以听到别人的对话。格林威治村也像这样。但不只是接近而已，因为在拥挤的电梯或尖峰时间的地铁里，我并没有这种感觉。可是在炎热的夏夜，当所有人都出来散步，或坐在剧院看戏，你可以听到沙沙作响的声音，在那片刻间我和某人擦身而过，感受到有如树枝与树干，以及深植的树根之间的关联。在这种时刻，我的肉体会变薄、变紧，包括一股难以承受的饥渴，驱使我在深夜的暗巷死弄中寻觅。

通常当我走太多路而累垮时，我会回到住处倒头就睡。但今晚，我没有回公寓，而是去吃晚餐。那里有个新来的洗碗工，一个年约十六岁的男孩，我在他的动作、眼神和身上看到自己熟悉的身影。他在我后方清理桌子时，把一些餐盘掉到地上。

餐盘在地上摔成碎片,许多白色碎片跑到餐桌底下。他拿着空的托盘呆站在那里,困惑而惊恐。有些顾客对着他吹口哨和发出怪声(叫喊着"嘿,赚的钱都跑掉了!"……"恭喜!"……以及"哎呀,他才在这里工作不久……",这些似乎是每次有人在餐厅打破餐盘时都会听到的话),让他迷茫不知所措。

老板出来探看客人骚动的原因时,男孩已经缩成一团,两手高举着,似乎要挡开毒打。

"好啦!好啦!你这笨蛋,"老板大叫着,"别光站在那儿!去拿扫帚把东西清干净。扫帚……扫帚!你这白痴!扫帚在厨房,把碎片扫干净。"

男孩发现不会被惩罚后,惊恐的表情消失了,他带着扫帚回来时,脸上已挂着微笑,还一边哼唱着。几个爱喧闹的顾客继续拿他寻开心,对他说些无聊话。

"喂,孩子,这里,你后面还有一片……"

"来吧,再摔一次……"

"他没那么笨,打破碟子比洗碟子容易多了……"

男孩茫然的眼神扫过被逗乐的旁观者,慢慢地也响应他们的微笑,犹疑地对自己并不了解的玩笑露齿而笑。

我看到他那迟钝空洞的微笑时,从心里感到厌烦……男孩明亮的大眼虽然犹疑,却热切地想要取悦他人,我了解自己在他身上认出什么,他们正因他的迟钝而嘲笑他。

起先,我也和其他人一样被逗乐。

突然间，我对自己以及所有对他假笑的人感到愤怒。我很想拿起餐盘扔向他们，砸烂他们的笑脸。但我跳起来高声叫着："闭嘴！饶了他吧！他无法了解，他会这样不是他的错……看在上帝分上，请对他放尊重点！他终究也是个人！"

整个餐厅安静下来。我咒骂自己的失控，平白发了顿脾气。我克制着不去看那男孩，食物连碰都没碰，就匆忙结账离开。我为我们两人感到羞愧。

最奇怪的是，有着诚实与体贴情感的人，不会去占个天生没有手、脚或没有眼睛的人便宜，却会认为欺负一个弱智的人不算什么。令我生气的是，我想起不久前，自己就像这男孩一样，一直愚蠢地扮演着小丑的角色。

我几乎忘了这件事。

不过不久前，我才知道别人都在嘲笑我。现在我知道自己已在不知不觉间加入他们，嘲笑起自己。这点才最让我难过。

我经常重读早期的进步报告，在那里看到一个无知、童稚与弱智的心灵，从黑暗房间的钥匙孔窥探外面的灿烂世界。在我的梦中与记忆里，我见过查理犹疑但快乐地对旁人说的话微笑响应。即使在我还迟钝的时候，我也知道自己不如别人。别人拥有我所欠缺的、被剥夺的东西。在我盲目的心灵中，我相信这多少和读写能力有关，我确信只要拥有这些技艺，我也能拥有智慧。

即使是弱智的人也会想和别人一样。

小孩或许不知道怎么喂自己，或是该吃什么，但他知道饿。

我今天学到一些东西，就是必须停止像小孩一样不断为自己忧虑，不是担心过去就是挂虑未来。让我为别人贡献一己的心力。我必须运用我的知识和能力，在增进人类智慧的领域上耕耘。谁能比我具备更好的条件呢？有谁曾在两个世界都活过呢？

明天我要和韦尔伯格基金会的董事会接触，请求他们允许我在这个项目上做些独立研究。如果他们同意，我或许就能协助他们。我有些构想。

这项技术如果能获得改善，便还有很大的发挥空间。如果我能被变成天才，那全美国五百多万弱智族群呢？还有全世界数不清的心智发展迟缓者，以及尚未出生、但注定会变成弱智的那些人呢？这项技术如果运用在正常人身上，岂不可以达到更加匪夷所思的境界？如果再用在天才身上呢？

可以开启的门户太多了，我已迫不及待想把我的知识与能力运用到这个问题上。我必须让他们了解，做这件事对我很重要。我确定基金会将会同意我的要求。

可是我不能再孤单一人，我必须告诉艾丽斯这件事。

6月25日

今天我打电话给艾丽斯。我很紧张，说起话来一定有点语无伦次。能听到她的声音真好，她似乎也很高兴接到我的电话。她同意见我，我搭出租车到上城，对缓慢的车速很不耐烦。

我还没敲门，她就自己把门打开，并伸出双手拥抱我。"查理，我们好担心你。我有许多可怕的幻象，想象你死在窄巷，或是带着失忆症在贫民区流浪。你为什么不让我们知道你没事呢？你大可以这么做的。"

"别怪我，我必须独处一阵子，去找出一些事情的答案。"

"到厨房来，我煮了些咖啡。你一直都在做什么呢？"

"白天的时候，我在思考、阅读和写作；晚上则四处晃荡，寻找自我。我发现查理一直都在监视我。"

"不要这样说，"她打了个寒战，"有人监视你这件事并不真实，是你自己想象出来的。"

"我身不由己，我觉得我不是真实的自己，我篡夺了他的位置，把他锁在外面，就像他们把我从面包店赶出来一样。我的意思是，查理·高登存在于过去，而过去才是真实的。你必须先拆掉旧房子，才可能在同一个地方盖出新的建筑，但旧查理是无法摧毁的，他一直存在。起初，我一直在找他——我去看他的……我的……父亲。我只想证明查理是个活生生存在于过去的人，这样我才能为自己的存在提出辩解。尼姆说他创造了我,让我深深觉得遭到侮辱。但我发现查理不仅活在过去,也活在当下。在我身体里面,也在我四周,他一直穿梭在我们之间。我猜想是我的智慧形成障碍,那股傲慢、愚蠢的自尊,自觉我们之间已没有共同之处,因为我已超越你们。是你让我有了这样的念头,但事实并非如此。问题在于查理是个害怕女生的小男孩,因为他母亲从小就灌输给他这个观念。你还不懂吗?这几个月来,我的智能虽然不断增长,却仍旧保持着查理幼稚的情感框架。每次我亲近你,或想和你做爱,就会发生短路的问题。"

我非常激动,声音持续向她轰击,直到她开始发抖。她的脸羞红起来,她轻柔地说:"查理,我能为你做什么呢?我能帮上忙吗?"

"离开实验室这几个星期,我想我变了很多,"我说,"起先我不知道该怎么做,但今晚在城市里四处游荡时,我想通了。想要独自解决问题是很愚蠢的,但我在这团梦境与记忆的迷雾中纠缠越深,我也越了解情感的问题无法像智慧的问题一样解决。这是我昨晚对自己的一点体会。我告诉自己,我像迷失的灵魂一样游荡着,然后了解我确实迷失了。

"我在情感上多少已经偏离每一个人、每一件事。当我游荡在黑暗的街头,我在那里能找到的最后末路上,其实是在寻觅一种方式,想在保持智识自由的同时,让自己的情感也再次归属于人群。我必须成长，对我来说，这是最重要的事……"

我不停地说，把所有浮上心头的疑虑和恐惧一一倾吐出来。她像被催眠般静坐在那里，她是我的共鸣板。我感觉温暖、发热，直到仿佛身体燃烧起来。我在自己喜欢的人面前烧尽恶习，这让一切变得不一样。

但这对她来说却是难以承受的沉重，原先的颤抖如今已化为泪水。长沙发上方的画像吸引了我的目光……那位脸颊红润、蜷缩的女孩……我很好奇艾丽斯这时心里在想什么。我知道她愿意委身于我，我也对她存有欲望，但查理呢？

如果我和费伊做爱，查理可能不会干预，他大概只会站在门口旁观。但我只要一接近艾丽斯，他就会开始恐慌。他为什么害怕我爱上艾丽斯呢？

她坐在沙发上看着我，等着看我会有什么动作。而我能怎么样呢？我想将她拥入怀中……

当我开始想这件事时，警讯就出现了。

"你没事吧？查理，你看起来好苍白。"

我在她身旁的沙发上坐下。"只是有点头晕，很快就会没事。"可是我很清楚，只要查理觉得我有和她做爱的危险，情况就会变得更糟。

然后我想到一个主意。这个想法起初让我觉得恶心，但突然间我了解，要克服恐慌的唯一方法，只能靠智取。

如果查理因为某种理由害怕艾丽斯，却不在意费伊，那我何不把灯关掉，假装我在跟费伊做爱，他绝对无法察觉其中的区别。

但这么做是不对的，也令人作呕，但如果这招奏效，我的情感就不会再任由查理扼杀。我事后仍会知道自己爱的是艾丽斯。这是唯一的方法。

"我现在好多了，让我们在黑暗中坐一会儿。"我转身关掉电灯，等着定下心神。这么做并不容易，我必须说服自己，想象自己看到费伊，并催眠自己相信身边的女孩就是她。即使查理和我分离开来，在我体外观看，他也没办法看清楚，因为房间一片漆黑。

我等着他产生疑心的迹象……恐慌的警兆。但什么都没有，我保持警觉与平静，伸出手臂搂着她。

"查理，我……"

"不要说话！"我粗暴地阻止她，她在我身边畏缩了一下。"拜托，"我要她放心，"什么话都别说，让我在黑暗中静静抱着你就好。"我把她拉近身旁，然后紧闭眼睛，在黑暗中召唤费伊的影像……想象她金色的长发和白皙的肌肤。我身旁的费伊，模样就像上次看到的一般。我亲吻费伊的头发、喉咙，最后我停在费伊的双唇上。我感觉费伊的手抚摩着我的背部与肩部肌肉，体内一阵紧绷，这是以前和女人相处时不曾有过的情况。我起先只是缓缓爱抚着她，但很快就变得不耐烦，兴奋之情也不断升高。

我的颈部寒毛开始震颤地立起。房间里有别人在黑暗中窥探，想要看个究竟。我狂烈地在心中对自己默念她的名字：费伊！费伊！费伊！我急切、清晰地想象她的面容，努力不让任何东西挤进我们之间。然而，就在她抓得我愈来愈紧时，我却大叫一声，并把她推开。

"查理！"我看不到艾丽斯的脸，但她的喘气声明显反映出她的震惊。

"噢！艾丽斯，我做不到，你不会懂的。"

我从沙发上跳起来，并把灯打开。我几乎预期看到查理站在那里，但当然没有。只有我们俩单独在一起，这一切只存在我的想象中。艾丽斯躺在那里，上衣敞开，纽扣已被我解开，她的脸颊泛着潮红，眼睛难以置信地大大睁着。"我爱你……"我哽咽着吐出这几个字，"可是我做不到。我不能解释，但如果我不停止，我会痛恨自己一辈子。别要求我解释，否则你也会恨我的。这件事跟查理有关，不知道为什么，他不让我跟你做爱。"

她把头转开，扣上上衣纽扣。"今晚不太一样，"她说，"你没有恶心或恐慌，或类似的反应。你想要我。"

"是的，我要你，但我不是真的在跟你做爱，在某种意义上，我是利用你，但我不能解释。我自己也不了解，就当我还没准备妥当好了。我没办法编造、欺骗或装出若无其事的样子，这不是事实，这只是另一个死胡同。"

我起身准备离开。

"查理，别再逃走。"

"我不会再逃，我有工作要做。告诉他们，只要我能控制自己，几天内就会回到实验室。"

我急忙离开她的公寓。到了楼下，站在建筑前方，彷徨地不知该往哪个方向走。不管选哪条路，我都会感觉一阵惊颤，也意味着另一个错误。每一条路都被封阻。天哪！不管我做什么，朝哪个方向走，所有门户都对我关闭。

我没有地方可去，没有街道、房间，也没有女人。

最后，我跌跌撞撞进了地铁站，乘车到第四十九街。车上人不太多，但有一金发女郎，她的长发让我想起费伊。在走向穿越市区的公交车时，我经过一家酒铺，我想都没想，就进去买了瓶金酒。等公交车时，我打开袋中的酒瓶，就像以前见过的游民一样，深深地喝了一大口。从喉咙一路烧灼下去，但感觉很好。我又喝了一口，这次只是小啜，等公交车到时，我已沉浸在一种强烈激荡的感觉中。我没有再喝，我可不想这时候就喝倒。

回到住处，我去敲费伊的房门，没有回应。我打开门探头进去。她还没回来，但所有灯都开着。她是什么都不在乎的人，我何不向她学学？

我回自己的房间等待。我脱掉衣服，冲完澡，穿上浴袍，祈祷她今晚不要带人回来。

大约凌晨两点半时，我听见她爬楼梯上来的声音。我带着酒瓶爬出防火梯，她的前门打开时，我也已溜到她的窗口。我无意蹲在那里窥探，我准备敲她的窗户。可是当我举起手要让她知道我的存在时，我看到她踢掉鞋子，快乐地转着圈。她走到镜子前，开始一件又一件缓缓脱下身上的衣物，就像一场私人的脱衣舞表演。我再喝一口，可是不能让她发现我在偷窥。

我连灯也没开，径自穿过自己的房间。起初我想邀她到我房间，但这里太过干净整齐，有太多抹不掉的直线条，而且我知道在这里行不通。所以，我来到走廊上敲她的门，起先轻轻敲，然后再用力些。

"门开着！"她高声叫道。

她穿着内衣裤躺在地板上，两手向外伸展，双腿举高抵着沙发，她侧着头由下往上看着站在身后的我。"查理，亲爱的！你为什么用头站着？"

"没关系，"我说，一面从纸袋中拿出酒瓶，"线条和框框太直了，我猜你会想跟我一起抹掉一些。"

"酒是做这件事最有效的东西，"她说，"如果你把注意力集中在胃窝中开始感受到的温热点，所有线条就会逐渐消失。"

"这就是正在发生的事。"

"太好了！"她一跃而起，"我也是，我今晚跟太多讨厌鬼跳舞，我们把他们全部冲掉！"她挑了个杯子，我为她倒酒。

她喝酒的时候，我伸手搂住她，抚弄着她裸背的肌肤。

"嘿，孩子！哇！你有什么问题？"

"就是我，我在等你回家。"

她倒退一步："噢，且慢，查理，孩子。这些事我们已经玩过一次，你知道这没用的。你知道，我对你很有兴趣，我只要知道还有一点机会，我就会立刻拖着你上床。但我可不想兴致被挑起来后，却又白忙一场。这样不公平，查理。"

"今晚会不一样，我发誓。"她还来不及抗议，我就将她抱进怀里，不断亲吻、爱抚着她，把积蓄在体内、随时会将我撕裂的兴奋一股脑倾注在她身上。我试着解开她的胸罩，但拉得太用力，竟把钩子扯掉了。

"天哪，查理，我的胸罩……"

"别管胸罩了……"我透不过气地说，一面帮她解开，"我会帮你买个新的，下回再补偿你，我要跟你通宵做爱。"

她从我怀里挣开。"查理，我从来没听过你这样说话。还有，别用那种眼神看我，好像要把我整个人吞了一样。"她从椅子上抓起一件上衣挡在胸前，"现在你真的让我觉得自己没穿衣服了。"

"我要跟你做爱，今晚我办得到。我知道……我感觉得到。别把我赶走，费伊。"

"哦，"她柔声说，"再喝一口。"

我喝过后，也为她再倒一杯。她喝酒时，我就亲吻着她的肩膀和颈子。我的兴奋传染给她，她的呼吸也开始急促起来。

"天哪,查理,如果你惹我上了火又让我失望,我可不知道该怎么办。你知道,我也是凡人呀。"

我把她推倒在身边的沙发上,躺在一堆她的衣服和内衣上。

"别在沙发上,查理,"她挣扎着站起来,"我们到床上去。"

"就在这里!"我坚持,并把上衣从她身上拿开。

她垂下目光看我,然后把杯子放在地板上,褪下内衣。她站在我面前,赤裸裸地。"我去把灯关掉。"她轻柔地说。

"不,"我再次将她拉到沙发上躺下,"我要好好看着你。"

她深深地吻我,紧紧将我抱在怀里。"这回别让我失望,查理,你最好不要。"

她的身体缓缓移向我,而我知道这回不会有任何干扰。我知道要做什么,也知道怎么做。她喘着气叹息,轻唤我的名字。

曾经有那么片刻,我感受到他在窥探的冰冷感觉。我在沙发扶手上方,瞥见他的脸藏在黑暗中,从窗户另一边凝视着我……几分钟前,我自己也蹲在那里。随着知觉的转换,我再次来到防火梯上,看着里面一对男女在沙发上做爱。

然后,凭着一股激烈的意志运作,我回到沙发上跟她在一起,清楚地感受她的身体和自己的急迫与力量。我看到他的脸贴在窗上,饥渴地窥视着。而我告诉自己,尽管看吧,你这可怜的杂种,我再也不理你了。

他在窥视时,眼睛睁得大大的。

6月29日

回实验室之前,我要先完成逃离会议之后开始的几项工作。我打电话给新高等研究所的兰茨多夫,讨论把对生核光电效应用在生物物理学实验的可能。起初他把我当成怪胎,当我指出他在新研究学报发表的一篇文章里的瑕疵后,他和我在电话中谈了将近一小时。他要我去研究所和他的团队讨论我的构想。我完成实验室的工作后,或许可以和他一起研究,如果还有时间的话。当然,这是个大问题。我不知道自己还有多少时间:一个月?一年?或是我剩余的生命?这得看我能针对实验的生理心理副作用找出什么结果才能决定。

6月30日

现在我有了费伊,不再游荡街头。我给她一把房门的钥匙,她笑我还需要锁门,我则笑她屋里的一团混乱。她警告我别想改变她,她先生五年前跟她离婚,就是因为她从来不会费心捡起东西,也懒得打理房子。

对于她觉得似乎不重要的多数事情,她都秉持这种态度。她无法为此多费心思,也不在乎。前几天,我在一张椅子背后的角落看到一沓违规停车罚单,总共有四五十张之多。她拿着一罐啤酒走进来时,我问她为什么收集这些罚单。

"那些啊！"她笑着说，"我前夫寄来该死的支票后，我一定得赶快去缴款。你不知道我对那些罚单有多火大，我必须把它们藏到椅子后面，否则每次看到我都会有罪恶感。但我一个女人能怎么办呢？不管我去哪里，到处都插着牌子……不能在此停车！不要在那停车！……我总不能每次下车都得费事去读牌子上写些什么吧。"

所以，我答应不会妄想改变她。和她在一起是很刺激的。她有着高度幽默感，特别是拥有自由独立的精神。唯一可能变得累人的，是她对跳舞的狂热。这个星期以来，我们每晚都出去玩到凌晨两三点才回来，我根本没有太多剩余精力做事。

这不是爱情……但她对我很重要。我发现每次她不在家，我都会仔细倾听她走过走廊的脚步声。

查理已经停止监视我。

7月5日

我把我的第一首钢琴协奏曲献给费伊。想到有人把东西献给自己，她非常兴奋，但我不认为她真的喜欢这首曲子。这只会让你了解，不可能在一个女人身上找到想要的一切。这也为一夫多妻制找到支持的立论。

比较重要的是，费伊是个聪明善良的女人。我今天才知道，她为什么这个月会这么快缺钱。她认识我的前一个星期，在星尘舞厅认识一个女孩，两人成为朋友。女孩告诉费伊，她在城里没有亲人，身无分文，也没地方可住，费伊便邀她搬来和她同住。两天后，女孩在费伊的梳妆台抽屉发现两百三十二元，便带着钱一起消失了。费伊没向警局报案，事实上，她连女孩姓什么都不知道。

"报警又有什么用？"她倒想知道，"这个可怜的小贱人一定非常缺钱，才会做出这种事，我可不想为了几百块钱毁了她一生。我虽然不是很有钱，但也不想剥了她的皮……如果你懂我意思的话。"

我知道她的意思。

我从未认识像费伊这样开放并信赖别人的人，她是我此刻最需要的人，因为我一直渴盼有单纯的人际接触。

7月8日

在逛夜店与早晨的宿醉之间，我没有多少时间可以工作。我只有靠阿司匹林和费伊为我调制的一些东西，才能完成我对乌尔都语动词形态的语言分析，并把论文寄给《国际语言公报》发表。这篇文章足够让语言学家带着录音机重返印度，因为他们方法学的重要上层结构已经遭到破坏。

我不得不佩服结构语言学家，他们能根据文字沟通的退化，为自己开拓出一个语言学的知识领域。这是人们奉献生命，不断钻研愈来愈细微事物的另一例证……只根据一些无意义的嘟囔声做出的精细语言分析，就能写下一本本厚书来填满图书馆。这没什么不对，但不能当作摧毁语言安定性的借口。

艾丽斯今天打电话来确认我什么时候能回实验室工作。我告诉她，我要先完成已经开始的工作，而且希望能获得韦尔伯格基金会的允许，进行自己的特别研究。不过她是对的，我必须把时间因素考虑进去。

费伊仍然随时都想跳舞。昨晚，我们从在"白马俱乐部"喝酒跳舞开始，然后转往"班尼的藏身处"，接着又去"粉红拖鞋"……再下去我就不记得是哪些地方了，但我们一直跳到我随时可能倒下为止。我对烈酒的忍受度一定已经大为提高，因为查理一直到我整个人醉蒙蒙之后才出现。我只记得他在"阿拉卡桑俱乐部"的舞台上秀了段愚蠢的踢踏舞。他获得热烈掌声，但最后经理还是把我们赶了出去。费伊说，每个人都觉得我是个了不起的喜剧演员，大家都喜欢我表演白痴。

当时究竟发生了什么事？我只知道自己扭伤了背，我以为那是跳舞太多的结果，但费伊说是我从那张该死的沙发上跌了下来。

阿尔吉侬的行为再次变得怪异，米妮似乎很怕它。

7月9日

今天发生了一件可怕的事。阿尔吉侬咬了费伊。我警告过她不要跟它玩,但她一直很喜欢喂它吃东西。通常她来到它的房间时,它会兴奋地跑向她。但今天情况不同,它躲在远处,缩得像一团白色泡芙。当她把手伸进笼门时,它向后退缩到角落。她试着逗它,还把迷宫的障碍移开,我还来不及告诉她别惹它,她就已犯下错误,伸手想去抓它。结果阿尔吉侬咬了她的拇指。它瞪着我们俩,然后碎步跑进迷宫。

我们在另一头的奖赏箱找到米妮,她的胸口有个伤口,不断流血,但还活着。我伸手去抓它出来时,阿尔吉侬也跑进奖赏箱咬我。它用牙齿咬住我的衣袖不放,直到我把它甩开为止。

一会儿之后,它平静下来。然后,我观察了它一个多小时。它似乎无精打采,而且有些困惑,虽然仍在没有奖赏的情况下学习新的解题,但表现得相当不寻常。它不再谨慎、坚定地向迷宫的通道移动,动作变得急切失控。有几次还转弯过快,冲到栅栏上。它的行动中有种怪异的急迫感。

我不想径自下判断,这可能有很多原因。但现在我必须把它送回实验室。无论基金会是否会特别拨款让我做研究,明天上午我都要打电话给尼姆。

进步报告—15

7月12日

尼姆、斯特劳斯、伯特以及这项项目计划的另外几个人，都在心理学办公室等我。他们尽量让我觉得自在，但我可以看出伯特焦虑地想拿到阿尔吉侬，于是我把它交出去。没有人多说话，但我知道尼姆不会原谅我竟然越过他直接和基金会接触。但这么做是必要的。我回比克曼大学前，必须先确定他们会允许我针对这项计划做些独立研究。如果我做的每件事都必须向尼姆报告，会浪费太多时间。

他已被告知基金会的决定，对我的接待也相当冷淡与形式化。他和我握手，但脸上没有笑容。"查理，"他说，"我们都很高兴你能回来，并且和我们一起工作。杰森打过电话，告诉我基金会让你为这个实验计划工作。你可以使用这里的工作人员和实验室，计算机中心也已向我们保证，你的研究工作将有优先权……当然，如果有用得着我的地方……"

他已竭尽所能地友善，但我从他脸上的表情看得出他的怀疑。毕竟，我在实验心理学方面有什么经验呢？我对他花了这么多年发展出的技术又懂多少呢？但正如我所说,他看起来很友善,也愿意先不下评断。他暂时也没什么好说的,如果我对阿尔吉侬的行为无法提出说明,他的所有努力都将形同废物;但如果我能解决问题,就能带走整个研究团队。

我到实验室找伯特,他正利用一个多元问题迷宫观察阿尔吉侬的状况。他摇着头叹息:"它忘了不少东西。大多数的复杂反应似乎都已被抹除,它解答的问题层级比我的预期要低很多。"

"怎么说?"

"以前它都能找到其中的简单模式,例如,在暗门迷宫里,每隔一扇门和每隔三扇门中,只有红色的门和绿色的门才是真的门……但现在它已经跑过三次,却还在用试误法。"

"有没有可能是因为它离开实验室太久的关系?"

"有这个可能,我们先让它熟悉这里的环境,明天再看它情况如何。"

我以前来过实验室很多次,但现在我得学会利用这里的所有设施,我必须在几天内弄懂别人几年内才搞得清楚的程序。伯特和我花了四小时走遍实验室的每个部门,我们全部走过一次,我注意到有一道门我们没有进去。

"里面有什么?"

"冷冻库与焚化炉。"他推开沉重的门,并把灯打开,"我们在焚化炉内销毁样本前,会先加以冷冻,如果我们能控制分解，就能减少异味的产生。"他转身想要离开，但我在那里站了一阵子。

"不要这样对阿尔吉侬，"我说，"如果……万一……我的意思是我不希望它被丢到那里。你把它给我，我会亲自处理。"他没有笑出来，只是点点头。尼姆已经告诉他，从现在起，一切都必须按我的要求去做。

时间是一大障碍。如果我想为自己找出答案，就必须立刻开始工作。我已从伯特那里拿到书籍清单，也从斯特劳斯与尼姆那里取得笔记。离开时，我有个奇怪的想法。

"告诉我，"我问伯特，"我刚看了一眼你们销毁实验动物的焚化炉，但你们对我有过什么计划吗？"

我的问题吓了他一跳："你指的是什么？"

"我相信从一开始你们就有各种应付紧急状况的措施，所以你们对我有过什么样的计划？"

他静默不语，但我坚持要他回答。"我有权知道和实验有关的一切事物，这也包括我的未来在内。"

"没有不让你知道的理由。"他停下来，点燃本来就已点着的香烟，"当然，你了解从一开始，我们就抱着最高的希望，相信功效会是永久性的，但我们还是……我们确实有……"

"我相信。"我说。

"当然，把你纳入实验中，是个严肃的责任。我不知道你还记得多少，或是你对这个计划开始时的所有事情拼凑出多少，但我们曾经试着让你清楚了解，手术的效果有很大的可能只是暂时性的。"

"那个时候，我曾在进步报告中记下这件事，"我同意他的说法，"即使当时我不懂你的意思。但这不重要，因为现在我已经了解了。"

"所以，我们决定在你身上冒险，"他继续说，"因为我们觉得会对你造成严重伤害的概率很小，而且我们确信能为你带来益处的机会很高。"

"你不必为这件事辩护。"

"但你知道我们必须从你的直系家属获得许可，你自己没有能力同意这件事。"

"这些我都知道。你们去跟我妹妹诺尔玛谈，我在新闻上读到的，根据我在记忆中对她的了解，我可以想象即使要把我送去处死，她也会同意的。"

他挑起眉毛，但没多说什么。"我们告诉她，如果实验失败，我们不能把你送回面包店，或是你原来住的地方。"

"为什么不能？"

"首先，你可能不再是原来的你。手术与荷尔蒙注射对你的影响可能不会立刻显现，而且手术后的经验可能留下痕迹。意思是，可能带来情感上的干扰，让心智迟钝的情况更加复杂，你可能不再是同一个人……"

"这真是太好了，似乎只有一个十字架还不够扛似的。"

"此外，我们无法确定你是否会回复与原来相同的心智水平。你可能会退化，降到更原始的水平。"

他要让我知道最恶劣的情况，好消除自己心头的负担。"但我也可能会知道这一切，"我说，"并有能力为自己的事做决定。你们对我有什么计划呢？"

他耸耸肩："基金会安排把你送到州立沃伦之家和训练学校。"

"天哪！"

"我们和你妹妹商议的计划之一，是基金会将负担你在沃伦之家的所有费用，你每个月也会有定额所得，作为你余生的个人花费。"

"为什么送去那里呢？我一直都能在外面自己过活，即使赫尔曼叔叔去世后，他们承诺要把我送去那里，唐纳还是立刻把我弄出来，让我在外面工作生活。为什么我必须回到那里？"

"如果你能在外面自主过活，就无须待在沃伦之家，只要情况不严重，你就能在外面生活，但我们必须设想万一情况下的安排。"

他说得没错，我没什么好抱怨的，他们设想得非常周到。沃伦之家是合理的归宿……是可以把我的余生都处理掉的大冷冻库。

"至少不是把我送进焚化炉。"我说。

"什么？"

"没什么，只是开个玩笑。"然后我想到一件事，"你老实告诉我,我能去拜访沃伦之家吗?我想以访客身份去参观。"

"可以的,我想他们一直都有访客……定期的参观行程,类似媒体公关做法。但你为什么想去呢?"

"因为我想去看看。我必须在还能掌控并做些设想的时候,知道未来可能发生的情况。你看看能否安排一下,越快越好。"

我看得出我想参观沃伦之家的念头让他有些不安,仿佛我在预订自己的棺材,并在死前先进去试用。但我不能怪他,因为他不了解要发掘真正的自我……找到我完整存在的意义,除了要掌握过去,也得知道未来的可能发展,不仅要知道自己来自何方,也得知道会去哪里。虽然我们知道,在迷宫尽头等着我们的是死亡(这并不是我一直都能了解的事……不久之前,我身上这位少年还以为死亡只会发生在别人身上),但我现在认为,我在迷宫中选择的道路造就了现在的我。我不只是一件事物,也是种存在方式,众多方式中的一种,了解自己选择的道路,以及那些我没踏上的道路,都能够协助我了解自己的转变。

那个晚上以及随后几天,我沉浸在各种心理学读物中,包括临床、性格、测量心理学、生理心理学、行为主义者、形态、分析、功能、动态、有机体,所有古代、现代小说,以及各个学派与思想体系的著作。令人沮丧的是,许多心理学家赖以建立他们对人类智能、记忆与学习信仰的观念,都只是一厢情愿的想法。

费伊想来参观实验室,但我叫她不要来。我现在最不需要的就是让艾丽斯与费伊见面,我已经有够多事情要担心,大可不必再加上这项。

进步报告—16

7月14日

这不是去参观沃伦之家的好日子，天空灰扑扑的，还下着毛毛雨。或许也因为如此，才会让我想到这件事时，心情就低沉起来。但也可能是我在欺骗自己，让我真正感到不安的，是想到自己有一天可能被送去那里。我借了伯特的车子。艾丽斯想陪我一起去，但我必须独自前往。我没告诉费伊我去哪里。

开车到长岛沃伦小区的农场需要一个半小时，我毫不费力就找到这个地方。蜿蜒的庄园对外开启的唯一入口，是两根水泥柱中间的一条狭窄岔路，以及一块擦得明亮的黄铜门牌，写着"州立沃伦之家与训练学校"。

路旁的告示牌写着"时速十五里"，所以我缓缓开过几栋建筑，寻找行政办公室。

一部牵引车横过草地，迎面朝我开来，车上除了驾驶外，还有两人吊在车子后方。我伸头向他们喊着："能告诉我温斯洛先生的办公室在哪里吗？"

司机停下牵引车，指着左边与更前面的方向："直走到总医院，然后左转，停在你的右侧。"

我不由自主注意到位于牵引车后方，紧抓着扶手凝视的年轻人。他没刮胡子，脸上带着某种空洞微笑的痕迹。他戴着一顶水手帽，虽然没有阳光照耀，仍孩子气地拉下帽檐来遮住眼睛。我匆匆扫视他的目光，他的眼睛很大，带着询问的神情，但我不得不把目光移开。牵引车重新启动后，我可以从后视镜中看到他正好奇地朝我凝望。我感到难过……因为他让我想起查理。

我很讶异首席心理学家竟然这么年轻，是位又高又瘦的男子，脸上挂着疲惫的目光，但沉稳的蓝色眼睛在年轻的神情中显露出一股力量。

他开自己的车载我在园内四处参观，为我指出娱乐厅、医院、学校、行政办公室的位置，还有一些他称为小屋的双层楼砖房建筑，那里是病人住的地方。

"我没有在四周看到围墙。"我说。

"没有，只有入口处的大门，以及用来拦住好奇外人的树篱。"

"但你们如何阻止……他们……走失……游荡到庄园外面？"

他微笑地耸耸肩："事实上，我们阻止不了。有些人确实会游荡出去，但多数都会再回来。"

"你们不去追他们回来？"

他注视着我，似乎在猜测这问题背后的含意。"不，如果他们遇到麻烦，我们很快就会从镇上的居民那里得到消息，否则警察也会带他们回来。"

"如果没有呢？"

"如果我们没有从外人，或从他们那里听到消息，我们就假设他们已在外面适应得不错。你必须了解，高登先生，这里不是监狱。州政府要求我们尽一切合理的努力找回病人，但我们没有配备可以随时密切监督四千人。有办法离开的都是那些低智能者，但我们接受的低智能者已愈来愈少。我们现在收留的很多是脑部受损，需要经常照护的病患。低智能者比较能自由行动，在外面游荡个一周左右，当他们发现没有留在外面的理由后，多数便会自己回来。这世界并不要他们，他们很快就会知道。"

我们下车，走向其中一栋小屋。屋内的墙壁贴着白色瓷砖，整栋建筑都有消毒水的味道。一楼大厅对着一间娱乐室，大约有七十五个男孩坐在里面，等候午餐铃声响起。我立刻注意到角落的椅子上坐着一个大男孩，他的怀里搂着一个十四五岁的男孩，轻轻哄着他睡觉。我们进来时，大家都转头看我们，几个胆子比较大的还走上前瞪着我看。

"别理他们，"他看到我的表情后说，"他们不会伤害你。"

负责这层的是位骨架大、面貌姣好的女人，她卷着衣袖，浆硬的白色裙子上还套着条牛仔布围裙。她迎向我们走来，挂在皮带上的一串钥匙随着她的走动叮当作响。她转过身时，我才注意到她的左脸有一大块暗红色胎记。

"没料到你今天会带人参观，雷伊，"她说，"你通常都星期四才带访客来。"

"特尔玛，这位是来自比克曼大学的高登先生。他只是来看看，了解一下我们这里的工作情况。我知道这对你没什么差别，每天都一样。"

"是呀，"她充满活力地笑开来，"可是我们在星期三的时候翻床垫，星期四来味道会好闻一点。"

我注意到她一直站在我左边，以便藏住脸上的红斑。她带我参观宿舍、洗衣间、储藏室，以及正在准备处理厨房送来食物的餐厅。她说话时带着微笑，她的表情和高高堆在头上的发髻，让她看起很像罗特列克画中的舞者，但她从未正面看我。我猜想，如果我住在这里受她监管，会是什么样的情况。

"他们在这栋建筑物里表现都很好，"她说，"但你也了解，总共有三百个孩子，一层楼七十五人，可是我们只有五个人在照顾他们。要掌控他们很不容易，但这里的情况还是比肮脏小屋好很多。那里的工作人员通常做不久。如果病人是小婴儿，大家可能不会那么在意，但如果是仍然不能照顾自己的成年人，就会一团脏乱。"

"看起来你是个非常善良的好人，"我说，"这些孩子有你当舍监可说非常幸运。"

她开心地笑起来，露出洁白的牙齿，但仍看着前方。"我不比其他人更好或更差，我很喜欢这些孩子。这工作不容易，但只要想到他们有多需要你，就会觉得辛苦获得了回报。"她的微笑消失了一阵子。"正常小孩长得太快，很快就不再需要你……走上自己的路……忘记一向是谁在爱他们、照顾他们。但这些孩子需要你全心付出，一辈子都需要你。"她又笑了起来，对自己的严肃感到尴尬。"这里的工作很辛苦，但很值得。"

我们回到楼下，温斯洛在这里等着。用餐的钟声响起，孩子们排队进入餐厅。我注意到刚刚在怀里哄另一个小孩睡觉的大男孩，现在拉着他的手坐到餐桌前。

"很不简单。"我朝那方向点点头。

温斯洛也跟着点头："大男孩叫杰瑞，另一个是达斯提。这种情况在这里蛮常见的，当没有人拨得出时间照顾他们时，有时候他们也懂得在彼此间寻求人性的接触和感情。"

在前往学校的路上，我们经过另一栋小屋，我听到一声尖叫，然后是一阵哀号，随后又有两三个声音接续呼应。窗上都装有铁杆。

温斯洛那个上午第一次显得有些不自在。"那是特殊安全小屋，"他解释说，"有情绪困扰的智障者住的地方。他们一有机会就会伤害自己或别人，我们把他们安置在K屋，这里随时都上锁。"

"情绪困扰的病患也安置在这里？不是应该住到精神病医院吗？"

"噢，当然，"他说，"但这种事很难控制。有些人是住到这里一阵子后，才恶化成为情绪困扰的患者。有些人则是被法院送到这里，虽然我们没有接纳他们的空间，但也别无选择。真正的问题是，所有地方都已无空间可收容任何病患。你知道我们自己的候补名单有多长吗？一千四百人。年底时，我们可能空出的名额大约只有二十五或三十人。"

"那一千四百人现在都在哪里？"

"在家里、在外面，等候这里或其他机构空出的名额。你看得出来，我们这儿的空间不像一般医院那么拥挤，我们的病患通常会在这里待上一辈子。"

我们来到新的学校建筑，这是栋玻璃混凝土平房，有大型落地窗。我试着想象以病人身份走在走廊上的感觉，看到自己和一群成人与孩子排队等着进教室。也许我也会帮忙推着坐在轮椅上的孩子进来，牵着别人的手引导他们，或是在怀里哄着小男孩入睡。

在一间木工作业教室里，有群年纪较大的孩子在老师监督下制作板凳，他们围在我们四周，好奇地盯着我看。老师放下锯子朝我们走来。

"这位是来自比克曼大学的高登先生，"温斯洛说，"他想看看我们的一些病人，他考虑买下这个地方。"

老师笑了起来："好呀，如果他买……买下来，就得……得连我们一起接收，而且他必……必须为我们弄……弄来更多作业要用的木……木材。"

他带我在工场四处看看时,我发现这些孩子都很安静。他们在为刚完成的板凳打磨或上清漆,但没有互相交谈。

老师似乎注意到我没说出来的疑问,他说:"这些是我的沉默孩子,他们是聋哑生。"

"我们有一百零六位这样的学生,"温斯洛解释道,"这是联邦政府赞助的特别研究计划。"

多么不可思议!比起其他人,他们的缺损这么多,智能障碍,又聋又哑,却仍热切地打磨他们的板凳。

一个原本在用钳子固定一片木板的孩子,放下手上的工作,他敲敲温斯洛的手臂,指着放在角落的陈列架上晾干的一些成品。孩子先指着第二个架子上的一个灯座,然后指指自己。这是个摇摇晃晃的糟糕作品,木材填料的缀饰露了出来,漆涂得又厚又不均匀。温斯洛与老师都热烈称赞他的作品,男孩很骄傲地微笑,然后看着我,等待我的赞美。

"对,"我点点头,说些夸张的赞语,"非常棒……非常好。"我会这样说,是因为他需要,但我觉得心虚。男孩对我微笑,他转身要离开时,先过来碰碰我的手臂,算是对我说再见。我因此开始哽咽,在走到外面的通道之前,几乎无法控制自己的情绪。

学校的校长是个矮小肥胖、慈母般的女士,她让我在写得很整洁的图表前坐下,向我简介病人的不同种类,分配到每个类别的教职员人数,以及他们研究的主题。

"当然,"她解释道,"很多智商较高的学生都不再送来这里,那些智商在六十或七十以上的孩子,他们会获得照顾,愈来愈多是送到市区学校的特殊班,或是小区里特别创设的机构。多数送到我们这里来的,都有能力住在外面,安置在寄养家庭或寄宿房屋里,在农场上做些简单工作,或是在工厂、洗衣场……担任劳力工作。"

"或是面包店里。"我补充说。

她皱了一下眉:"是的,我猜他们也能在那里工作。现在我们也把我们的孩子分类(我都叫他们孩子,不管他们多大年纪,他们在这里都是孩子),分成干净和肮脏两类。如果能按照他们的水平加以分类,能让管理小屋的工作变得容易一点。有些肮脏的孩子脑部已严重受损,他们被安置在婴儿床上,终生都必须这样接受照顾……"

"或是等到科学找出方法协助他们走出来。"

"噢,"她微笑着,谨慎地向我解释,"恐怕这些人已无法可想。"

"没有人是无药可救的。"

她仔细地看着我,神情变得有些不确定:"是的,是的,没错,我们应该保持希望。"

我让她变得紧张。想到如果有天他们把我送进来,成为她的孩子的情景,我忍不住对着自己微笑。我会是干净还是肮脏的孩子呢？

回到温斯洛的办公室后，我们喝着咖啡谈论他的工作。"这是个不错的地方，"他说，"我们的工作同人中没有精神病医师，只有一位外部顾问每两星期会来一次，但情况还是照样运作。心理科的每个同人都很投注在各自的工作中，我当然也可以聘请一位精神病医师，但他的薪水够让我雇两位心理学家……他们并不害怕为这些人奉献自己的一部分。"

"你说的奉献自己的一部分指的是什么？"

他端详我一会儿，然后在疲倦中迸出一股愤怒。"有很多人愿意捐献金钱或物资，但很少人愿意奉献他们的时间与感情，我指的就是这个。"他的声音变得尖锐，指着房间另一头的一个空奶瓶。

"你看到那个奶瓶了吗？"

我告诉他，我刚进到他的办公室时，还在纳闷这是做什么用的。

"你说说看，你认识的人当中，有多少人愿意把一个成人抱在怀里，用奶瓶喂他喝东西？而且病人还随时可能在他身上拉屎、排尿，弄得全身脏兮兮的。你看起来觉得很讶异，你无法了解的，你能吗？从你那高高在上的研究象牙塔里？我们的病人被关闭在每个人的经验之外，你对于这种体验又知道些什么呢？"

我忍不住露出一丝微笑，而他显然误会了我的意思，因为他立刻起身，突然结束我们的谈话。如果我回到这里，并留下来，而他也知道整个故事，我确定他会了解的，他是那种能够了解的人。

开车离开沃伦之家，我不知道该想些什么。寒冷、灰扑扑的感觉笼罩在我四周……一种认命的无奈感。人们绝口不谈复健、治疗，或是把病人重新送回世界，没有人谈到希望。那种感觉就像活生生的死亡……或是更糟，根本不曾充分活着与了解。灵魂从一开始就在枯萎，并注定要对着每一天的时间与空间凝望。

我想起脸上有红色胎记的舍监妈妈、说话结巴的工场老师、慈爱的校长，还有一脸疲惫的年轻心理学家，很想知道他们来这里工作，并为这些沉默的心灵奉献自我的心路历程。他们就像那位在怀里抱着小男孩的大孩子一样，每个人都在奉献自己的一部分给那些有缺憾的人，并从中找到自我的实现。

还有，那些他们没有让我看的又如何呢？

我也许很快就会再来沃伦之家，以便和其他人共度余生……等着吧。

7月15日

我一直在推迟拜访母亲的行程。我既要去看她，却又不太想去。在我确定未来会有什么样的遭遇之前，我要先搁下这件事,看看工作的进展,以及会有什么样的发现再说。

阿尔吉侬已不肯再跑迷宫,一般的动机已经减低。今天我又过来看它,这次斯特劳斯也在那里。他和尼姆看着伯特强制喂它吃东西时,脸上的表情都显得很不安。看到这团白色的小东西被伯特固定在作业台上,用滴管强制灌食进它的喉咙,我感觉非常奇怪。

如果它继续这样抗拒,他们只好开始用注射方式喂食。今天下午看到阿尔吉侬在那些小束带下挣扎扭动,我觉得自己的手和脚仿佛也被绑住,我想呕吐,并有窒息的感觉,我必须赶紧到实验室外呼吸新鲜空气。我一定得停止把它和自己联想在一起。

我去默里酒吧喝了几杯,然后打电话给费伊,我们四处逛了一下。费伊气我不再和她出去跳舞,昨晚她对我发脾气,并丢下我不管。她对我的工作毫无所知,也没有丝毫兴趣,当我试着向她解释时,她也毫不掩饰她的厌烦。她就是不能忍受乏味的东西,我也很难责怪她。据我所知,她只对三件事有兴趣:跳舞、绘画和性。而我们真正有共同兴趣的东西也只有性。我想让她对我的工作产生兴趣,可说是十分愚蠢的事。所以,她抛下我自己去跳舞。她告诉我,前天晚上她梦见自己走进我的公寓,放火烧掉我的书和笔记,然后我们围绕着火焰跳舞。我最好小心点,她的占有欲已经变得很强。我直到今晚才发现,我的公寓已经和她的住处非常相似……同样是一团乱。我务必得少喝点酒。

7月16日

艾丽斯昨晚和费伊见面了。我一直都在担心，一旦她们面对面时会发生什么事。艾丽斯从伯特那里知道阿尔吉侬的事后跑来找我。她知道这表示什么，她仍然觉得必须为从一开始就鼓励我接受手术的事负责。

我们喝咖啡聊到很晚。我知道费伊去星尘舞厅跳舞，所以没料到她会这么早回来。但大约凌晨一点四十五分时，费伊突然出现在防火梯上，让我们吓了一大跳。她敲敲窗户，然后推开半开的窗，手上拿着酒瓶跳着舞滑进房间。

"我不请自来，"她说，"而且自备饮料。"

我告诉过她，艾丽斯为大学的计划工作，而我以前也向艾丽斯提过费伊，所以她们见到彼此时，没有太过讶异。互相打量对方几秒钟后，她们开始谈起艺术以及我的事情，谈到起劲时，根本就忘了我的存在。她们都很喜欢彼此。

"我去煮咖啡。"然后我溜去厨房，让她们单独相处。

我回来时，费伊已经脱掉鞋子，坐在地板上，从酒瓶中啜饮她的金酒。她正在向艾丽斯解释，根据她的看法，日光浴对人体是最重要不过的事，而天体营是世上道德问题的最佳解答。

费伊提议我们都去参加天体营,让艾丽斯笑得几近歇斯底里,她向前倾身,接受费伊倒给她的酒。

我们坐着谈到天亮,然后我坚持送艾丽斯回家。她先是反对,认为毫无必要,但费伊强调,在这个城市里,只有傻瓜才会在这个时刻单独出去。所以,我下楼去叫了部出租车。

"她很特别,"艾丽斯在回家的路上说,"我不知道那是什么,可能是她的坦诚、她的全然信任、她的无私……"

我同意。

"而且她爱你。"艾丽斯说。

"不,她爱每一个人,"我强调,"我只是通道对面的邻居。"

"你没有爱上她吗?"

我摇摇头:"你是我唯一爱过的女人。"

"我们不要谈这个。"

"这样你就等于切断了一个很重要的话题来源。"

"我只担心一件事,查理,就是你喝酒的问题。我听说你有时候会喝到宿醉。"

"告诉伯特,把他的观察和报告集中在实验资料上,我不要他在你面前打我的小报告,喝酒的问题我应付得来。"

"这件事我以前就听过。"

"但都不是从我口中听到。"

"我只在这件事上对她有意见,"她说,"她带你喝酒,而且干扰你的工作。"

"这件事我也能应付。"

"你的工作现在很重要,查理。不只对全世界以及千百万未知的人,就算对你自己也很重要。查理,你也必须为自己解决这个问题,千万不要让任何人绑住你的手脚。"

"所以,这才是你真正要说的实话,"我揶揄她,"你希望我少和她见面。"

"那不是我的意思。"

"这正是你的意思。如果她干扰到我的工作,你我都知道,我就得把她赶出我的生活之外。"

"不,我不认为你应该把她推出你的生活之外,她对你有好处,你需要一个像她这样的女人在你身边。"

"你才是对我有好处的女人。"

她把脸转开。"但跟她的方式不同,"她回过头看着我,"我今天来的时候,已经准备好要恨她,我要把她看成一个跟你鬼混的邪恶愚蠢妓女,我拟定了阻挠你们的大计划,不管你怎么想,都要把你拯救出来。但见过她之后,我发现自己无权评断她的行为。我想她对你有好处,这也真的让我消了气。即使不同意,我还是喜欢她。然而,如果你还继续跟她喝酒,把你们在一起的时间都耗在夜店或去酒馆跳舞,那她就仍是你的障碍。这个问题只有你才能解决。"

"还有其他问题吗?"

"你能解决这个吗？你和她已有了深切的关系，我看得出来。"

"不是那么深。"

"你把自己的事告诉过她吗？"

"没有。"

我看得出她不自觉地松了口气。如果我还保留着自己的秘密，就表示我至少没有完全把自己交付给费伊。我们俩都知道，费伊再怎么好，也绝对不会了解的。

"我需要她，"我说，"她在某种意义上也需要我，我们隔邻而居，互相有个照应，如此而已。但我不会说这是爱情……这和存在于我们之间的东西不一样。"

她皱眉低头看自己的手："我不确定存在于你我之间的是什么。"

"那是某种深刻、意义重大的东西，以至每次我有机会和你做爱，体内的查理就会开始恐慌。"

"和她在一起的时候呢？"

我耸耸肩："所以我知道她不重要，对查理来说，她没有意义重大到让他恐慌。"

"太好了！"她笑了起来，"这真够讽刺，你谈起他的口气，让我痛恨他在我们之间作梗。你觉得最后他会不会让你……让我们……"

"我不知道，我希望会。"

我在门口和她道别。我们只握了手，但很奇怪，这却好像比拥抱更亲近而密切。

我回家和费伊做爱，但继续想着艾丽斯。

7 月 27 日

夜以继日地工作。我不顾费伊反对，搬了张折叠床进实验室。她的占有欲太强，而且痛恨我的工作。我想她可以容忍另一个女人，但受不了这种她无法掌握的全心投入。我也害怕走到这个地步，但我对她已失去耐心。我舍不得离开工作中的每一刻，对每个想偷走我时间的人都不耐烦。

我的多数写作时间都花在笔记上，我把这些笔记存放在另一个活页夹里，但还是习惯不时记下自己的感受与思绪。

智慧的微积分是门迷人的学问。从某方面来说，这是攸关我整个生命的问题，但也是应用我所有知识的地方。

时间现在具有另一个层次的意义……工作与全心投入追寻解答。周遭世界以及我的过去似乎变得遥远而扭曲，时间与空间就像经过拉扯、揉搓与扭动的太妃糖，已经完全变了样。唯一真实的事物，就只有实验大楼四楼的这些笼子、老鼠与实验仪器。

如今，白天或夜晚已无区别，我必须在几星期内做出毕生的研究。我知道应该休息，但在找出正在发生的真相之前，我不能停下来。

艾丽斯现在对我帮助很大，她带三明治和咖啡给我，但没有任何要求。

关于我的知觉：一切都那么敏锐与明晰，每种知觉都变得更强、更亮，红、黄、蓝的色调鲜明到几乎要发光。睡在这里也带来一种奇怪的效果，狗、猴子与老鼠等实验动物的味道，会把我带到回忆中，让我很难知道我究竟是在经历一种新的知觉，或只是在回忆过去。我无法分辨其中有多少回忆成分，或是此时此刻存在的是什么……这是一种掺杂着回忆与现实的奇怪混合体；过去与现在；既是对储存在大脑中心的刺激物的反应，也是对房间内刺激物的响应。仿佛我学到的所有事物，都已融入一个在我面前旋转的水晶世界，让我可以清楚地看到以美妙光芒照耀出的每个层面……

一只猴子坐在笼子的中央，以充满睡意的眼睛瞪着我，有如小老头般干枯的手在脸颊上摩挲……吱吱……吱吱吱……吱吱吱吱……然后它蹦离笼子的铁丝网，跃上头顶的秋千，那里坐着另一只猴子，静默地注视着空无。它们在那里面尿尿、拉屎、凝视着我、嬉笑……吱吱……吱吱吱……吱吱吱吱……

猴子在里面跳上跳下，跃高纵低，晃过来又晃过去，还伸手要去抓另一只猴子的尾巴，但靠近栏柱的那只，毫不在意地不断把它挥开，不让它抓住。好猴子……可爱的猴子……眼睛大大的，尾巴不停挥动。我可以拿粒花生喂它吗？……不行，管理员会对我大喊制止。笼子上的牌子也说不可以喂动物。这是只黑猩猩，我可以摸它吗？不行。我要摸黑猩猩。算了，我要去看大象。

外头，阳光照耀下的人群穿着春装。

阿尔吉侬躺在自己的粪便堆里，一动也不动，散发的臭味比以往更加浓烈。而我呢？

7月28日

费伊有个新男友。昨晚我回家去找她，我先去我房间拿瓶酒，然后登上防火梯。还好我进去前先看了一下，他们躺在沙发上。奇怪的是，我并不真的在乎，几乎还有松了口气的感觉。

我回实验室和阿尔吉侬一起工作。它也有振作的时刻，有时会间歇地跑一趟移动迷宫，但如果失败了，发现自己跑到死巷，它反应就会很激烈。我进到实验室时，探头看了一下，它很机灵，立刻迎向前，仿佛认识我似的。它渴望工作，我放下它进入迷宫的铁丝网门后，它立刻沿着通道一路跑到奖赏箱。它成功地跑完两次迷宫，第三次时，它跑了一半，在交叉路口停下来，猛烈抽搐一下之后转到错误方向。我知道它再来会有什么反应，原本想在它跑进死巷前，伸手把它取出来，但我忍住了，继续观察它的动静。

它发现自己走在不熟悉的路上后,就放慢速度,动作也变得错乱:前进、停顿、退后、转过身体又继续前进,直到走入死巷,被轻微地电击一下,告诉它跑错路为止。这时,它不是向后转去找寻替代路径,而是开始绕圈子,像唱针刮过唱片的沟槽一样,发出吱吱喳喳的声音。它一次又一次地用身体冲撞迷宫的墙,先整个跃起,向后扭滚掉落下来,然后继续冲撞。它的脚爪两次钩住头顶的铁丝网,激烈地挣脱后,又绝望地重复同样的动作。最后,它停了下来,身体蜷缩成一个小球。

我抓起它时,它的身体并未伸直,仍然保持原来的模样,仿佛已进入紧张性僵直的状态。我触动它的头或四肢时,它的身体就像蜡一样僵硬。我把它放回笼子继续观察,直到渐渐脱离麻痹状态,开始正常地四处活动为止。

我一直掌握不到它退化的原因……这是特殊案例?一个孤立的反应?或是程序上出现基本错误后的必然现象?我必须找出其中的规则。

如果我能找出结果,只要能对已知的心智障碍增添一丝丝了解,能对和我一样的人带来帮助,我就会感到无比满足。无论我的下场如何,我对那些尚未出世生命的帮助,已等于让我活过千百次正常的人生。

这样就足够了。

7月31日

我已经走到突破的边缘，我感觉得出来。大家都认为我这样的工作节奏形同自杀，但他们不了解的是，我正处于神智清明的美妙颠峰，是我从来不曾有过的体验。我身体的每一部分都为工作而妥善调适。在入睡前的每一刻，不管白天或夜晚，我全身的每个毛孔都在吸收东西，各种想法像烟火一样在我的脑中爆发，世上再没有比为问题找出答案更美妙的事了。

很难想象这股沸腾的能量、足以填满一切事物的活力，会因为任何事情的发生而遭到剥夺。我过去几个月吸收的知识，此刻仿佛已结合在一起，把我提升到光明与理解的绝顶。这是美、爱与真的合一，是何等的欢愉。我好不容易才找到它，如何能再次放弃？生命与工作是一个人所能拥有最美妙的事物。我爱上自己正在做的事，因为问题的答案已存在我心中，很快地……非常快……就会在我的意识中绽放出来。我要解开这个问题。我祈求上帝让答案符合我的期待，但如果事与愿违，我也愿意接受任何答案，对找到的结果心怀感激。

费伊的新男友是星尘舞厅的舞蹈老师，我其实不能怪她，因为我没有太多时间可以陪她。

8月11日

两天没有进展,毫无头绪。我一定在某个地方转错方向,因为我找到许多问题的答案,却解答不了最重要的问题:阿尔吉侬的退化如何影响实验的基本假设?

幸好我对心灵的运作程序已有足够了解,不会对这个挫折太过忧心。我不但不能惊慌或放弃(或是更糟糕,没命地催逼不愿迸出的解答),还必须暂时把心思从问题上移开,让问题慢慢炖煨着。我已在意识的层面上尽最大努力,现在必须由意识下的神秘运作来决定。如何把自己学习与经历的一切应用到问题上,是个难以解释的奇妙事情。催逼过甚只会让事情更加冻结。世上有太多问题未获解答,但究竟是因为人们知道得不够多?或是因为对创造的程序以及他们自己没有足够的信心,不愿放任整个心灵去运作所造成呢?

所以,昨天下午我决定暂时搁下工作,出席尼姆太太的鸡尾酒会。宴会是为了向韦尔伯格基金会的两位董事会成员致敬而办,也多亏他们,她的丈夫才能够获得拨款。我本来打算带费伊去,但她说另有约会,而且她宁可去跳舞。

晚宴开始时,我打定主意要讨人喜欢,广结朋友。但这些日子以来,我的人际关系一直不太好。我不知道问题出在我还是他们身上,但所有谈天的意图在一两分钟之后,通常就会消失殆尽，代之而起的则是沟通障碍的升高。或许那是因为他们怕我。但也可能他们从心底就不在乎，而我也同样满心不愿意。

我喝了些酒，在宽敞的房间里四处晃荡。有几群人坐着聊天，谈的都是我无意加入的话题。最后，尼姆太太找上我，并介绍我认识基金会的董事海勒姆·哈维。尼姆太太是个颇有魅力的女人，约四十出头，金发，浓妆，红色指甲。她的手臂勾着哈维的手。"研究有什么进展吗？"她想要知道。

"和我期待的一样顺利，我现在正准备解开一个难题。"

她点了根烟对我微笑："我知道整个计划的每位成员都很感激你的加入与提供协助，但我猜想你可能宁愿做些自己的研究。接续别人的工作，而不是自己构思与创始的研究，一定相当无趣。"

她的言词很犀利，没关系。她想提醒海勒姆·哈维不要忘记她先生的功劳。我忍不住回敬几句："没有人能真正开创新的东西，尼姆太太，每个人都建立在别人的失败之上。科学里没有真正原创的东西，重要的是每个人能对整体知识带来什么贡献。"

"当然，"她转身对她尊贵的客人说，而不是对着我发言，"真可惜高登先生以前没在这里协助解决这些最后的小问题，"她笑了起来。"但是……哎呀，我都忘了你那时还没有能力做心理实验呢。"

哈维跟着笑了起来，我想我最好少说话为妙。伯莎·尼姆是不会让我在言语中占上风的，如果继续斗下去，场面一定会变得很难看。

我看到斯特劳斯医生与伯特在和韦尔伯格基金会的另一位董事乔治·雷纳说话。斯特劳斯说："雷纳先生，问题的症结在于像这些计划一样，争取到足够的资金从事研究，而又不被设定的条件绑住。如果钱是针对特定用途而拨款，我们会很难有发挥的空间。"

雷纳摇摇头，对着围在身边的小团体挥动他的大雪茄。"真正的问题在于说服董事会相信这类研究具有实际价值。"

斯特劳斯摇摇头："我要强调的论点是，这笔钱是为研究而拨，但没有人能预先知道研究会不会带来有用的结果。研究的结果往往是否定的，我们从中学到某件事是行不通的结论，这个结论对从此处出发的人来说，便是有正面意义的重要发现。至少，他知道哪些事是应该避免的。"

我走向这个团体时，注意到早先已被介绍认识的雷纳太太。她是个漂亮的黑发女子，年约三十岁。她瞪着我看，或许该说对着我的头顶看，仿佛期待那里会长出什么东西。我对着她瞪回去，她觉得不自在，便转身面对斯特劳斯医生。"现在的计划进展如何呢？你预期这些技术能用在其他智障者身上吗？这些技术能被全世界广泛使用吗？"

斯特劳斯耸耸肩，对着我点头。"现在还很难说，你先生让查理加入这个计划来协助我们，我们有很多结果必须看他有什么发现才能决定。"

"那当然，"雷纳先生插进来说，"我们都了解在你那样的领域进行纯粹研究的必要，但如果我们能够建立一套真正可行的方法，在实验室外获得永久性的结果，告诉全世界我们确实拿得出具体成绩，这对我们的形象将会有重大帮助。"

我刚准备开口，但斯特劳斯大概已经料到我会说些什么，便站起来一手放在我肩上。"比克曼大学的每个人都觉得，查理正在做的研究非常重要，他现在的工作是找出事实的真相。我们把面对大众、教育社会的工作，交给你们的基金会去处理。"

他对着雷纳夫妇微笑，然后拖着我离开。

"那可不是我准备要讲的话。"我说。

"我相信你不会，"他抓着我的手肘低声说，"我从你眼中的光芒看得出来，你已经准备把他们切成碎片。我可不允许这种事发生，是吗？"

"我猜大概不行。"我同意他的话，同时伸手端了另一杯马丁尼。

"你喝那么多酒对吗？"

"不对，我只是想放松一下，但我似乎来错地方了。"

"好吧，放轻松，今晚别惹麻烦。这些人可不是笨蛋，他们很清楚你对他们的想法,就算你不需要他们,我们可需要。"

我挥手向他敬礼:"我尽量,但你最好让雷纳太太离我远点,如果她再对着我扭屁股,我可是会去摸她一把的。"

"嘘!"他制止我,"她会听到的。"

"嘘!"我同样地回敬他,"对不起,我会乖乖坐在这个角落,免得挡住别人的路。"

我开始有些迷茫,但仍依稀感觉得出别人在瞪我。我猜自己一直在喃喃自语,而且过于大声。我不记得说了些什么。过了不久,我意识到宾客很不寻常地陆续提前告退。但我不很在意,直到尼姆出现在我面前。

"你他妈究竟自以为是谁,你怎么能这么嚣张?我这辈子从来没见过你这么粗鲁的人。"

我挣扎着起身:"哎,你为什么说这种话呢?"

斯特劳斯试着制止他,但他气急败坏、上气不接下气地嚷着:"我会这样说,是因为你不知感恩,也不看场合。毕竟在很多方面,你就算不亏欠我们,也亏欠这些人。"

"从什么时候开始,连天竺鼠也必须懂得感恩啦?"我大声叫着,"我已经达成你们的目的,现在还努力解决你们的错误,你倒说说,我又怎么会亏欠谁呢?"

斯特劳斯赶紧上前要把我们分开,但尼姆阻止他。"且慢,我想听听,这是大家把话说清楚的时候了。"

"他喝太多了。"他太太说。

"没那么多,"尼姆哼声说,"他说话还很清楚,我忍他很久了。他把我们的研究搞惨了……如果这还不算摧毁的话,现在我要从他自己的嘴里听听他的理由。"

"噢,算了吧,"我说,"你不会真的想知道事实。"

"可是我真的想,查理。至少想听你的版本,我想知道你是否感激大家为你做的这些事……你发展出的能力、学习到的知识,以及经历的体验。或是你认为你以前的生活过得更好?"

"在某方面,确实是。"

这句话让他们震惊。

"过去几个月我学到很多东西,"我说,"不只是关于查理·高登,也关于人和生命,而且我发现没有人真的关心查理·高登,不管他是个白痴或天才。所以,这有什么区别呢?"

"喔,"尼姆笑着说,"你在自怜自艾。你还能期望什么呢?这实验的目的是让你变聪明,可不是要让你受欢迎。我们可控制不了你的人格,而且你已经从一个讨人喜欢的弱智年轻人,变成傲慢、自负、反社会的杂种。"

"亲爱的教授,问题是你希望把一个人变聪明后,还可以继续将他关在笼子,必要时搬出来展示,为你博取荣耀。但我可是个人哪!"

他非常生气,我看得出他内心的挣扎,他既想结束争吵,又想进而将我击倒。"你的话完全不公平,你一向如此，你很清楚我们一直对你很好，努力为你设想一切。"

"设想一切，但就是不把我当人看。你一再宣称我在接受实验前什么也不是，我知道为什么。因为如果我什么也不是，你就可以成为我的上帝和主人。你无时无刻不在憎恨我不知感恩，但信不信由你，我确实感激。然而，你为我做的事尽管美妙，你却没有权利可以像实验动物一样对待我。我现在是个独立的个人，但查理在走进实验室前，同样也是独立的个人。你看起来很惊讶！是的，突然间你们发现我一直是个人，即使以前也是，这对你的信念是一大挑战，因为你认为智商低于一百的人不值得被当人看待。尼姆教授，我相信你看我的时候，你的良心会感到不安。"

"我听够了，"他打断我的话，"你醉了。"

"啊，没有，"我告诉他，"因为如果我醉了，你会看到一个和现在完全不一样的查理·高登。没错，走进黑暗中的另一个查理仍然与我们同在，就在我身体里面。"

"他已经昏头了，"尼姆太太说，"他说得好像有两个查理·高登似的，医生，你最好注意一下他。"

斯特劳斯医生摇摇头："不，我知道他的意思，我们在最近的疗程中谈过。过去两个月左右，他经历了某种特殊的人格分裂。他曾在几次经验中，感知他接受实验前的状况……一个分离而独立的个体仍在他的意识中活动，仿佛旧查理挣扎着想要控制他的身体……"

"不！我没有这样说！不是挣扎着想要控制，而是在等待。他从未想要接管，也从未试图阻挠我想做的任何事。"然后，我突然想起艾丽斯，于是又修正一下说法，"好吧，应该说是几乎从来没有。你刚才谈到的谦卑、低调的查理，只是耐心地等着。我承认我在很多方面和他相似，但不包括谦卑与低调。我知道这种人在这世界上吃不开。"

"你变得愤世嫉俗，"尼姆说，"你得到的机会对你没有太大意义，你的才华已经摧毁你对世界与世人的信心。"

"这不全是真的，"我轻声说，"但我学到光是智慧没有太大意义。在你的大学里，智能、教育与知识都是大家崇拜的偶像。而我现在知道，你们一直忽略了某件事：如果没有人性情感的调和，智慧与教育根本毫无价值。"

我从旁边的餐柜端了另一杯酒，然后继续说教。

"不要误解我的意思，"我说，"智慧是人类最伟大的恩赐之一，只是在追寻知识的过程中，对爱的追寻往往就被搁在一旁。这是我自己最近发现的结论。我可以把这个假设提供给你参考：没有能力给予和接受爱情的智慧，会促成心智与道德上的崩溃，形成神经官能症，甚至精神病。而且我还要说，只知专注在心智本身，以致排除人际关系并因此形成封闭的自我中心，只会导致暴力与痛苦。

"当我还是弱智的时候，我有许多朋友，现在却半个也没有。当然，我认识一些人，很多很多人，但没有任何朋友，这和我在面包店时的情况不同。世上没有一个朋友对我有任何意义，我也不对世上的任何人有意义。"我发现我说的话变得含糊，头有点轻飘飘的。"这样是不对的，对吗？"我继续撑着，"我的意思是说，你觉得如何？你认为这……这样对吗？"

斯特劳斯走过来抓住我的手。

"查理，你最好躺一下，你喝太多了。"

"你……你们为什么都这样看我？我说错了吗？我什么事说错了？我并不想说些不对的话。"

我听到我的话黏在嘴里出不来，好像头部被注射了麻醉药。我醉了……完全不听控制。在那个时刻，几乎就在瞬间的转换中，我已变成在餐厅走道上观看这幕景象。我看到自己变成另一个查理……就在餐柜旁，手里拿着酒杯，眼睛睁得很大，一脸惊恐的模样。

"我一直都想做对的事，我妈妈总是教我要对别人好，她说这样你就不会惹上麻烦，而且会一直有很多朋友。"

而且，我看到他不断抽动并扭曲身体，因为他得去上厕所。喔，天哪，千万不要在他们面前出丑。"抱歉，"他说，"我得去……去……"然而，即使在醉蒙蒙的麻痹情况下，我还是努力地让他走离他们，朝洗手间移动。

他总算及时冲进洗手间，几秒钟后，我已重新掌控局面。我把脸靠在墙上休息，然后用冷水洗脸。虽然还是有点昏昏沉沉，但我知道不会有事了。

这时候，我看到查理从洗手台后的镜子里望着我。我不晓得为什么会知道那是查理，而不是我。大概和他脸上迟钝、疑惑的表情有关。他的眼睛大而惊恐，似乎只要我开口说个字，他就会转身钻进深藏在镜中的世界。但他没有逃跑，只是嘴张开地回瞪我，下巴松垮垮地悬着。

"哈罗，"我说，"你总算和我面对面了。"

他皱了一下眉，就那么一下，似乎不懂我的意思，想要我解释，但又不知如何开口要求。然后他放弃了，从嘴角挤出一个啼笑皆非的微笑。

"留在我前面不要动，"我嚷着，"我受够了你躲在走廊或我抓不到的暗处偷窥。"

他瞪着我。

"你是谁，查理？"

他没有答腔，只是微笑。

我点头，他也跟着点头。

"那你想要什么吗？"我问。

他耸耸肩。

"噢，拜托，"我说，"你一定是想要什么，你一直在跟踪我……"

他垂下目光，我也低头看着手，想知道他在看什么。"你想把这些要回去，对吧？你希望我离开这里，然后你就可以回来，接收你留下的躯体。我不怪你，这是你的身体和头脑……还有你的生活，虽然你用的并不多。我没有权利夺走这些，谁都没有权利。谁能说我的光明就比你的黑暗美好呢？我有什么资格说呢？……

"但我要告诉你一些别的事，查理。"我站直身子，倒退着离开镜子，"我不是你的朋友，我是你的敌人，我不会不经抗争就放弃我的智慧。我不能回到那个洞穴，现在我已经没有地方可去，查理。所以你必须离开，留在潜意识里，那里才是你该去的地方，别再到处跟着我。我不会放弃的……不管他们怎么想。不管这有多寂寞，我都会留住他们给我的一切，为这个世界，还有像你一样的许多人做些伟大的事。"

我转身往外走时，感觉他正向我伸出手。但这整件该死的事再愚蠢不过，我不过是喝醉了，而他就是我投射在镜中的影像。

我走出来时，斯特劳斯准备叫部出租车送我回去，但我坚持可以自己回去。我只是需要一些新鲜空气，而且不想让别人跟着我一起走，我要自己走出去。

我看到自己变成的真正模样：尼姆已经说过了，我是个傲慢、自负的杂种。我和查理不同，我没有结交朋友的能力，不懂为别人和他们的问题设想，我只对自己有兴趣。在那镜中的悠长片刻，我透过查理的眼睛看到自己……我低头看自己，然后看到自己真正变成的模样。我觉得羞耻。

几小时后，我回到自己的公寓前面，我登上楼梯，走在灯光昏暗的走廊上。经过费伊的房间时，我看出里面还点着灯，便朝她门口走去。正想敲门时，我听到她在咯咯笑,以及一个男人陪笑的声音。

这样做有点太晚了。

我悄悄进了自己的房间,在黑暗中站了一段时间,既不敢动,也不敢打开灯。我只是站在那里,感觉眼中的漩涡。

我是怎么啦?为何老是孤零零地活在世界上?

清晨四点三十分——就在我昏昏欲睡时,答案找上了我。一切豁然开朗!所有东西都对了,我看到早该在一开始就发现的东西。不睡了,我必须回实验室测试,再和计算机算出的结果比对。终于发现实验的错误,我找到了。

现在,我会有什么样的下场呢?

8 月 26 日

致尼姆教授的信函(复本)

亲爱的尼姆教授:

我在另外的函件中,寄了一份研究报告给你,标题是"阿尔吉侬—高登效应:提升智能的功能与结构研究",如果你觉得合适,可以把报告出版。

如你所知,我的实验已经完成。在研究报告的附录里,我收录了所有公式以及数据的数学分析。

当然，这些都还需要验证。

结果十分明确。虽然我的智能增强速度十分惊人，但仍旧掩盖不了事实。你和斯特劳斯医生发展出的手术与注射技术，此刻在提升人类智慧上，只有很少甚至没有实际的应用可行性。

让我们检视阿尔吉侬的数据：尽管它的身体仍旧年轻，但心智已经退化。它的运动活力衰减，腺体功能普遍降低，协调机能加速丧失，而且有逐渐失忆的强烈迹象。

我在报告中已经指出，这些体能和心智衰减的综合症状，都可应用我的新公式算出统计上的重要结果，来加以预测。我和阿尔吉侬接受的手术刺激，虽然促成所有心智程序的强化与加速，但整体智能增强的逻辑上扩延却是个缺陷，我已自作主张把这个缺陷称为"阿尔吉侬—高登效应"。此处证实的假设，可以下列术语简单描述：

人工导入智能衰减的速度，与增强的分量直接成正比。

只要我还有能力书写，我会继续在进步报告中记下我的想法和观点。这是我仅有的孤独乐趣之一，对这项研究的完整性也是不可或缺。然而，所有迹象显示，我自己的心智衰减也会相当快速。

我已反复核对自己的数据十几次，希望找出其中的错误，但我必须很遗憾地说，结论站得住脚。然而，我还是很高兴能为人类心灵的运作与人工增长智能的控制法则知识，带来一点小小的贡献。

前几天晚上斯特劳斯医生说过，实验失败虽然否定了某项理论，但对于知识的进步，仍然和成功的实验一样重要。我现在知道，这的确是事实。不过，我很遗憾自己对这个领域的贡献，竟然是建立在这个团队工作的灰烬之上，特别是大家已经为我费了这么多心力。

诚挚的
查理·高登

附件：报告
副本：斯特劳斯医生
韦尔伯格基金会

9月1日

我一定不能恐慌。很快就会出现情感不安与失忆的迹象，这是油尽灯枯的初步征兆。我能在自己身上辨识出来吗？我现在能做的，只是尽可能客观记录自己的心智状态，因为这份心理学日记是这类报告的第一次，可能也是最后一次。

今天早上，尼姆请伯特把我的报告和统计数据送到哈尔斯敦大学，请这个领域的几位顶尖人士检验我的公式应用和研究结果。整个上星期，他们一直让伯特重复检查我的试验与方法图表。其实，我大可不必为他们的谨慎而生气。毕竟，我只是刚冒出来的查理，要尼姆接受我的研究已经超越他这个事实势必十分困难。他对自己权威的神话已坚信不移，而我只是个局外人。

其实我已不再在乎他或别人对这件事的想法，时间已经不多。研究已经完成，数据俱在，剩下的只是静观我根据阿尔吉侬的数字精确推算的曲线，是否也会预告我的未来遭遇。

我把这消息告诉艾丽斯后，她哭着跑了出去。我一定得让她相信，她没有理由为这件事怀有罪恶感。

9月2日

一切都还不确定。我仍在明亮的白光中活动，围绕着我的只有等待。我梦到独自在一座山的峰顶，审视四周的大地，有绿有黄……太阳在正上方，我的身影被压缩成脚边四周的一个球形。太阳在午后的天空落下后，影子逐渐拉开，朝地平线延展，长长窄窄地，拖曳在我的身后……

我要在这里重述已对斯特劳斯医生说过的话，没有人必须在任何方面为发生的事受到责难。这项实验经过审慎的准备，也对动物做过深入试验，并在统计学上获得证实。他们决定用我做第一次人体试验时，有理由确信不会对人体造成伤害。心理上的陷阱则根本无法预先测知，我不希望任何人因为我的遭遇而承受罪过。

现在的唯一问题是：我还能撑多久？

9 月 15 日

尼姆说我的研究结果已获得确认。也就是说，实验的瑕疵是关键性的，整个假设如今已站不住脚。这个问题也许有一天终能解决，但那个时刻尚未降临。我建议在对动物的进一步研究能够澄清所有问题之前，不要再用人体进行实验。

我自己觉得，由酶不平衡领域的研究者来推动，最有可能在这方面获得成功。就像很多事物一样，时间是个关键因素……找到缺陷的速度，还有控制荷尔蒙替换的速度。我很想协助这个领域的研究，也想参与找寻可用以局部控制脑部皮层的放射性同位素，但我现在知道，时间已经不允许。

9月17日

我变得心不在焉。我把一些东西放在桌上,或收在实验室的抽屉里,可是找不到东西时,便会大发脾气,对每个人发火。这是初步征兆吗?

阿尔吉侬两天前死了。早上四点半,我在滨海区附近晃荡后回到实验室时,发现它侧躺在笼子的角落,就像在睡梦中奔跑。

解剖结果显示我的预测是正确的。和正常的脑比起来,阿尔吉侬的脑部重量已经萎缩,脑回大致变得平滑,脑沟则变得更深、更宽。

想到同样的事此刻可能正在我身上发生,实在够吓人的。看到阿尔吉侬的遭遇,让一切变得真实,我也第一次对未来存有恐惧。

我把阿尔吉侬的尸体放在一个小金属容器里带回家,我不会让他们把它丢进焚化炉。这样做有些愚蠢和伤感,但昨天深夜我把它埋在后院。把一束野花放在坟上时,我哭了起来。

9月21日

我准备明天去马克斯街拜访母亲。昨晚的一场梦引发连串回忆,照亮了一大片过去,但重要的是我必须在遗忘之前,赶紧记录在纸上，因为我现在似乎很容易忘记东西。梦境和我母亲有关，我现在比以往更想去了解她，想知道她是怎样的人，为什么她会有这样的行为。我一定不能恨她。

在去看她之前，我必须先接受她，才不致有严酷或愚蠢的举动。

9 月 27 日

我应该立刻记下的，因为保持这项纪录的完整很重要。

我三天前去看罗丝。我终于强迫自己再向伯特借车子，我有些害怕，但我知道我必须去。

起初我抵达马克斯街的时候，还以为走错了路，因为和记忆中的景象完全不同。街道很脏，许多块地上的房子已经拆掉，现在都空置着。人行道上有台没门的废弃冰箱，路边有张旧床垫，弹簧已经从里面钻了出来。许多房子的窗上钉着木板，有些房子看起来有如拼凑搭建的棚屋，一点都不像住家。我把车子停在一条街外，再走路过来。

马克斯街上没有玩耍的小孩，这和我想象中到处都是小孩，而查理透过前窗观看的画面完全不一样（奇怪的是，我记忆中的这条街多数都框在窗户中，而我总是在窗内看着外面的孩子嬉戏）。但现在，只有一些老人站在陈旧的门廊阴影下。

走近房子时，我经历了第二次惊吓。我的母亲穿着一件棕色旧毛衣站在屋子前面,虽是阴冷刮风的天气,她仍弯着腰清洗一楼外面的窗户。她随时都在工作,好让邻居知道她是多尽责的太太与母亲。

别人的想法永远最重要,外表要比她自己或家人更优先,而且认为是理所当然。虽然马特一再强调,别人对你的想法不是生活中唯一重要的事,但一点用也没有。诺尔玛必须穿得体面,房子里必须有高雅的家具,查理也必须留在家里,别人才不会知道他有什么不对劲。

我停在大门口,看她挺直身子喘气。看到她的面孔,我开始颤抖,但那已不是我费尽力气去回想的脸。她变白的头发中夹杂着铁灰色发丝,瘦削的脸颊布满皱纹,额头上的汗珠闪闪发亮。她发现我在看她,回头凝视着我。

我想移开目光,掉头走回街上,但我不能退却……特别是走了这么远一趟路之后。我可以只是问个路,假装在陌生的街坊迷失了方向。看到她就已足够。我却只是呆站在那儿,等她先有动作,而她也只是站在那里望着我。

"你需要什么吗?"她沙哑的声音,仍是记忆走廊中无法磨灭的回响。

我张开嘴,但发不出声音。我的嘴在动,我知道,也努力要和她交谈,想说些话,因为在那个时刻,她的眼睛告诉我,她已经认出我。这绝不是我要她看到我的方式,不是这样呆站在她面前,一句话也表达不出来。可是我的舌头就像个巨大的路障，继续堵在那里，嘴里则是全然的干涩。

最后，总算发出一点声音，却不是我想说的话（我原先计划要说些鼓舞、慰藉的话，准备三言两语就消除所有的过去与痛苦，并迅速掌控局面），但从我干裂的喉咙迸出来的话却只是："妈……"

我学了那么多知识，精通各种语言，面对站在门口凝视着我的她，能说出来的却只是"妈……"就像饥渴的羔羊对着母羊的乳头。

她用手臂拭去额头的汗珠，然后对着我皱眉，好像看不清楚的样子。我向前几步，已经越过大门，进入步道，并靠近台阶。她后退了几步。

起初，我不太确定她是否真的认出我，然后她倒抽一口气说："查理……"没有惊叫，也不是轻声低语，而是倒抽一口气的声音，就像刚走出梦境。

"妈……"我开始登上台阶，"是我……"

我的动作让她受到惊吓，她向后退，踢到装着肥皂水的桶子，肮脏的肥皂水跟着冲下台阶。"你在这里做什么？"

"我只是想看你……跟你说说话……"

我的舌头依旧卡在嘴里，发出的声音变得很怪异，有着厚厚的哀鸣腔调，可能就是我很久以前的说话方式。"别走开，"我恳求道，"别从我身边跑开。"

但她已走进前厅，然后关上门。过了一阵子，我可以看到她从门上小窗的白色透明窗帘后方窥视我，眼神中充满恐惧。她的嘴唇在窗后无声无息地动着。"走开！别烦我！"

为什么？她为何这样否定我？她有什么权利赶我走？

"让我进去！我要跟你说话！"我使劲狠敲门上的玻璃，由于用力过猛，玻璃竟裂成网状，还一度紧紧夹住我的皮肤。她一定以为我已经发疯，是特地来伤害她的。她跑离大门，沿着走廊逃进房间里。

我再次用力推门，门钩松开了，我冷不防失去平衡，跌进前厅。我的手被敲破的玻璃割破流血，我一时不知道该怎么办，便把手插进口袋，免得血液沾到她刚刷洗过的地毯。

我开始向前走，走过我在梦魇中不时见到的阶梯。我常在这漫长、狭窄的楼梯间被恶魔追着跑，它们抓住我的脚，要把我拖到地下室，我试着发出无声的呐喊，因为被自己的舌头噎住，静默地发不出声，就像沃伦之家的哑巴男孩。

住在二楼的是房东先生与房东太太，迈尔斯夫妇对我一向很好，他们会给我糖果，让我坐在厨房和他们的狗玩。我想看看他们，但不用别人告诉我，我也知道他们一定已经死了，那条路径已永远对我关闭。

在走廊尽头，罗丝逃进那道门后，已把门锁住。我站在那里迟疑了一阵子，不知道该怎么办。

"开门。"

但搭腔的是只小狗的尖声狂吠,让我吓了一跳。

"好吧,"我说,"我不会伤害你或怎样,可是我老远跑来,没跟你聊聊是不会离开的。如果你不开门,我会硬闯进去的。"

我听到她在说:"嘘嘘!拿皮……来,进去房间。"过了一会儿,我听到开锁的声音,门打开后,她站在那里瞪着我看。

"妈,"我柔声说,"我不会对你怎样,我只是想跟你谈谈。你必须了解,我跟过去已经不一样,我变了,我现在正常了。你不了解吗?我不再是弱智,也不是笨蛋。我跟大家一样,就像你、马特还有诺尔玛一样。"

我试着不停说话,让她不会再把门关上。我想一口气把所有事情都告诉她。"他们改变了我,对我动手术,让我变得不同,就像你一直要我变成的样子。你没在报上读到这条新闻吗?有项新的科学实验可以改变人的智慧,我是他们实验的第一个对象。你不了解吗?你为什么这样看我?我现在变聪明了,比诺尔玛、赫尔曼叔叔或马特更聪明。我甚至知道一些大学教授不懂的东西。跟我说话呀!你现在可以为我感到骄傲,也可以告诉所有邻居。客人来的时候,你不需要再把我藏在地下室。你跟我说说话呀,跟我说些事情,就像我还是小孩的时候一样,我要的只是这些。我不会伤害你,也不会恨你。但我必须了解自己,在还没太迟之前，好好认识我自己。你必须知道，除非我了解自己，否则不能成为一个完整的人，现在你是世上唯一能帮助我的人。让我进来，我们坐下好好聊聊。"

她听得入迷，但那是因为我说话的方式，而不是话里的内容。她只是站在门口盯着我看。我不知不觉把手抽出口袋，握着拳向她恳求。她看到我的手时，表情跟着软化下来。

"你受伤了……"她未必是为我难过，因为她对撕裂脚爪的狗，或在打斗中被抓伤的猫也会做同样的事，而不是因为我是她的查理。

"进来洗干净，我有绷带和碘酒。"

我跟着她来到装有波纹滴水板的破水槽边，每当我从后院进来，准备吃饭或上床前，她常就在这里帮我洗手和脸。她看着我卷起袖子。"你不该打破玻璃的，房东会很生气，我也没有足够的钱付修理费。"然后，她似乎对我清洗的方式不耐烦，便从我手上拿走肥皂，亲自帮我洗手。她清洗时十分专注，我只能保持沉默，以免破坏气氛。她的舌头偶尔会发出咯咯声，或叹息着说："查理呀，查理，你总是把自己弄得一团糟，你什么时候才能学会照顾自己呢？"她似乎已退回到二十五年前，我还是她的小查理的往日时光，那时候的她，还会为我在世上的地位而奋战。

她洗清血迹，再拿纸巾擦干我的手后，抬起头看我的脸，她的眼睛突然因为惊吓而睁得圆滚滚的。"噢，天哪！"她倒抽一口气，身体跟着后退。

我赶紧开始说话，轻柔地说服她相信，我不会做不该做的事，也不会伤害她。我说话时，可以看出她的神智已经恍惚。她心不在焉地环顾左右，把手放在嘴上，再看我时，叹了口气。"这间房子一团乱，"她说，"我没料到会有客人来，你看那些玻璃，还有那里的门框。"

"没关系，妈，不用担心这些。"

"我得再去给地板打蜡，必须把一切都弄干净。"她注意到门上的一些手印，便拿起毛巾去擦。她抬起头发现我在看她时，皱了一下眉头说："你是来收电费的吗？"我还来不及说不是，她已摇着指头责怪说："我本来打算这个月第一天就寄出支票，但我先生出城办事去了。我告诉他们不用担心钱的事，因为我女儿这星期就会付款，我们会付清所有账单。所以，没必要为钱操心。"

"她是你唯一的孩子吗？再没有其他孩子了吗？"

她吃了一惊，然后眼光望向远方："我还有个男孩。他聪明到让所有母亲嫉妒，她们在他身上放了凶眼，他们叫它 IQ，但那是邪恶的 IQ。如果不是因为这样，他一定会成为了不起的人物。他真的很聪明……很不寻常，这是他们说的。他很可能变成天才……"

她拿起板刷："对不起，我得去准备点东西，我女儿带了位年轻人回来吃晚饭，我得把这地方整理干净。"她跪在地上，开始刷已经很光亮的地板，没再抬头看我。

她开始喃喃自语,而我坐在厨房餐桌旁。我要等她清醒过来,等到她认出我,了解我是谁为止。除非她认出我是她的查理,不然我不能离开,这件事总得有人了解。

她开始哀伤地对自己哼歌,然后突然停下,抹布悬在水桶与地板之间,仿佛突然意识到我就在她后面。

她转过身,那张脸看起来很疲惫,但眼睛闪闪发亮,她歪着头说:"这怎么可能?我不懂,他们告诉我,你永远不会改变。"

"他们对我做了手术,让我改变。我现在成名了,全世界都知道我。我现在很聪明,妈。我会读会写,我还能够……"

"感谢上帝,"她轻声说,"我的祷告应验了……这些年来,我以为他从来没听进我的祈祷,但他确实一直在听,只是等待适当的时机来实现他的意志。"

她用围裙擦脸,我伸手搂住她时,她在我肩上放声哭泣。这时,所有痛苦都已一扫而光,我很高兴跑了这一趟。

"我得告诉每一个人,"她微笑说着,"要让学校的每一位老师知道。噢,你且等着看他们知道这件事情后脸上的表情。还有邻居,还有赫尔曼叔叔,他一定很高兴。等你爸爸回来,还有你妹妹,喔,她看到你一定会乐坏了。你想不到的。"

她拥抱我,兴奋地说话,盘算我们要一起度过的新生活计划。我没有勇气提醒她,我童年时的老师多数已离开这所学校，邻居早就搬走，赫尔曼叔叔很多年前就已过世，爸爸也已离开她。这些年的梦魇已经够痛苦了，我只想看到她微笑，并知道我才是能让她快乐的人。在我的生命中，我第一次让她的嘴唇绽开笑容。

过了一会儿，她若有所思地停下，好像记起什么事情似的，我感觉她的神智又要开始恍惚。"不！"我大声嚷着，把她吓回到现实中，"等等，妈！还有一件事，在我离开前，我有件东西要给你。"

"离开？你现在不能走。"

"我必须离开，妈。我还有事要做，但我会写信，也会寄钱给你。"

"但你什么时候会再回来？"

"我不知道……还不清楚。但是我走之前，我要留下这个给你。"

"一本杂志？"

"不完全是，那是我写的一篇科学报告，非常专业。你看，标题就叫阿尔吉侬—高登效应。这是我发现的东西，所以有一部分用我的名字命名。我要你留下这份报告，这样你就可以告诉别人，你儿子其实不是笨蛋。"

她收下后，以敬畏的眼光看着杂志："这是……这是你的名字。我就知道会这样，我一直都说总有一天会发生的。我试过一切办法，你那时候太小，不会记得了，但我试过。我告诉他们，你有一天会上大学，成为专业人士，并在世界上带来你的贡献。他们都笑我，但我已经告诉他们。"

她含泪对我微笑，但过了一会儿就不再看我。她拾起抹布，开始擦洗厨房四周的门框，一面哼歌……更快乐地，我想……好像在梦中一样。

狗儿又开始吠叫，前门打开又关上，一个声音叫着："好啦，拿皮，好啦，是我。"小狗兴奋地对着卧室的门跳跃。

我很生气被困在这里，我不想见到诺尔玛。我们对彼此没什么话可说，我不想让这趟造访遭到破坏。但这里没有后门，唯一的出路只能从窗户爬进后院，再翻过围篱出去，但别人一定会以为我是小偷。

我听到她的钥匙在门中转动的声音，我轻声对母亲说……不知道为什么……"诺尔玛回来了。"我轻触她的手臂，但她没听到我的话，她太专心于边哼歌边擦洗门框。

门打开了，诺尔玛看到我时皱了一下眉头。刚开始她没认出我，房间里有点昏暗，灯也没打开。她放下抱着的购物袋，然后开灯。"你是谁呀？……"但我还没回答，她已经用手掩着嘴，踉跄后退靠在墙上。

"查理！"她和母亲一样，倒抽一口气说。她和母亲以前的模样很像，纤细、分明的轮廓，小鸟依人般可爱。"查理！天哪，我吓了一跳！你应该跟我们联络，让我有点心理准备。你应该先打个电话。我不知道该说些什么……"她看着我们的母亲,她坐在水槽边的地板上。"她还好吗?你没吓着她吧……"

"她神智清楚了一阵子,我们简单谈了一会儿。"

"我很高兴,她最近不太记得事情。年纪大,老糊涂了。波特曼医生要我送她进疗养院,但我办不到,我无法忍受把她送去那种机构。"她打开卧室的门,让狗儿出去,狗儿高兴地又跳又叫时,她把狗儿抓起来抱在身上。"我没办法对自己的母亲做这种事。"然后,她有些犹疑地对我微笑。"哇,真让人惊喜,我做梦都想不到。让我好好看一下你,如果在街上,我一定认不出你。变得太多了。"她叹息道:"真高兴见到你,查理。"

"真的吗?我以为你再也不想见到我。"

"啊,查理!"她抓住我的手,"别这么说,我真的很高兴见到你。我一直等着要见你。自从我读到你在芝加哥出走的报道后,就知道总有一天你会回来,只是不知道什么时候。"她往后拉开身子,抬头看着我。"你不知道我有多想你,猜你到底去了哪里,都在做什么。直到那位教授到这里来……那是什么时候的事啦?三月吗?才七个月前?……我本来不知道你还活着,妈告诉我你死在沃伦之家了。这些年来,我一直相信她说的。他们告诉我你还活着,而他们需要你来做实验时,我不知道该怎么办。那位什么教授的……尼姆,那是他的名字吗?他不让我见你,担心在手术前见面会让你惊慌。当我在报纸上读到手术成功，而你变成天才时……天哪！……你不知道我读到这则报道时的感受。

"我告诉办公室所有同事，还有桥牌社的所有女生。我拿你在报上的照片给他们看，告诉他们有一天你会回来这里看我们。现在你回来了，真的回来了，你没忘记我们。"

她再次抱我。"喔，查理，查理……突然发现自己有个大哥真是太好了。这是你想象不到的事。坐下来，让我帮你弄点吃的。你要把这件事从头到尾告诉我，还有你将来的计划，我……我不知道从何问起，我看起来一定很好笑，就像突然发现自己的哥哥是英雄或电影明星的小女生一样。"

我有些糊涂了。我没料到会得到诺尔玛的热烈欢迎。我从未想过这么多年来和母亲单独相处会让她有所改变。然而，这其实是不可避免的。她早已不是我记忆中被惯坏的小孩，她已经长大，变得亲切、体贴、重感情。

我们聊个不停。讽刺的是，我们兄妹两人聊到母亲时，口气就像她不在现场，但其实她就在房间里。每次诺尔玛说到她和母亲如何过活，我都会看看罗丝有没有在听，但她只是沉浸在自己的世界中，好像并不了解我们的语言，或是这些已和她毫不相干。她像幽灵一样在厨房四处游走，自个儿捡起东西放好，丝毫没来干扰我们。这情景真够吓人。

我看到诺尔玛在喂狗。"所以，你终于得到它了。拿皮……这是拿破仑的简称吧，不是吗？"

她坐直身子，皱着眉问道："你怎么知道？"

我向她解释我的记忆：她带着成绩单回家，希望得到一条狗当奖励，以及马特不允许的经过。我说这件事时，她的眉头也锁得更深。

"我一点都不记得了。噢，查理，我对你真的那么坏吗？"

"有件让我很好奇的记忆，我不确定究竟是记忆、梦境，或只是自己编出来的东西。这是我们最后一次像朋友一样一起玩。我们在地下室玩游戏，头上戴着灯罩假装是中国苦力，并在旧床垫上跳高跳低。那时候你大概七或八岁，我大概十三岁。我记得你被弹出床垫，撞到墙壁。不是撞得很厉害，就只是碰了一下，但爸妈都冲下来看，因为你叫得很凶，还说我想杀你。

"妈怪马特没看好我，让我们两个单独玩在一起，她拿了条皮带抽我，打得我几乎昏迷。你记得这件事吗？事情真的是这样吗？"

诺尔玛对我描述的回忆听得十分入迷，好像她沉睡中的画面也跟着被唤醒。"这些事已经很模糊了，我还以为那是我的梦，但我记得我们戴着灯罩在床垫上跳上跳下。"她凝视窗外。"我那时候很恨你，因为他们一直为你烦恼。爸妈从来没有因为你没写作业，或是考试成绩不好打你屁股。你大多时候没去上课，一直在玩，而我却得去学校上些难得要命的课。噢，我那时候真恨你。在学校的时候，同学会在黑板上涂鸦，他们画了个头上戴着笨蛋纸帽的男孩，底下还写着'诺尔玛的哥哥'。他们还在校园走廊上画了些东西……'白痴的妹妹与笨蛋高登家族'。有一天，我没被邀请参加埃米莉·拉斯金的生日派对，我知道这都是因为你的关系。所以，当我们戴着灯罩在地下室玩，我就找机会出气。"她开始哭泣。"所以，我编了谎话说你伤害我，噢，查理，我好傻……我是被宠坏的孩子，我真可耻……"

"别怪自己，面对其他孩子的作弄一定很痛苦。对我来说，厨房就是我的世界……还有那个房间。只要这里是安全的，其他的都不重要。但你却得面对外面的世界。"

"他们为什么把你送走，查理？你为什么不能留在家里，跟我们一起生活？我一直对这件事觉得奇怪，每次我问妈，她都说这是为你好。"

"在某方面来看，她是对的。"

她摇摇头："她是因为我才把你送走吗？噢，查理，为什么会是这样？为什么这种事都发生在我们身上？"

我不知道该怎么告诉她。我也希望能告诉她，我们就像希腊神话中的阿特柔斯家族或卡德默斯[1]一样，是为了我们祖先的罪恶，或是为了实现古希腊的某个神谕而受苦。

---

1 希腊神话中，阿特柔斯（Atreus）家族因历代犯下父母杀害子女、藐视神明以及妻子杀害丈夫等罪行而屡遭天谴。而卡德默斯（Cadmus）是腓尼基国王之子，因公主欧罗巴被天神宙斯掳走，国王命诸子外出寻找，否则不得回国。卡德默斯由于听从太阳神阿波罗之言放弃寻找，不再回国，在底比斯城建立国家。但由于背叛父亲，使他的后代发生多起母子、父子、夫妻间相残的命运折磨。著名悲剧"俄狄浦斯"即为其中之一。

但我没有答案可以给她,或是给我自己。

"这些都过去了,"我说,"我很高兴再次跟你见面,这让事情容易多了。"

她突然抓住我的手:"查理,你不知道这些年来跟她一起生活,我是怎么过的。这间房子、这条街,还有我的工作,一切都像噩梦一样。每天回到家,我都怀疑她是否还在这里,是否弄伤了自己,也为自己这种想法而有罪恶感。"

我站起来,让她把头倚在我肩上哭泣。"噢,查理,我真高兴你回来了,我们需要可以倚靠的人,我好疲倦……"

我曾经梦想过这种时刻,此刻虽身历其境,但有什么用呢?我不能把自己即将面对的遭遇告诉她,而且,我能够接受这种出于虚假前提的亲情吗?如果我还是以前那个弱智、需要倚赖别人的查理,她势必会以不同方式和我说话。所以,我现在有什么权利可以要求呢?我的面具很快就会被撕掉。

"不要哭,船到桥头自然直,"我听到自己说出这些陈腔滥调,"我会尽量照顾你们两个。我存了点钱,加上基金会给我的费用,可以定期寄钱给你们……至少一段时间。"

"但你不会离开吧?你现在必须跟我们在一起……"

"我还得外出旅行一阵子,做些研究、发表演说,但我会试着回来探望你们。好好照顾她,她经历过不少风浪,我会尽可能帮助你们。"

"查理！不，不要走！"她紧抓着我，"我很害怕！"

这是我一直想扮演的角色……大哥。

就在这时，我注意到一直静静坐在角落的罗丝正盯着我们看。她的眼睛睁得大大的，身子前倾靠在椅子前缘，她的姿态让我想起一只蓄势俯冲的苍鹰。我把诺尔玛推离我身上，但还没说什么，罗丝就已经站起来。她从桌上拿起一把菜刀指着我。

"你对她做了什么？离她远远的！我告诉过你，如果再逮到你碰你妹妹，我会怎么修理你。你这肮脏鬼！你不是正常人！"

我们两个都被吓得往后跳开，更疯狂的是，我竟然有罪恶感，仿佛我做了什么坏事被逮到，而且我知道诺尔玛也有同样的感觉。似乎母亲的指控真有其事，我们正在做什么肮脏事。

诺尔玛对她大叫："妈！把刀放下！"

看到罗丝拿着刀站在那里，让我回想起那一晚她强迫马特带我离开的景象。她现在正重新经历那一幕。我无法开口或移动，觉得一阵恶心，肢体紧张僵直，耳中有许多声音鸣响，胃不停地纠结拉扯，好像要从体内撕裂开来。

她手上有把刀，艾丽斯也有刀，我父亲有把刀，斯特劳斯医生也有把刀……

所幸诺尔玛的神智还很清楚，她拿走她的刀，但未能消除罗丝眼中的恐惧，她继续对我大吼。"赶他出去！他不能带着色迷迷的心思看妹妹！"

罗丝吼叫着，跌坐在椅子上哭泣。

我不知道该说什么，诺尔玛也一样。我们都觉得很尴尬，现在她知道我为什么被送走了。

我怀疑我曾做过什么事，让母亲有如此惊恐的理由。我没有相关的记忆，但我如何确定在我受尽折磨的良知障碍背后，没有一些遭到压抑的可怕念头呢？在那些密闭通道，不通的死巷之外，是我无法掌握的领域。也许我永远不会知道，但不论事实如何，我都不能因为罗丝保护诺尔玛而恨她，我必须了解她的观点。除非我能原谅她，否则我将一无所有。

诺尔玛激动得直发抖。

"放轻松，"我说，"妈不知道自己在做什么。她不是对我发飙，而是对以前的查理吼叫。她担心他或许会对你做出不好的举动，我不能因为她想保护你而怪她。但我们现在别去想这件事，因为他已经永远离开了，不是吗？"

她没在听我说话，脸上的表情如同正在做梦。"我刚才经历了一种很奇怪的体验，好像某件事发生时，你觉得自己知道这件事即将发生，因为以前就已经用同样的方式发生过，你现在只是看着事情重新展开……"

"这是大家常有的经验。"

她摇摇头："刚才看到她拿刀的时候，我觉得就像我很久以前做过的梦。"

我没必要告诉她,在她还是个小女孩时,那一晚她一定曾被吵醒,并从自己的房间里看到整件事的经过。那些景象遭到压抑扭曲,直到她以为那只是自己的幻想。我没有理由让这件事实加重她的负担,在未来的日子里,和母亲一起生活就已经够她难过了。我很乐意承接她肩上的重担与痛苦,但开始一件我无法完成的事是没有意义的。我有自己的苦难要面对,想要阻止知识的流沙穿过我心中的沙漏消失,是不可能的事。

"我得走了,"我说,"好好照顾自己,还有她。"我握紧她的手。我走出去时,拿破仑对着我吠。

我尽可能强忍着,但一走到街上,我就再也忍不住了。要记下这件事很难,但在走回停车处的路上,我像个小孩似的痛哭,路人都盯着我看。我压抑不住,也不在乎。

走在路上时,一首童谣的可笑歌词反复在我脑中敲击,并一直伴着嗡嗡的噪音节奏升高:

  三只瞎眼的老鼠……三只瞎眼的老鼠,
  看它们跑得多么快!看它们跑得多么快!
  它们都在追赶农夫的太太,
  她用切肉刀切掉它们的尾巴,
  你可曾见过这样的景象,

三只……瞎眼的……老鼠？

我试着捂上耳朵，但没有用，有一次我转头看那房子与门廊，看到一个男孩盯着我看，脸颊紧贴着窗格上的玻璃。

进步报告—17

10月3日

急速恶化。萌生自杀念头，想趁着还能掌控，也感觉得到周遭一切时做个了结。然后，我想到在窗边等待的查理。我无权抛弃他的生命，我只是借用一段时间，现在我被要求归还。

我必须记得，我是唯一有这种遭遇的人。只要我还能够，就必须记下我的想法和感受。这些进步报告是查理·高登对人类的贡献。我变得焦躁易怒，因为在深夜把音响开得太大声，已经和大楼里的人吵过几次。自从我不再弹钢琴以来，我就常常这样。一直把音响开着是不对的，但我这样做是为了让自己保持清醒。我知道我应该睡觉，但我想抓住清醒的每一秒钟。不只是害怕梦魇，我也害怕失去控制。

我告诉自己，当一切都变暗，我就会有足够时间可以大睡特睡。

住在我楼下公寓的维诺先生，以前从来没有抗议过，但他现在经常敲打水管或他住处的屋顶，好让我听到我脚下的敲击声。起初我不理他，但昨晚他穿着浴袍上来。我们大吵一架，我当着他的面把门甩上。一小时后，他带着一位警察回来，警察说我不能在清晨四点钟把音乐开得这么大声。维诺脸上的笑容让我十分愤怒，我必须费尽力气才能忍住不挥拳揍他。他们离开后，我捣毁所有唱片和唱机，我一直在欺骗自己，我早已不再喜欢这类音乐。

10月4日

这是我有过最奇怪的治疗。斯特劳斯很难过，他也没料到会变成这样。

这应该算是种心理经验或幻觉，我不敢称之为记忆，我不想加以说明或诠释，只是记下事情发生的经过。

我到他办公室时，已经处于很敏感的状态，但他假装什么事都没发生。我立刻躺在长沙发上，他则和往常一样，坐在我身后一侧，刚好是我看不见的地方，等我开始惯有的仪式，把胸中累积的怨恨宣泄出来。

我抬头往后瞄了一眼。他看起来疲惫而松弛，多少让我想起坐在理发椅上等待客人的马特。我告诉斯特劳斯这个联想，他点点头等我继续说下去。

"你也在等客人吗？"我说，"你应该把这张沙发设计得像理发椅一样，你需要他们自由联想时，就把病人放平，就像理发师为客人涂肥皂泡一样。等五十分钟过后，你再把椅子往前推正，并交给病人一面镜子，让他看看你为他的心灵修过脸后，他的外表变成什么模样。"

他没有回答，但我虽然对自己糟蹋他的方式觉得丢脸，却停不下来。"以后，你的病人每次来时，就可以说'把我的焦虑顶部剪掉一些，拜托'，或是'如果你不介意，别把我的超我修得太短'。他甚至可以进来要些鸡蛋（egg）洗发精……啊，我是说自我（ego）洗发精。啊哈，你注意到我说溜嘴了吗，医生？请务必记下来，我把自我洗发精说成鸡蛋洗发精，egg……ego……的拼字很接近，不是吗？这是否表示我想洗净自己的罪恶？想获得重生？这是洗礼的象征吗？或是我们修脸修得太短了？一个白痴（idiot）还会有本我（id）吗？"

我在等待他的反应，但他只是挪了一下椅子。

"你还醒着吗？"我问。

"我在听，查理。"

"只是听？你都不会生气吗？"

"你为什么希望我对你生气？"

我叹了口气。"冷淡的斯特劳斯……无动于衷。让我告诉你一件事，我已经受够了来这里。这项心理治疗还有什么意义？你我都知道再来会发生什么事。"

"但我以为你不想停止，"他说，"你还想继续，不是吗？"

"这太蠢了，只是徒然浪费你我的时间。"

我躺在微弱的光线中，盯着天花板的方格……有着无数小孔的吸音板，可以吸掉每个字。声音被活埋在天花板上的小孔中。

我觉得有些头昏眼花，心灵一片空白。这很不寻常，因为在心理疗程中，我心中通常会涌现许多材料来谈论。梦境……回忆……联想……问题……但现在我只觉得孤立与空洞。

只有冷淡的斯特劳斯在我背后呼吸。

"我觉得很怪异。"我说。

"你想谈谈吗？"

噢，真聪明，心思有够细腻！但我到底在这里做什么，让我的联想被天花板上的小孔和治疗师的大洞给吸收掉？

"我不确定是不是想谈，"我说，"我觉得自己今天对你怀有很不寻常的敌意。"但我还是把想到的东西告诉他。

不用看他，我也知道他在对自己点头。

"这很难解释，"我说，"我以前有过一两次这种感觉，都是在昏倒之前。头昏眼花……一切都变得强烈……但身体觉得冰冷麻痹……"

"继续说，"他的声音带有激动的语调，"还有什么？"

"我感觉不到自己的身体，我麻木了。我觉得查理就在身边，我的眼睛睁着……我相信是……没错吧？"

"是的，睁得很大。"

"可是，我看到来自墙壁和屋顶的蓝白色光芒聚成一团闪烁不定的光球，现在就悬在半空中。光线……强行射进眼睛……还有头部……房间里的所有东西都在发光……我觉得我在飘浮……或是向上向外扩张……但不需要向下看，我也知道我的身体依旧躺在沙发上……"

这是幻觉吗？

"查理，你还好吗？"

或是神秘主义者描绘过的那些东西？

我听到他的声音，但不想回答。知道他在那里，让我觉得不高兴。我不理他。我只要保持被动，让这东西……不管它是什么……以光芒注满我全身，把我吸到它里面去。

"你看到什么？查理，你怎么啦？"

我在向上飘浮，移动，有如上升热气流中的一片树叶。身体中的原子加速奔离彼此，我变得更轻，不再那么紧密，而是更宽阔……更宽阔……向外爆破到太阳中。我是个扩张的宇宙，在静谧海洋里向上漂游。起初很渺小，只能环绕自己的身体，然后是整个房间、建筑、城市、国家，最后我知道如果往下看，会看到自己的影子已笼罩整个地球。

轻盈、没有感觉，在时空中漂流与扩张。

然后，就在我知道即将突破生存的外壳，像飞鱼般跃出海面之际，我感觉到来自下方的拖力。

这让我生气，我要摆脱。但在与宇宙融合的边缘，我听到意识分水岭四周的低语，那看似轻微的拉扯，把我拉回下面有限与平凡的世界。

随着波浪的消退，我扩张的灵魂也缓缓缩回地面……

我并非心甘情愿，因为我宁可迷失自己，却已被下面的力量拉回，回到自己的体内。仅仅片刻间，我已再次回到沙发上，把意识的指头伸进躯体的手套中。如果想要，我知道我已能移动指头或眨眼，但我不想动，我不要移动！

我等待着，被动地对这莫名的经验保持开放。查理不要我突破心灵的上层帷幕，他不要我知道外在的世界是什么。

他害怕见到上帝吗？

或是害怕什么也见不到？

我躺在那里等待，在那个时刻，我已回到自己的身体，并再次失去身体的所有感觉与知觉。查理正拖着我回到自己体内。我向内凝望那视而不见的眼睛中央，盯着那转变成多瓣花朵的红点……那朵深藏在潜意识核心内闪烁、旋转，并发着冷光的花。

我逐渐萎缩。但不是说体内的原子变得更紧、更密，而是一种融合……我自己的原子融成一个微小的宇宙。那里会有高热与难忍的光芒……地狱中的地狱……但我不会注视那光芒，只会看着那既不增殖、也不分解的花朵，看着它从多融合为一。闪烁的花朵在片刻间转变成绕着绳子旋转的金盘，然后又变成旋转的彩虹泡沫，最后我回到宁静黑暗的洞穴，在潮湿的迷宫中游泳，寻找一个接受我……拥抱我……并将我吸收到他自身之内的人。

这样我才能够开始。

我在核心中又看到光芒，是许多最黑暗洞穴中的一个开口，微小而遥远……像是从望远镜的末端看进去……灿烂、刺眼、闪烁，我也再次看到多瓣的花朵（旋转的莲花……浮在潜意识的入口附近）。如果我胆敢回去，能够穿过洞穴，直到光芒彼端的洞窟，我将会在洞穴入口处找到答案。

还不是时候！

我害怕。不是恐惧生命，或死亡，或是虚无，而是害怕虚掷生命，好像我从来不曾存在过似的。而且，我开始走向洞口时，感觉到来自四周的压力，就像汹涌的波涛，不断把我推向洞穴的开口。

洞口太小了！我穿不过去！

突然间，我被一次又一次猛掷到墙上，并强迫穿过洞穴开口，那里的强光几乎要刺穿眼睛。于是，我知道我将突破外壳，进到那神圣的光芒中。但那不是我所能够承受的。从来不曾有过的痛苦、冰冷、恶心，以及像有一千只翅膀在头顶拍打的嗡嗡鸣响。我睁开眼，但被强烈的光芒刺痛。我挥击着空气，颤抖，并尖叫。

我被一只粗暴的手摇动唤醒。是斯特劳斯医生的手。

我看着他的眼睛。"感谢上帝，"他说，"你让我很担心。"

我摇摇头说："我没事。"

"我想今天这样就够了。"

我站起来摇动一下身体，以恢复视野。房间似乎变得很小。"不只是今天，"我说，"我想我不会再回来治疗，我再也不要了。"

他有些沮丧，但未试图说服我改变心意。我拿起帽子和外套，然后离开。

而现在……在火焰背后的壁架上，柏拉图说过的话在阴影中嘲笑我：

> ……洞穴中的人会这样说他，他攀高又爬低，但都用不着眼睛……

10月5日

坐下来打这些报告很困难，而且少了录音机，我根本无法思考。我大部分时间都在拖延，但我知道这件事很重要，我必须完成。我告诉自己，除非坐下来写点东西……任何东西都好，否则我不吃晚餐。

尼姆教授今天早上又找我去。他要我去实验室做些测验，以前做过的那些。起初我觉得这样也是对的，毕竟他们仍在付我钱，而且保持纪录的完整很重要。但我到比克曼大学和伯特做了测验后，便知道这已不是我能承受的。

起初是以纸和铅笔做的迷宫测验。我还记得刚学会如何快速完成，以及和阿尔吉侬比赛的情况，我感觉得出，我现在需要更长时间才能完成。伯特伸出手要拿纸时，我却把纸撕碎，丢进字纸篓。

"够了，我受够了迷宫。我现在已经走到死巷，再没什么好做的了。"

他担心我会跑走，所以努力安抚我："没关系，查理，放轻松就好。"

"你说放轻松是什么意思？你根本不知道那是什么情况。"

"我确实不知道，但我可以想象，我们对这件事都很难过。"

"留着你的同情吧，只要放过我就好。"

他很尴尬，然而我了解这不是他的错，我对他的态度太恶劣了。"对不起，我不该对你发作，"我说，"你过得如何，论文完成了吗？"

他点点头："目前已在重新打字，我二月就能拿到博士学位。"

"好家伙，"我拍拍他的肩膀，好让他知道我没对他生气，"继续加油，没什么东西比得上教育。忘了我刚才的话，我会做你要求的任何事，但就是不再跑迷宫。"

"好吧，尼姆希望做一次罗夏测验。"

"他想看看深处底下出了什么问题？他期待能发现什么呢？"

我大概看起来很沮丧，因为伯特已开始退缩。"我们不一定得做，你是自愿来的，如果你不想做的话……"

"没关系，就做吧。你可以发卡片了，但别把你发现的结果告诉我。"

事实上也没有必要。

我对罗夏图形测验的了解已经够多，知道关键不在于你从卡片上看到什么，而在于你对图形的反应。图形有完整的，有局部的，有动作或静止的，看你是否会特别注意彩色墨点，或加以忽视，会提出特别的观点，或只是些普通的答复。

"这没什么用，"我说，"我知道你在找什么，也知道我该要有什么反应，以创造出我心灵状态的景象。我只需要……"

他抬头看我，等我说下去。

"我只需要……"

然后，我有如脑袋一侧挨了一拳，竟然记不起必须做什么。那种情况就像我一直清楚看到心灵黑板上呈现的东西，但当靠近想读个究竟时，一部分的内容已被擦掉，剩下的部分却拼凑不出意义。

起初，我拒绝相信。我恐慌地检视所有卡片，但因为太过仓促，竟然说不出话来。我很想把墨迹撕裂，好让答案显现出来。有些墨迹的答案，我片刻之前还知道得很清楚。不是真的存在墨迹之中，而是在我的思维里，能让我赋予图形意义和形式，表达出我对它们的想法。

然而，我做不出来，我记不得必须说什么。所有东西都消失了。

"那是个女人……"我说,"……跪在地上刷地板。我的意思是……不……那是个男人拿着刀子。"即使在说这些话时,我也知道自己想说的是什么,所以我转移话题,转向另一个方向。"两个人在为某件东西争吵……似乎是个玩偶……一人拉一边,东西好像快被拉坏了,而且……不!……应该是两张脸隔着窗户互相凝视对方,然后……"

我推开桌上的卡片站起来。

"够了,我再也不要做测验了!"

"好吧,查理,今天就到此为止。"

"不只是今天,我不会再回来这里。不管我身上还有什么是你们需要的,你们都可以从进步报告中得到。我不再跑迷宫,不再是天竺鼠。我做够了,现在我希望不要再被打扰。"

"好的,查理,我了解。"

"不,你不了解,因为这没发生在你身上,除了我自己,没有人能够了解。我没有怪你。你有你的工作要做,有博士学位要拿,而且……喔,是的,别告诉我,我知道你主要是基于对人性的爱而投入这项实验,但你仍然有你的生活可过,我们并不属于相同层级。我在往上攀升时经过你的楼层,现在我在下降途中再次经过,但我想我不会再搭这部升降梯。所以,此时此刻就让我们相互道别。"

"你不觉得应该告诉斯特劳斯医生……"

"帮我向大家道别,好吗?我不想再面对他们当中的任何人。"

我不让他有机会多说或阻止我,就径自走出实验室。我搭电梯下楼,最后一次走出比克曼大学。

10月7日

斯特劳斯今天早上想再和我见面,但我不愿开门,现在我要独处。

当你拿起一本几个月前还读得很高兴的书,如今却发现内容已完全记不得,那种感觉实在怪异。我记得弥尔顿曾带给我很大快乐,但现在翻开《失乐园》,却只记得这是关于亚当、夏娃与知识树的故事,而现在我已无法了解其中的意义。

我站起来,然后闭上眼睛,我看到六七岁时的查理……我自己,捧着一本书坐在餐桌旁,试着要念书,一次又一次说着那些字,母亲坐在他旁边,我的旁边……

"再试一次。"

"看杰克,看杰克跑,看杰克看。"

"不对!不是看杰克看,是跑,杰克跑!"她用粗糙、结茧的指头比着。

"看杰克,看杰克跑,跑杰看。"

"不对!你不用心,再试一次!"

再试一次……再试一次……再试一次……

"放过孩子吧,你把他吓坏了。"

"他必须学,他太懒了,一点都不专心。"

跑杰克看……跑杰克跑……跑杰克跑……跑杰克跑……

"他比其他孩子迟钝,给他点时间。"

"他很正常,没什么不对劲,只是太懒,我会打到他肯学为止。"

跑杰克跑……跑杰克跑……跑杰克跑……跑杰克跑……

然后,从桌面上抬起目光时,我似乎经由查理的眼睛看到自己捧着《失乐园》,我发现自己两手太过用力,竟让书的装订处就快裂开,仿佛我想把书撕成两半。我弄破了书脊,又撕下几页丢在地上,再把书扔到房间角落,和破碎的唱片丢在一起。我让书躺在那里,缺页的书本像咧着嘴在笑我读不懂书中的意思。

我一定得把一些学过的东西抓牢。拜托,上帝,别把所有东西都收回去。

10月10日

我通常会在夜里外出散步,在城里四处游荡。我不知道为什么。我猜是为了看更多面孔吧。昨晚,我不记得我住哪里，一位警察带我回家。我有种奇怪的感觉，似乎这种事以前经常发生在我身上……很久以前。我本来不想写下来，但我不断提醒自己，这世界上唯有我能够描述这种事发生时的情况。

我不是在步行，而是在空间中飘移，不是明确、利落地，而像有一片灰色的胶卷铺在所有事物上。我知道自己正面临什么状况，但完全无法可想。我不断走路，或只是站在人行道上看着路过的人。有些人会朝我看，有些人不会，但没有人开口和我说话……除了有一晚，一个男人走向前问我要不要女人。他带我去个地方，他向我先要了十块钱，我给了他，但他再也没有回来。

然后我想起来，我原来是个大笨蛋。

10月11日

今早回到住处的时候，我发现艾丽斯躺在沙发上睡觉。房间整理得很干净，起初我以为走错公寓，然后看到她没去碰角落那堆摔坏的唱片和撕碎的书或乐谱。开门的嘎吱声把她唤醒，然后看着我。

"嗨，"她笑着说，"你真是夜猫子。"

"不是夜猫子，是渡渡鸟，一只愚蠢的渡渡鸟。你怎么进来的？"

"从费伊房间的防火梯。我打电话给她，想知道你的状况。她说她很担心，因为你的举止很怪异，引起许多骚乱。所以，我决定现在是我该出现的时候。我整理了一下房间，我想你不介意吧。"

"我的确介意……非常。我不想看到四周有人为我难过。"

她走到镜子前梳理头发："我来这里不是因为同情你，而是因为我为自己难过。"

"那是什么意思？"

"没什么意思，"她耸耸肩，"只是……就像一首诗，我想看你。"

"动物园没开吗？"

"噢，别这样，查理。不要把我推开，我等你等得太久了，决定自己来找你。"

"为什么？"

"因为还有时间，我要和你一起度过。"

"这是一首歌吗？"

"查理，不要笑我。"

"我不是在嘲笑，但我无法忍受和别人一起度过我的时间……我的时间只够我自己用。"

"我不相信你想要完全的孤独。"

"我的确想。"

"在失去接触之前，我们曾经短暂地在一起。我们有过一些话可谈，也有一起做过一些事。虽然时间不是很长，但毕竟有过。我们都知道这种情况或许会发生,这不是秘密。我不曾离开,查理,我只是一直在等待。你现在大约又回到我的水平了,不是吗?"

我激动地在房间里来回踱着:"这太疯狂了,我毫无前景可言,我不敢让自己去想未来的事……只敢往后回顾。再过几个月、几星期或几天……天晓得多久?……我就会去沃伦之家,你不可能跟着我去那里。"

"不会,"她承认,"我甚至可能也不会去那里看你。一旦你去了沃伦,我就会尽量忘掉你。我不会假装成另一回事,但在你去那里之前,我们也没有各自保持孤独的理由。"

我还没再说什么,她就吻了我。她在我旁边的沙发上坐着,头倚在我胸前。我等待着,但没有恐慌出现。艾丽斯是个女人,但查理现在或许已经知道,她不是他的母亲或妹妹。

知道我已度过危机,感觉如释重负,我松了口气,因为再没有什么可以阻止我。已经没有时间害怕或假装,因为我已不可能再和另一个人经历这样的事。所有障碍都已移除,我已解开她加诸的束缚,走出迷宫的终点,而她就在那里等我。我全心全意地爱她。

我不需假装了解爱情的奥秘,但这回并不只有性或女人的身体,我觉得我被升离地面,跳脱恐惧与折磨,属于一个比自己更宏大的个体。我升离自我心灵的暗房,成为别人的一部分……就像那天在沙发上接受心理治疗时的经验一样。这是往外迈向宇宙的第一步……宇宙之外……因为我们在宇宙中与之融合，重新创造与延续人类的精神。我们既向外扩张与爆裂，也向内收缩与成形，这是存在的节奏……就像呼吸、心跳，或是白天与夜晚……而我们身体的节奏也在我的心灵中激起回响。这是重返那奇怪幻象的方式。覆盖在心灵上的灰暗升离，光芒穿透其中，进入我的头脑（多奇怪，那光芒竟会让我目眩！），我的身体被吸回大片汪洋中，在海洋下的奇妙浸礼中洗涤。我的身体因为给予而惊颤，她的身体因为接受而惊颤。

这是我们相爱的方式，直到夜晚转成静谧的白昼。我和她一起躺在那里时，我了解肉体的爱有多重要，我们需要埋在彼此怀里，一面给予，一面接受。宇宙在爆裂，每个微粒彼此远离，我们被抛入黑暗与寂寞的空间，把我们永远地撕开……胎儿离开母体，朋友和朋友分别，每个人彼此分离，踏上自己的道路，迈向孤独死亡的目标。

但这也是种抗衡，是束缚与抓牢的行为。就像在暴风雨中，人们为避免从船上被扫落海底，必须紧抓彼此的手，抗拒被撕离。所以，我们的身体也融合成人类锁链中的一个联结，以免被扫落到虚无中。

在我沉入睡眠之前的片刻，我想起和费伊在一起的情形，我笑了起来。难怪我们的相处是那么容易，因为那只是肉体关系，与艾丽斯的结合却是一种神秘。

我倾身向前亲吻她的眼睛。

艾丽斯现在已了解我的一切,也接受我们只能相处短暂时间的事实。她同意,当我要她走的时候,她会离开,想到这点就令人痛苦,但我猜想,我们拥有的已经比多数人一生中找到的更丰富。

10 月 14 日

早上醒来时,我不知道身在何处,或是我在这里做什么,然后看到身边的她,于是我想起来。当我发生状况时,她都感觉得到,但她只是静静在公寓中移动,做早餐、清理房间或走出去,不问任何问题,让我单独面对自己。

今晚我们去听一场音乐会,但我觉得乏味,我们中场就离开了。我似乎已不太能集中精神,之所以会去,是因为我知道自己曾经喜欢斯特拉文斯基的音乐,但我现在对他已不再有耐心。

艾丽斯在身边的唯一坏处,是我觉得现在必须对抗这件事。我想要停下时间,把自己冻结在这个层级,绝不放她走。

10 月 17 日

我为何不记得?我必须努力抗拒这种怠惰状态。艾丽斯告诉我，我躺在床上好几天，似乎不知道自己是谁或身在何处。然后，记忆突然悉数回来，我认出她后知道发生了什么事。这是失忆神游症，第二幼年期的征兆……他们是怎么说的？……老糊涂？我可以看到自己正一步步变成老糊涂。

一切是那么残酷地合乎逻辑，这是加快所有心智程序的结果。我快速地学了那么多，现在我的心智也同样快速地恶化。如果我不让它发生，如果我抗拒，又会如何呢？我想起沃伦之家的那些人，空洞的笑容，漠然的表情，每个人都在嘲笑他们。小查理·高登正隔着窗格凝视我。天哪！别让这件事再发生。

10月18日

我逐渐忘记刚学到的东西。看来一切都照着经典模式发生，最后学的最先忘记。模式就是这样吗？最好再确认一下。

重读我的"阿尔吉侬—高登效应报告"，虽然知道这是我写的，我却仍然觉得是出自别人之手，我甚至读不懂大部分内容。

但我为什么这么暴躁？何况艾丽斯还对我这么好？她维持住处的条理和洁净，随时把我的东西放回定位，并且洗碗盘、擦地板。我不该像今天早上那样对她吼叫，因为我把她弄哭了，我不要这种事再发生。但她不该把破碎的唱片、乐谱和书本捡起来，全都整齐地收进一个箱子，这让我很生气。我不要别人碰这些东西，我要看到它们堆在那里，提醒我正要离开的世界。我把箱子踢翻，让所有东西散满地板，我告诉她，就让它们留在那里。

实在是愚蠢，毫无理由。我猜我是觉得被刺伤才发作，我知道她认为留下这些东西是很蠢的事，但她没有告诉我她的想法，只是假装一切都很正常，她是刻意迎合我。我看到箱子时，就想起沃伦之家的那个男孩，那个做得歪七扭八的灯座，以及我们曲意迎合他的方式，假装他做了什么了不得的作品似的。

她就是这样在迎合我，我没办法忍受。

她到卧室哭泣时，我觉得很难过，我告诉她这都是我的错，我不值得她对我这么好。为什么我不能控制自己？我只要好好爱她就可以了。这样就够了。

10月19日

运动神经的功能减弱。我不断绊倒或弄掉东西，起初我不觉得是我的问题，而是艾丽斯变换了东西的位置，字纸篓挡住我的路，椅子也是，所以我认为是她移动了东西的位置造成的。

现在我知道我的动作协调已经变差，必须放慢动作，才能把事情做好，而打字也愈来愈困难。我为什么不断责怪艾丽斯？她为何从不争辩呢？这只会让我更加生气，因为我在她的脸上看到怜悯的表情。

我现在唯一的乐趣就只有电视机了。我一天的大部分时间都在看猜谜节目、老电影、肥皂剧，甚至儿童节目和卡通。我就是没办法把电视关掉。深夜的时候，电视里有老电影、恐怖片、深夜秀、深深夜秀，甚至结束夜间广播前的布道，以及背景有国旗飘扬的"星条旗"国歌。最后，只剩电视台的测试图经由屏幕的小窗框，像是从不合上的眼睛回瞪着我……

我为什么总是经由窗户来看人生呢？

等所有节目都结束后，我会对自己感到恶心，因为我只剩下很少的时间阅读、写作与思考，而且我应该很清楚，我不能拿这些以我身上的幼童为目标的废物，来毒害我的心灵，特别是我身上的幼儿已经要索回他的心灵。

这些我都很清楚，但当艾丽斯告诉我不要浪费时间时，我就会生气，要她少管闲事。

我觉得我所以看电视，是为了可以不必思考，不用去想起面包店、我的母亲、父亲以及诺尔玛。我不要再想起过去。

今天我承受了一个可怕的惊吓。我拿起一篇我在研究中用过的文章，柯鲁格的《论心理的整体》，想看看能否帮助我了解自己的论文，以及我在报告中做了什么。起初，我以为是我的眼睛出了问题,然后我了解我再也读不懂德文。我又以其他的语文测试,都丢光了。

10 月 21 日

艾丽斯离开了。让我看看我还记不记得。起先她说,我们不能这样住下去,地板上都是撕碎的书本、纸张与破唱片,整个房间一团乱。

"不要动那些东西。"我警告她。

"你为什么要这样子过活?"

"我要所有东西都留在我放的地方,我要看到它们在那里。你不晓得那是什么感觉,当你身体内部发生改变,你却看不到,也无法控制,只知道所有的东西都将从你的指间流逝。"

"你说得没错,我从来没说我了解发生在你身上的事。当你变得对我来说是太聪明时,我不了解,现在一样也不了解。但我可以告诉你一件事,在你手术之前,你并不是这个样子。你不会在自己的秽物中打滚,不会沉迷于自怜,不会整天整夜坐在电视机前污染自己的心灵,更不会大声对别人咆哮。你有些令我们尊敬的特质……没错,即使是过去的你。你身上有些我从来没在其他弱智者身上见过的特别东西。"

"我并没有后悔接受实验。"

"我也不后悔,但你已失去一些你以前的特质。你以前会微笑……"

"空洞、愚蠢的笑容。"

"不,是亲切、真诚的笑容,因为你希望大家喜欢你。"

"而他们却愚弄我、嘲笑我。"

"没错,但即使你不了解他们为什么笑,你意识到如果他们会嘲笑你,他们就会喜欢你。而你就是希望大家喜欢你。你的举止就像个孩子,你甚至和他们一起笑你自己。"

"如果你不介意的话,我现在可不想嘲笑我自己。"

她努力想忍住不哭,而我却想把她弄哭。"也许是因为这样,我才觉得学习是很重要的事。我认为这样能让别人喜欢我,我以为这样能让我拥有朋友。这很可笑,不是吗?"

"还有比拥有高智商更重要的事。"

这让我很愤怒。也许那是因为我并不真正了解她的意思,最近几天来,她愈来愈少直接说出她真正的心声,常常是另有所指。她绕着圈子说话,并期待我了解她的想法。我听她说话,假装我了解,但在我内心,我却害怕她会知道我完全不懂她的意思。

"我想现在是你该离开的时候了。"

她的脸色变红:"不,查理,时间还没到,不要赶我走。"

"你让我的处境变得困难,你不断假装我可以了解或做些现在已远超出我能力范围的事。你一直在逼我,就像我的母亲一样……"

"这不是事实！"

"你做的每一件事都是。你在我背后收拾与清理东西，你把书本留在四周，以为我会重新对阅读产生兴趣，以及你和我谈新闻，想引发我思考的方式。你说这没有关系，但你做的每一件事都说明，这些事大有关系。你总是像个小学老师一样。我不想去听音乐会、逛博物馆、看外国电影，或是会让我痛苦地想起生活或我自己的一切事情。"

"查理……"

"不要管我，我已不是我自己。我正在解体，我不希望你在这里。"

这些话让她哭了起来，今天下午她收拾行李离开了。公寓里现在显得安静与空洞。

10 月 25 日

持续恶化。我已放弃使用打字机，动作的协调太差了。从现在起，我必须用手写来记录我的报告。

我认真思考艾丽斯说的话，我想到如果我继续阅读与学习新的事物，即使我不断忘掉旧的东西，我还是可以保留一些智慧。我现在搭着下楼的电扶梯，如果我站着不动，就会一路降到底部。但如果我开始往上爬，也许我至少还能维持原来的水平。重要的是，不论发生什么事，都要继续往上移动。

所以，我去图书馆弄一堆书来读。我现在读很多东西，多数的书对我都太难，但我不在乎。只要我继续读，我就会学些新东西，不会忘掉怎么阅读。这点才是最重要的，只要我不断地读，也许我可以挺住在这个水平上。

艾丽斯离开的隔天，斯特劳斯医生来看我。他假装只是要来拿进步报告，但我说我会把报告寄过去。我不要他过来这里。我告诉他不必为我担心，如果我觉得我已无法照顾自己，我就会搭上火车，前往沃伦之家。

我告诉他，当时机来临时，我宁可自己一个人前往。

我尝试和费伊说话，但我看得出来她很怕我。我猜想她一定以为我已经疯了。昨晚她带了一个人回家……那个人似乎很年轻。

今天上午，女房东穆尼太太端了一碗热鸡汤和一些鸡肉过来，她说她只是想来看看我，了解我的情况如何。我说我有很多食物可以吃，但她还是把东西留下来，味道很不错。她假装她是自己想要过来，但我还没有那么笨。一定是艾丽斯或斯特劳斯要她过来看看，确定我的情况还好。好吧，那也没关系。她是位亲切的老太太，说话有爱尔兰腔调，她喜欢谈论住在整栋楼里的房客。她看到我房间内地板上的混乱情况时，也没有多说什么。所以，我想她没有问题。

11月1日

我已经一星期不敢提笔写东西。我不知道时间都到哪里去了。我知道今天是星期日，因为我可以从窗户看到人们走过街道去上教堂。我大概整星期都躺在床上，但我记得穆尼太太有几次送食物给我，并问我是不是生病了。我要怎么办呢？我不能一直单独待在这里，整天看着窗外。我必须掌握自己。我一直在说我必须做点事，但马上就忘掉，也许不要去做我说要做的事，可能比较容易些。

我仍然有一些从图书馆借来的书，但大部分对我都太难了。我现在读许多神秘故事，以及有关古代国王与皇后的书。我读到一本书，说到有一个人自认是骑士，他骑着一匹老马和他的朋友一起出游。但他不论做什么事，最后总是被打败并且受伤，就像他把风车当作是龙的时候。起初，我以为这是一本愚蠢的书，因为只要他不是疯子，他一定不会把风车看作龙，而且世界上也没有巫师与魔法城堡。然后，我记得书中还有其他应有的含义……有些故事中没有明白说出来，只隐约暗示的意义。但我不知道是什么。这让我很生气，因为我觉得我以前都会知道。但我每天继续阅读与学习新的东西，我知道这对我会有帮助。

我知道在写这篇之前，我应该写下更多的进步报告，好让他们知道我经历了什么事。但写东西已变得愈来愈难，连一些简单的字我也必须翻字典。这也让我对自己生气。

11月2日

我忘了在昨天的报告中，记下对面巷子大楼里比我低一层的女人。上个星期，我从厨房的窗户看到她。我不知道她的名字，或是她的上半身长什么样子。但每个晚上大约十一点时，她都会进去浴室洗澡。她从来不拉下窗帘，如果我关掉灯，她走出浴室擦干身体时，我可以从窗户看到她脖子以下的身体。

这让我很兴奋，但当她关掉电灯时，我就觉得失望与孤单。我希望有时候能够看到她的模样，好知道她是否漂亮。我知道在这种情况下看女人是不好的，可是我没有办法。但如果她不知道我在看她，这反正也没有什么差别。

现在已经快十一点，是她洗澡的时间了，所以我最好去看看……

11月5日

穆尼太太很担心我。她说我整天躺着无所事事的样子让她想起儿子被她赶出家门之前的模样。她说她不喜欢游手好闲的人。如果我生病了那是一回事，但如果我只是游手好闲那是另外一回事，她也拿我没办法。我告诉她我生病了。

我尽量每天读一点东西多数都是故事书但有时候我必须同样的东西读很多次因为我不懂其中的意思。而且写字很难。我知道我必须在字典中查所有的字但我一直都觉得很疲倦。

然后我想到我可以只用简单的字不要去用困难的字。这样可以节省很多时间。外面已经变得寒冷但我仍然放花在阿尔吉侬的坟上。穆尼太太认为我放花在一只老鼠的坟上实在很笨但我告诉她阿尔吉侬是一只很特别的老鼠。

我到走廊对面拜访费伊但她叫我走开而且不要再来。她在她的门上换了一个新锁。

11月9日

又是星期日了。我没有什么事可以让我忙碌因为电视机坏了而我一直忘记找人修理。我想我弄丢了大学给我的这个月支票。我不记得了。

我的头很痛而吃阿司匹林也没有什么用。穆尼太太现在相信我真的生病了所以她为我感到南过。当有人生病时她是个很好的女人。现在外面变得很冷我必须穿两件毛衣。

对面的女士现在都拉下窗帘所以我再也看不到。真是倒霉。

11月10日

穆尼太太找来一位奇怪的医生来看我。她说她担心我会死掉。我告诉医生我没有病得那么重只是有时候会忘记东西。他问我有没有朋友或亲戚而我告诉他我没有任何朋友。我告诉他我曾经有位叫阿尔吉侬的朋友但它是一只老鼠我们经常一起比赛。他很好笑的看着我好像我已经发风了似的。

我告诉他我以前是个天才时他笑了起来。他像对待婴儿一样和我说话并且对着穆尼太太眨眼。我很生气因为他在朝笑我所以我把他赶出去并且锁上门。

我想我知道我为什么运气不好。因为我丢掉了我的兔脚和马蹄铁。我必须赶快在去弄另一个兔脚。

11月11日

斯特劳斯医生今天来到门口而艾丽斯也来了但我不让他们进来。我说我不要任何人来看我。我要独自一个人。后来穆尼太太带着一些食物上来。她告诉我他们付了房租并留下钱让她买食物以及我需要的任何东西。我告诉她我在也不要用他们的钱。她说钱就是钱总是必须有人付房租否则她就要把我赶出去。然后她说我为什么整天游手好闲不出去找工作。

除了以前在面包店的工作外我不知道还有什么事可以做。我不要回去那里因为他们在我聪明的时候就认识我他们可能会朝笑我。可是我不知道还有什么事可以赚钱。我要什么事都自己付钱。我很强壮而且可以工作。如果我不能照故我自己我就会去沃伦之家。我不要别人的就济。

11 月 15 日

我看了一些我以前的进步报告但是很奇怪我读不董我写的东西。我看得董一些字但不知道意思。我想这些是我写的但我不太记得了。我试着读我在杂货店买的一些书时很快就觉得疲倦。但有漂亮女孩照片的那几本就不会。我喜欢看她们但做了关于她们的奇怪的梦。这不太好。我在也不要买这种书了。我在其中一本书里看到他们有魔粉能让人变得强壮和聪明并且做很多的事情。也许我因该去买一些给自己用。

11 月 16 日

艾丽斯又一次来到门口但我说走开我不要见你。她哭了起来我也跟着哭但我不让她进来因为我不要她朝笑我。我告诉她我不在喜欢她而且我在也不要变聪明。这不是真的。我仍然爱她仍然想要变聪明但我必须这样说才能让她离开。穆尼太太告诉我艾丽斯带了更多钱要来照故我并且付房租。我不要我必须去找工作。

拜托……拜托不……不要让我忘记怎么读和写……

11月18日

我回去面包店找唐纳先生请他给我以前的工做时他对我很好。起初他很怀疑但我告诉他发生在我身上的事情后他看起来很伤心然后他把手放在我的肩上说查理你真有种。

我到楼下开始工做像以前一样清扫厕所时大家都在看我。我告诉自己查理如果他们取笑你不要生气因为你必须记得他们不是像你以前想的那么聪明。而且他们曾经是你的朋友如果他们朝笑你那并不表示什么因为他们也喜欢你。

一位我离开后才来这里工作的新人他的名子叫作迈耶·克劳斯他对我做了一件不好的事。我在搬面粉的时后他过来对我说嗨查理我听说你是个很聪明的家伙……一个真正聪明的神童。说些聪明的话来听听。我觉得很不舒服因为从他说话的方式我知道他在朝笑我。所以我继续我的工做。但他就走过来很很的抓住我的手并且对我吼叫。我在和你说话的时后你最好给我注意听。要不然我就打段你的手。他扭痛了我的手我很怕他会像他说的一样折段我的手。而且他一面笑一面扭我的手我不知道怎么办。我害怕到想哭但没有哭出来然后我必须去厕所真是要命。我的胃在我身体内整个扭动起来好像如果我不立刻去厕所我一定会爆裂开来……因为我在也忍不住了。

我告诉他拜托放开我因为我必须去厕所但他只是朝笑我而我不知到怎么办。所以我就开始哭起来。放开我。放开我。然后我就拉出来了。我拉在裤子里闻起来很臭而我一直哭。他放开我并做了一个恶心的表情然后看起来有点害怕。他说我发誓我没有恶意查理。

但这时后乔·卡普进来了他抓着克劳斯的衬衫说你这个可恶的杂种不要惹他否则我就捏段你的脖子。查理是个好人凡是欺负他的人都必须付出代价。我觉得很丢脸便赶紧跑去厕所洗干净和换衣服。

我回来的时后弗兰克已在那里乔告诉他发生的事。然后金皮也来他们又告诉他经过的事他说他们必须把克劳斯赶走。他们要叫唐纳先生把他开除。我告诉他们不要赶他走害他必须去找工做因为他有一个太太和一个小孩。而且他已经对他做的事说他很抱欠。而且我记得我自己被面包店开除时我也很伤心地离开。我说克劳斯因该有弟二次的机会因为他现在不会在对我做不好的事了。

后来金皮拖着他的坏脚过来他说查理如果有人惹你或想占你便宜你就告诉我或乔或是弗兰克我们会把他摆平。我们要你记住你在这里有朋友决对不要忘记。我说谢谢金皮。那让我觉得很棒。

有朋友真好……

11月21日

今天我做了一件很笨的事我忘了我已经不在纪尼安小姐的成人中心班级上课。我走进去坐在教室后面的老位子上她看到我时表情很怪然后问说查理你都到那里去了。所以我说哈罗纪尼安小姐我今天已准备好要上课只是我弄丢了我们在用的书本。

她开始哭起来并且跑出去教室。大家都转头看我而我发现很多人都不是我以前班上的同学。

然后我突然想起有关手素以及我变聪明的一些事情。于是我说天哪我这次真的摆了查理·高登一道。我在她回教室之前就离开了。

那就是我为什么要永远离开这里去沃伦之家的原因。我不要在做出这样的事来。我不要纪尼安小姐为我难过。我知到面包店里的每个人都为我难过但我也不要这个。所以我要去一个有很多像我一样的人的地方那里不会有人在乎查理曾经是个天才而现在却连书也看不董或是字也写不好。

我代了好几本书一起走就算我读不董我也会认真练习。说不定我不须要手素就可以比手素前的我还聪明一点。我弄了一只新的兔脚甚至还有一些摩粉也许他们会帮上忙。

纪尼安小姐如果你有机会读到这个请不要为我难过。我很感机我就像你说的得到生命中的弟二次机会。因为我学到很多我以前甚至不知到这世界上真的存在的事情。我很高兴能够看到这些即使只是很短的时间。我很高兴我发现了所有关于我的家人和我的事。好像在我想起他们并且看过他们之前我并没有家人似的但现在我知到我有家人而且我和大家一样也是一个人。

我不知到为什么我又便笨或是做错了什么事。也许那是因为我不够用工或是因为有人用邪眼害我。但是如果我努力尝试而且非常用工练习也许我就可以便得聪明一点并且董得所有字的意思。我还记得一点点读那本书面已经被撕破的蓝色书时感受到的快乐。当我闭上眼睛时我会想起撕破那本书的人。他看起来和我很像只是他看起来很不一样说话也不同但我不任为他就是我因为我好像是从窗户看到在外面的他。

无论如何那就是我继续想要便聪明的原因这样我才能在次有那种感觉。聪明并且知到很多东西是很棒的事情我旦愿我能够知到世界上的所有事情。我希望我现在就能够在便聪明。如果我能的话我就会坐下来一直读书。

无论如何我感说我是世界上第一个为科学找出一些重要花现的笨蛋。我做了一些事但我不记得是什么。所以我猜我可能是为沃伦之家以及全世界所有和我一样的笨蛋做了一些事。

再见了纪尼安小姐还有斯特劳斯医生以及所有的人……

还有：请告诉尼姆教受当别人朝笑他时皮气不要那么暴躁这样他就会有更多的朋友。如果你让别人朝笑你你就比叫容易有朋友。我要去的地方我将会有很多的朋友。

还有：如果你有机会请放一些花在后院的阿尔吉侬坟上。

图书在版编目(CIP)数据

献给阿尔吉侬的花束 / (美) 丹尼尔·凯斯著 ; 陈澄和译. -- 郑州 : 河南文艺出版社, 2022.8 (2024.6 重印)
ISBN 978-7-5559-1372-6

Ⅰ. ①献… Ⅱ. ①丹… ②陈… Ⅲ. ①幻想小说—美国—现代 Ⅳ. ① I712.45

中国版本图书馆 CIP 数据核字（2022）第 117506 号

Flowers for Algernon by Daniel Keyes
© 1966, 1959 by Daniel Keyes
Simplified Chinese character translation copyright © 2022 by Beijing Imaginist Time Culture Co., Ltd.
Simplified Chinese edition arranged with William Morris Endeavor Entertainment, LLC.
through Andrew Nurnberg Associates International Limited.
All rights reserved

本著作之中文简体字翻译权由皇冠文化集团独家授权使用。
豫著许可备字 - 2022-A-0045

献给阿尔吉侬的花束

[美] 丹尼尔·凯斯 著　陈澄和 译

选题策划	陈　静　党　华
特约策划	李恒嘉
特约编辑	李恒嘉
责任编辑	党　华
责任校对	梁　晓
装帧设计	陆智昌
内文制作	李丹华

出版发行	河南文艺出版社
本社地址	郑州市郑东新区祥盛街27号 C座 5楼
邮政编码	450018
承印单位	山东韵杰文化科技有限公司
开　　本	850毫米 × 1168毫米　1/32
印　　张	10.125
字　　数	181 000
版　　次	2022 年 8 月第 1 版
印　　次	2024 年 6 月第 9 次印刷
定　　价	48.00元

★ 版权所有　侵权必究 ★